W0408319

JACK HIGGINS

LUCIANO

Roman

Aus dem Englischen
von Rolf und Hedda Soellner

PAVILLON VERLAG
MÜNCHEN

PAVILLON TASCHENBUCH
NR. 02/0210

Titel der Originalausgabe
LUCIANO´S LUCK

Umwelthinweis:
Dieses Buch wurde auf
chlor- und säurefreiem Papier gedruckt.

Taschenbuchausgabe 03/2002
Copyright © 1982 by Jack Higgins
Gesamtdeutsche Rechte beim Scherz Verlag,
Bern und München
Der Pavillon Verlag ist ein Unternehmen der
Heyne Verlagsgruppe, München
http://www.heyne.de
Printed in Germany 2002
Umschlagillustration: Bildagentur Mauritius/nonstock
Umschlaggestaltung: Nele Schütz Design, München
Gesamtherstellung: Elsnerdruck, Berlin

ISBN: 3-453-20646-0

Sizilien - 1943

Im Juli 1943 landeten amerikanische Streitkräfte an der Südküste Siziliens und durchquerten die Insel mit so unglaublicher Schnelligkeit, daß sie bereits nach sieben Tagen die Stadt Palermo erreicht hatten.

Es ist historisch erwiesen, daß sie diesen Erfolg nicht zuletzt der sizilianischen Mafia verdankten, die auf direkte Weisung von Charles Lucky Luciano mit den Alliierten zusammenarbeitete.

Besonders faszinierend an dieser beispiellosen Episode ist die Tatsache, daß alte Sizilianer noch heute schwören, sie hätten Luciano, der damals im Zuchthaus von Great Meadows eine Freiheitsstrafe von dreißig bis fünfzig Jahren absitzen mußte, während der ersten Phase dieser Invasion mit eigenen Augen bei den amerikanischen Einheiten gesehen . . .

1

Der Jeep, der Harry Carter zu der im maurischen Stil erbauten Villa dar el Ouad am Stadtrand von Algier brachte, fuhr in der Abenddämmerung durch das Tor und hielt vor dem reichverzierten Bogenportal.
»Warten Sie auf mich«, wies Carter den Fahrer an und ging an den Wachposten vorbei die Treppe hinauf.
Drinnen, in der kühlen düsteren Halle, saß ein junger Captain in Sommeruniform an einem Schreibtisch und bearbeitete Papiere.
Auf dem Namensschild vor ihm stand *Captain George Cusak.* Er blickte zu Carter auf, sah die Uniform, die Kronen auf den Achselklappen, das rot-weiße Ordensband des Military Cross zusammen mit der silbernen Rosette einer weiteren Auszeichnung, und stand auf.
»Sie wünschen, Major?«
Carter zeigte seinen Paß vor. »Ich nehme an, General Eisenhower erwartet mich.«
Der Captain prüfte kurz den Paß und nickte. »Noch zehn Minuten, Major. Bitte, nehmen Sie Platz, ich sage dem General Bescheid.«
Harry Carter trat durch die geöffnete Fenstertür auf die Terrasse hinaus und setzte sich in einen der Korbstühle. Nach kurzem Zögern holte er ein altes silbernes Etui aus der Brusttasche und zündete sich eine Zigarette an.
Er war 45, von mittlerer Größe, ein gutaussehender Mann mit ruhigen, angenehmen Zügen, die immer zu einem Lächeln anzusetzen schienen, es aber nie ganz schafften. Und er paßte großartig in die Uniform, erstaunlicherweise, denn er war der jüngere Sohn eines wohlhabenden Fabrikanten aus Yorkshire,

ein richtiger Bücherwurm, hatte bis zu seinem 13. Jahr die Grammar School in Leeds besucht und danach das Winchester College.
1917 war er von dort ausgerissen, hatte sich unter einer falschen Altersangabe zur Army gemeldet und die letzten eineinhalb Jahre des Ersten Weltkriegs als Infanterist an der Westfront gekämpft.
Danach kamen Cambridge und eine glänzende akademische Karriere.
Er hatte zeitweise als Gastprofessor für griechische Archäologie an den Universitäten von Harvard und Florenz gelehrt und war mit 35 Ordinarius für Alte Geschichte in Cambridge geworden.
Im Sommer 1938, kurz nach dem Tag von München, war der Britische Geheimdienst an ihn herangetreten, und er hatte Masterman bei MI 5 geholfen, das deutsche Spionagenetz in England aufzurollen. Später wurde er mit Sonderaufgaben betraut, unter anderem mit einem Einsatz in Kairo, wo er für den italienischen Sektor verantwortlich zeichnete. Sizilien war erst später gekommen; es hatte eigentlich nicht auf dem Programm gestanden.
Und allmählich sah man es ihm an: die Müdigkeit in den grauen Augen, die silbernen Sprenkel im dunklen Haar. Er schnippte den Rest der Zigarette in den Garten.
»Vorsicht, Harry«, sagte er leise. »Sonst fängst du demnächst an, dich selber zu bemitleiden.«
Hinter ihm bewegte sich etwas, und er sah sich um. Captain Cusak trat aus der Tür.
»Major Carter, General Eisenhower läßt bitten, Sir. Kommen Sie mit.«

Die Einrichtung des Zimmers war im gleichen aufwendigen maurischen Stil gehalten wie das übrige Haus. Daß sich hier das Nervenzentrum des Obersten Alliierten Befehlshabers für den Kriegsschauplatz Nordafrika befand, sah man nur an den Generalstabskarten des Mittelmeerraums, die an einer Wand hingen,

und an den drei Brettertischen, die neben den Terrassenfenstern aufgeschlagen und mit weiteren Karten bedeckt waren.
Eisenhower stand draußen auf der Terrasse, als sie eintraten, und rauchte eine Zigarette. Er trug Reitstiefel und Breeches, denn er ritt fast jeden Nachmittag aus.
Er kehrte mit lebhaften Schritten ins Zimmer zurück, auf seinem Gesicht leuchtete das berühmte und unnachahmliche Lächeln.
»Kaffee, George«, sagte er zu Cusak. »Es sei denn, Major Carter hätte lieber Tee?«
»Nein, bitte Kaffee, Sir.«
Cusak ging hinaus, und Eisenhower wies auf einen Stuhl und öffnete eine Akte, die auf seinem Schreibtisch lag. »Und wie bringt es ein Mann wie Sie fertig, daß man ihn für einen sizilianischen Bauern hält?«
»Oh, das ist dem Theaterverein der Universität zu verdanken, General. Ich habe sogar einmal flüchtig mit dem Gedanken geflirtet, Berufsschauspieler zu werden.«
»So gut waren Sie?«
»Andernfalls wäre ich jetzt nicht hier, Sir«, sagte Carter ruhig.
»Als Special Operations Executive, SOE, Sie als Leiter der Italien-Abteilung nach Kairo schickte, war wohl nicht beabsichtigt, daß Sie Privatinvasionen in Sizilien unternehmen sollten, und zwar . . .« hier warf er einen Blick in die Akte, ». . . dreimal nacheinander?«
»Ich weiß, Sir«, sagte Carter. »Aber es blieb wirklich nichts anderes übrig. Als Sizilien akut wurde, hatten wir sonst niemanden, der die Sprache und die Bevölkerung so gut kennt wie ich. In den dreißiger Jahren habe ich dort bei zahlreichen archäologischen Grabungen mitgearbeitet.«
»Und jetzt reizt es Sie aufs neue. Aber glauben Sie nicht, daß Sie für solche Abenteuer langsam ein bißchen zu alt werden?«
Eisenhower schob ein Dokument über die Tischplatte, und Carter nahm es auf. Es war eine typische SOE-Einsatzorder in knappem, nüchternem Beamten-Englisch.

OPERATIONSINSTRUKTION Nr. 592
Für Major Harry Carter
Operation: Schwertarm
Deckname: *Fortunato*
Papiere lauten auf: Giovanni Ciccio

1. *Information*
Wir besprachen mit Ihnen die Möglichkeit Ihrer Rückkehr nach Sizilien zwecks Beendigung des Ihnen ursprünglich im Februar dieses Jahres, als Sie zu der genannten Insel reisten, erteilten Auftrags, die Organisation von Widerstandsgruppen im Großraum Cammarata zu koordinieren, damit die alliierten Truppen im Fall einer Invasion mit einem Maximum an Unterstützung rechnen können. Wie Sie erklärten, besteht kein Grund, warum Sie nicht in dieses Gebiet zurückkehren und diese Aufgabe durchführen sollten.

2. *Methode*
Sie werden von einer Halifax der 138sten (Sonder-)Staffel nach Sizilien geflogen und mit dem Fallschirm an einem Punkt 10 Kilometer westlich von Bellona landen, wo Angehörige der örtlichen Widerstandsbewegung Sie erwarten. Sie verfügen bereits über eine Legende und über Personalpapiere auf den Namen Giovanni Ciccio und somit über die Möglichkeit, wie ein Einheimischer zu leben.

3. *Nachrichtenaustausch*
Ihr Nachrichtenaustausch mit der Widerstandsbewegung im Bereich Palermo läuft über die Contessa di Bellona, die sich zur Zeit in ihrer Villa in der Nähe dieser Stadt aufhält. Ihr Nachrichtenaustausch mit dem Hauptquartier erfolgt durch Sender-Empfänger-Funk, bedient von Vito Barbera, Koordinator im Bereich Bellona.

4. *Waffen*
Nach Ihrer Wahl, aber auf jeden Fall nur solche, die Ihnen für den Nahkampf absolut unentbehrlich erscheinen.

5. *Zusammenfassung*
Sie kennen die Wichtigkeit dieser Mission, die absoluten Vorrang haben muß. Wir rechnen mit Abschluß in zwei Wochen. Rückkehr wird durch U-Boot-Pickup erfolgen, Treffpunkt und Einzelheiten werden zu gegebener Zeit über Funk im Einsatz-Code mitgeteilt.

JETZT VERNICHTEN . . . JETZT VERNICHTEN . . . JETZT VERNICHTEN.

Carter nahm ein Feuerzeug aus der Tasche, knipste es mit dem Daumen an und hielt die Flamme an eine Ecke des Schriftstücks. Als es hell brannte, ging er hinüber zum leeren Kamin und warf es auf den Rost.
»Nicht einmal Sie dürfen es haben, General.«
Die Tür öffnete sich, und Cusak kam mit Kaffee auf einem arabischen Messingtablett herein. »Danke, George, Sie können wieder gehen«, sagte Eisenhower.
Er goß den Kaffee selber ein und zündete sich eine frische Zigarette an. »Ich gehe wohl nicht fehl in der Annahme, daß Sie über das, was im Augenblick dort drüben vorgeht, mehr wissen als irgend jemand sonst in Nordafrika. Also unterhalten wir uns.«
»Was möchten Sie wissen, General?«
»Ich möchte, daß Sie mir die Mafia erklären.«
»Vermutlich haben Sie die Unterlagen über die Mafia-Connection?«
»Ja.«
Carter zündete sich zerstreut ebenfalls eine Zigarette an. »Die Mafia war ursprünglich eine Art Geheimgesellschaft, die in Zeiten wirklicher Unterdrückung gegründet wurde. Damals war sie die einzige Waffe der Bauern, ihr einziges Mittel, sich Gerechtigkeit zu verschaffen.«

»Und weiter?«

»Man muß die Landschaft dort kennen, Sir. Eine Welt für sich. Öd und unfruchtbar. Die Menschen kämpfen weniger um den Lebensunterhalt als ums nackte Überleben. Das Schlüsselwort in dieser Welt lautet *omerta,* das bedeutet Männlichkeit, Ehre, und niemals, unter keinen Umständen, die Hinzuziehung der Behörden. Wer in Schwierigkeiten steckt, geht zu seinem *capo.«*

»Capo?« wiederholte Eisenhower fragend.

»*Capo* bedeutet Chef, Häuptling oder was immer Sie wollen. An jedem Ort in Sizilien gibt es einen *capo mafia,* und er hat das Sagen.«

»Auch heute noch?«

»Mussolini versuchte, die Bewegung zu zerschlagen, aber sie ging einfach in den Untergrund. Gewiß, es gibt die Separatisten, die Kommunisten und jede Menge anderer politischer Gruppen, aber in Sizilien hat in Wahrheit nach wie vor die Mafia das Heft in der Hand.«

Eisenhower saß da und blickte nachdenklich ins Leere.

Endlich tippte er, als hätte er einen Entschluß gefaßt, mit dem Finger auf den vor ihm liegenden braunen Manila-Umschlag.

»Hier sind die Unterlagen zur, wie Sie sagten, Mafia-Connection. Wissen Sie Bescheid über einen hierin erwähnten Mann, der unter dem Namen Lucky Luciano bekannt ist?«

Carter nickte. »Ein New Yorker Gangster sizilianischer Abstammung und vermutlich der mächtigste *capo* der amerikanischen Mafia. Er wurde zu einer Freiheitsstrafe zwischen dreißig und fünfzig Jahren verurteilt und sitzt zur Zeit im Zuchthaus Dannemora ein. Ich glaube, die Anklage lautete auf organisierte Prostitution.«

»Jetzt ist er nicht mehr in Dannemora«, sagte Eisenhower. »Laut meinen Unterlagen wurde er nach Great Meadows in Comstock überführt. Offenbar hat sich nach dem Brand der ›Normandie‹ vergangenes Jahr draußen auf dem Hudson unser Marine-Geheimdienst wegen des Überhandnehmens von Sabotageakten im Hafen von New York Gedanken gemacht.«

»Ich weiß, General, und als der Geheimdienst mit der Hafenarbeiter-Gewerkschaft Verbindung aufnahm, erfuhr er, daß er sich in dieser Sache nur an einen einzigen Menschen wenden könne, an Lucky Luciano, ob der nun im Zuchthaus saß oder nicht.«

Eisenhower sagte: »Einfach unglaublich. Mitten im größten Krieg der Weltgeschichte muß man einen Verbrecher um Hilfe angehen. Und nicht genug damit, jetzt erfahre ich, daß unsere Leute seit einiger Zeit Agenten nach Sizilien einschleusen, zumeist Amerikaner sizilianischer Abstammung. Wußten Sie das?«

»Es handelt sich um ein speziell amerikanisches Projekt, General, aber ich hatte in der Tat davon Kenntnis. Der Zweck ist, wie ich glaube, die Unterstützung durch die Mafia im Falle einer Invasion zu sichern.«

Eisenhower rief zornig: »Herrgott, kämpfen wir denn nicht beide im gleichen Krieg?« Wieder nahm er sich eine Zigarette und strich das Zündholz so ungestüm an, daß es zerbrach. »Jetzt suchten sie Luciano wiederum im Zuchthaus auf, damit er Hilfestellung leisten solle. Sie scheinen zu glauben, daß er auch in Sizilien einigen Einfluß hat.«

»Beträchtlichen, General. Wenn er in einem dieser Bergdörfer auftauchen würde, so käme dies einem zweiten Auferstehungswunder gleich.«

»Unsere Geheimdienstleute jedenfalls scheinen das zu glauben. Offenbar soll ein gelber Schal mit eingesticktem schwarzem ›L‹, Lucianos Visitenkarte, zum gegebenen Zeitpunkt in zahlreichen Exemplaren an geeigneten Stellen abgeworfen werden.«

»Und was verspricht man sich davon?« fragte Carter.

Eisenhower wandte sich wieder der Landkarte zu. »Die Theorie ist recht einleuchtend. Das Gebiet, das Patton und seine Armee durchqueren müssen, um Palermo zu erreichen, ist der Alptraum jedes Soldaten. Insbesondere die Umgebung von Cammarata ist völlig unwegsam, voller Schluchten und Berge. Es könnte Monate dauern, sich hier durchzuschlagen. Falls indessen die Mafia ihren Einfluß aufböte, um eine Volkserhebung anzuzetteln und die italienischen Truppen zur Übergabe zu bewegen, so bliebe den Deutschen gar nichts anderes übrig, als sich schleunigst aus dem Staub zu machen.«

»Ja, General.«

»Das klingt nicht besonders überzeugt. Glauben Sie nicht, daß die Mafia etwas ausrichten könnte?«

»Ehrlich gesagt, Sir, nicht so, wie die Leute in Washington, die diesen Plan ausgebrütet haben, sich das vorzustellen scheinen. Eine entscheidende Schwäche ist zum Beispiel, daß der Mafia-Boß, der *capo* eines bestimmten Gebiets, anderswo keinen großen Einfluß hat. Zweitens wirbt Ihr Geheimdienst für dieses Unternehmen Amerikaner sizilianischer oder italienischer Abstammung an.«

»Was ist daran auszusetzen?« fragte Eisenhower.

»Es ist natürlich besser als gar nichts, aber ein Italiener hat auf Sizilien wenig zu melden, und was die Sprache angeht, so gibt es allein in Palermo mindestens fünf sizilianische Dialekte.«

»Aus eben diesen Gründen erwägt man, Luciano einzusetzen. Mit ihm hätte man einen Mann, dessen Name jedem geläufig ist.«

»Trotzdem glaube ich nicht, daß das genügt.«

»Aber Washington glaubt es?«

»Anscheinend.«

Eine Weile schwiegen beide.

Eisenhower blickte stirnrunzelnd auf seine Akte, dann sah er zu Carter auf.

»All right, Major, eine Instruktion haben Sie bereits erhalten. Jetzt werde ich Ihnen eine zweite erteilen. Ich möchte die Fakten über diese Mafia-Geschichte, und zwar direkt von der Quelle. Wenn Sie in zwei Wochen oder wann immer zurückkommen, dann haben Sie sich unverzüglich hier einzustellen und mir aus erster Hand einen Lagebericht aus dem Zielgebiet zu liefern. Haben Sie verstanden, Major?«

»Durchaus, General.«

»Gut. Dann machen Sie sich jetzt auf den Weg.«

Carter salutierte. Eisenhower nickte und nahm den Federhalter zur Hand.

Als Carter an der Tür war und schon die Hand auf der Klinke hatte, rief der General leise: »Noch etwas, Major.«
Carter wandte sich zu ihm um. »Ja, Sir?«
»Überlassen Sie die grobe Arbeit anderen Leuten. Es käme mir äußerst ungelegen, wenn Sie unsere nächste Verabredung nicht einhalten könnten.«

2

Es fing an zu regnen, als Carter den Hügelkamm überschritt, ein schwerer, alles durchdringender Wolkenbruch und zuckendes Wetterleuchten jenseits der Berggipfel. Er lehnte das hinderliche Fahrrad an einen Baum und nahm den Feldstecher aus der Tasche. Als er das Glas einstellte, sprangen die Häuser des drei Meilen entfernten Bellona ins Visier.

Er suchte den Talweg ab bis dorthin, wo er in den Pinien verschwand, aber es zeigte sich kein Lebewesen. Nicht einmal ein Hirte.

Er steckte das Fernglas wieder ein, ging durch die Bäume zurück zur anderen Seite des Abhangs und blickte hinab auf die Villa, die still im Abendlicht in der Senke lag und auf ihn wartete.

Er war müde und dennoch mit einer jähen und wilden Freude erfüllt, denn nun war endlich die entscheidende Schlußphase angebrochen. Er begann, unter den Pinien den Hang hinabzusteigen; das Fahrrad schob er vor sich her.

Er betrat das Grundstück durch eine Tür in der rückwärtigen Mauer und folgte einem Pfad, der ihn zur Vorderseite des Hauses führte. Der arabische Garten stand in üppiger Blüte, subtropische Vegetation drängte von allen Seiten herein. Palmen wiegten sich leicht über seinem Kopf, und durch den heftigen Wolkenbruch gurgelte Wasser in den alten Rohrleitungen und schoß aus mehreren Springbrunnen.

Er hatte den Vorhof des Hauses erreicht, lehnte das Fahrrad an den Rand eines barocken Brunnens und stieg die Stufen zur Vordertür hinauf. In der Halle brannte bereits Licht, und er zog an der Klingel und wartete. Drinnen näherten sich Schritte, und die Tür ging auf. Der Mann, der vor ihm stand, war etwa vierzig

Jahre alt, der dichte Schnurrbart und das Haar waren schon grau. Er trug eine schwarze Smokingschleife und ein Alpaka-Jakkett und musterte Carter mit grenzenloser Mißbilligung.
»Was willst du?«
Carter nahm die Stoffmütze ab, und als er sprach, war seine Stimme rauh und heiser, typisch sizilianisch. »Ich habe eine Botschaft für die Contessa.«
Der Butler streckte die Hand aus. »Gib her.«
Carter schüttelte den Kopf und setzte eine bauernschlaue Miene auf. »Darf ich nur der Contessa persönlich geben. Sie weiß, daß ich komme. Sagen Sie ihr, Ciccio ist da.«
Der Butler zuckte die Achseln. »Na schön, komm herein. Ich will sehen, was sich machen läßt.«
Carter trat ins Haus und blieb in der Halle stehen, der Regen triefte aus seinen Kleidern auf die schwarzweißen Keramikfliesen. Der Butler warf noch einen tadelnden Blick auf ihn, durchquerte die Halle und verschwand durch eine grüne Polstertür in die Küche. Sofort hinter der Tür blieb er stehen, nahm eine Walther-Automatic aus der Tasche, prüfte sie rasch und öffnete dann einen Wandschrank neben dem altmodischen eisernen Herd. Er nahm ein Feldtelefon heraus, drehte die Kurbel und wartete. Er pfiff leise vor sich hin und schlug sich mit der Walther rhythmisch ans Bein.
Am anderen Ende der Leitung hörte er eine undeutliche Stimme, und er sagte auf deutsch: »Schäfer - in der Villa. Carter ist endlich aufgetaucht. Kein Problem. Ich halte ihn fest, bis Sie hier sind.«
Er stellte das Telefon wieder in den Schrank und ging, noch immer leise pfeifend, zur Tür.

Carter schauderte, plötzlich fror er, und erst jetzt wurde ihm bewußt, daß der Regen ihn bis auf die Haut durchnäßt hatte. *Jetzt ist es fast vorbei. Aber mein Gott, er war so müde.* In dem goldgerahmten Spiegel auf der anderen Seite der Halle sah er sein Bild: ein sizilianischer Bauer mittleren Alters, unrasiert, mit zu langem Haar, mürrischen, groben Zügen, in geflicktem Tweed-

anzug und Ledergamaschen, dem die traditionelle *lupara* mit den abgesägten Läufen über der linken Schulter hing.
Aber es würde nicht mehr lange dauern. Bald würde er in Kairo sein, im Shepherd's Hotel, heiße Bäder, saubere Laken, Mahlzeiten mit sieben Gängen und eiskalten Champagner genießen. Dom Perignon 35. Noch immer konnte er dort alles bekommen, was sein Herz begehrte.
Im Spiegel sah er, daß sich die grüne Polstertür hinter ihm öffnete und der Butler erschien. Carter drehte sich um. »Die Contessa will mich sehen?«
»Das würde sie nur zu gern, aber leider ist sie nicht hier. Wir haben sie bereits vor drei Tagen weggebracht.« Die rechte Hand des Butlers kam mit der Walther zum Vorschein, und jetzt sprach er Englisch. »Das Schießeisen, Major Carter, auf den Boden, sehr behutsam, dann umdrehen und Hände an die Wand.«
Seltsam, aber nun, da der Augenblick da war, von dem er immer gewußt hatte, daß er eines Tages kommen würde, empfand Carter ein sonderbares Gefühl der Erleichterung. Er machte nicht einmal mehr den Versuch, den Bauern Ciccio zu mimen, sondern legte nach der Weisung des Butlers die *lupara* auf den Boden und drehte sich mit dem Gesicht zur Wand.
»Deutscher?« fragte er.
»Bedaure, ja.« Eine Hand durchsuchte ihn sachkundig. »Schäfer, Geheime Feldpolizei. Ich glaubte schon, Sie würden nicht mehr kommen.« Er trat zurück, und Carter drehte sich um und sah ihn an.
»Die Contessa?«
»Hat die Gestapo geschnappt. Seit drei Tagen warten sie jetzt schon in Bellona auf Sie. Ich habe soeben aus der Küche hinübertelefoniert. In zwanzig Minuten werden sie hier sein.«
»Verstehe«, sagte Carter. »Und was machen wir inzwischen?«
»Wir warten.« Schäfer winkte ihn in das Speisezimmer.
Carter stellte sich vor den offenen Kamin und blickte ins Feuer, Dampf stieg aus seiner feuchten Kleidung auf, und hinter ihm setzte sich Schäfer ans Ende des langen Eßtisches, zog ein Päckchen Zigaretten aus der Tasche, zündete sich eine an und schub-

ste dann das Päckchen über den Tisch. Carter nahm sich dankbar eine Zigarette, und als er das Zündholz anstrich, zitterten seine Finger ein wenig.
Schäfer sagte: »Auf dem Büffet steht Cognac. Sie sehen aus, als könnten Sie einen Schluck gebrauchen.«
Carter ging um den Tisch herum und goß sich ein Glas ein. Es war einheimischer Cognac, scharf und gewöhnlich. Er brannte in der Kehle, und Carter hustete und rang nach Atem. Er goß sich nochmals ein und wandte sich zu Schäfer um.
»Auch einen?«
»Warum nicht?«
Carter fand ein zweites Glas und ging damit zum Tisch. »Sagen Sie, wenn es genug ist«, sagte er und begann einzugießen.
Schäfer hielt ihn immer noch mit der Walther in Schach. Als er das Glas an die Lippen hob, sagte er: »Diese Sache tut mir leid, Major. Mir sind diese Kerle von der Gestapo nicht sympathischer als Ihnen, aber ich muß meinen Auftrag erfüllen.«
»Müssen wir schließlich alle«, sagte Carter.
Er ließ die Karaffe im hohen Bogen auf den Schädel des Deutschen sausen und griff gleichzeitig nach dem Gelenk der Hand, die die Walther hielt, und suchte verzweifelt, es zu verdrehen. Nochmals schwang er die Karaffe, daß sie in hundert Scherben zerbrach, der Cognac über Schäfers Kopf und Gesicht floß und sich mit Blut mischte. Kaum zu glauben, aber Schäfers linke Faust landete einen Schlag von solcher Wucht hoch auf Carters rechte Wange, daß das Fleisch bis zum Knochen aufriß, ehe er ihn an der Kehle packte.
Sie fielen auf den Tisch, rollten über die Kante auf den Fußboden, und Carter registrierte einen Körpertreffer nach dem anderen und den Pistolenschuß, der zwischen ihnen losging. Dann gelang es ihm, sich auf ein Knie aufzurichten und das Handgelenk seines Gegners hochzureißen und zu verdrehen, bis der Knochen krachte und die Walther durch die Luft segelte und auf dem Kaminrost landete.
Der Deutsche brüllte vor Schmerz, sein Kopf fuhr zurück, und Carter stieß ihm die gestreckten Finger in die ungeschützte

Kehle. Schäfer rollte aufs Gesicht und blieb regungslos liegen, und Carter rannte hinaus in die Halle. Im Laufen hob er die Flinte auf und schlang sie sich über die Schulter, dann hatte er die Vordertür erreicht.
Alles spielte sich ab wie in einem Traum. Es war, als bewegte er sich im Zeitlupentempo, er hatte keine Kraft mehr in sich, so daß sogar das Öffnen der Tür eine Anstrengung bedeutete. Als er an der Balustrade des Portals lehnte, sah er, daß seine Jacke blutgetränkt war, nicht mit dem Blut Schäfers, sondern mit seinem eigenen. Vorsichtig griff er mit der Hand unter sein Hemd und fühlte die Ränder der Wunde wie rohes Fleisch, dort, wo ihm eine Kugel in die linke Körperseite gefahren war.
Keine Zeit dazu, nicht jetzt, denn schon hörte er Fahrzeuge auf der Straße näher kommen, sehr schnell. Er sprang die Stufen hinab, riß das Fahrrad an sich und rannte den Weg zurück, den er gekommen war, durch den Garten zur rückwärtigen Tür.
Er erreichte die schützenden Pinien unterhalb der Villa, und als er sich umwandte, sah er gerade noch einen Lastwagen und zwei Kübelwagen droben auf der Hauptstraße auftauchen. Carter wartete nicht, um zu beobachten, was nun geschehen würde, er hastete einfach weiter zwischen den Bäumen, bis er zu dem Holzweg gelangte, der durch den ganzen Wald bis hinunter nach Bellona führte. Es war gerade hell genug, daß er mit einigem Glück hinfinden würde. Er schwang sich auf den defekten Ledersattel des alten Drahtesels und trat in die Pedale.

An diese Fahrt blieb ihm kaum eine Erinnerung. Die Bäume, die dicht zu beiden Seiten des Weges standen und den Abend noch dunkler machten, das Rauschen des heftigen Regens. Es war fast, als hätte er eine monumentale Sauftour unternommen, von der später nur gelegentlich die eine oder andere Einzelheit auftaucht.
Er öffnete die Augen und stellte fest, daß er in einem Graben am Dorfrand auf dem Rücken lag, das Fahrrad neben sich, und daß der Regen über sein nach oben gerichtetes Gesicht strömte.
Die Schußwunde schmerzte jetzt rasend, schlimmer, als er es

für möglich gehalten hätte. Seine Flinte war nirgends zu sehen. Er zwang sich zum Aufstehen und stolperte in der schnell einfallenden Dunkelheit den Weg entlang.

Holzrauch hing in der feuchten Luft, und in der Ferne bellte dumpf ein Hund, aber sonst zeigte sich keinerlei Lebenszeichen, außer da und dort ein erleuchtetes Fenster. Und doch lauerten Menschen hinter diesen Fenstern, spähten durch die geschlossenen Läden.

Mühsam schaffte er es bis zur Mitte des Dorfplatzes, wo ein Brunnen stand. Er hielt den Kopf unter den kalten Wasserstrahl, der aus Mund und Nasenlöchern einer bronzenen Dryade schoß, setzte seinen Weg an der Kirche vorbei fort und bog in eine enge Seitengasse ein. Ein paar Häuser weiter war eine Hofeinfahrt, ein geschlossenes Eichentor mit einer blauen Lampe darüber. Auf einem Schild an der Wand stand in schwungvoll gemalten schwarzen Buchstaben *Vito Barbera - Leichenbestatter.*

Neben der Einfahrt war eine kleine Tür mit einem vergitterten Guckloch. Carter lehnte sich dagegen und zog an der Klingelkette. Eine Weile blieb alles still, und er klammerte sich mit einer Hand ans Gitter und starrte hinauf in den Regen, der silbrig durch den Lichtkegel sprühte. Dann hörte er drinnen Schritte, und das Guckloch ging auf.

Barbera sagte: »Wer ist da?«

»Ich, Vito.«

»Harry, sind Sie's wirklich?« sagte Barbera, jetzt in einem Englisch, das geradewegs aus der Bronx kam. »Gott sei Dank. Ich dachte schon, Sie wären hopsgenommen worden.«

Er öffnete die kleine Tür, und Carter trat ein. »War verdammt knapp, Vito, genau wie bei Waterloo«, sagte er und wurde ohnmächtig.

Carter kam langsam wieder zu Bewußtsein und sah über sich eine von Sprüngen durchzogene Gipsdecke. Es war sehr kalt und roch intensiv nach einem chemischen Mittel, das er bald als Formaldehyd erkannte. Er lag auf einem der Tische im Präparie-

rungsraum des Leichenbestatters, unterm Kopf eine hölzerne Nackenstütze, Magen und Brustkorb sachkundig bandagiert.
Er drehte den Kopf und sah Barbera, der eine lange Gummischürze trug und am Nebentisch mit der Leiche eines alten Mannes beschäftigt war. Carter wollte sich hochstützen.
Barbera sagte munter: »Würde ich an Ihrer Stelle nicht tun. Er hat sie zweimal erwischt. Die eine Kugel ging seitlich glatt durch, aber die zweite steckt noch irgendwo im linken Lungenflügel. Sie brauchen einen erstklassigen Chirurgen.«
»Tausend Dank«, sagte Carter. »Daraufhin geht's mir wirklich schon bedeutend besser.«
Auf einem Rolltisch neben Barbera lagen, säuberlich auf einem weißen Tuch angeordnet, die Werkzeuge des Einbalsamierers: Chirurgenzangen, Skalpelle, Nadeln, Dränageröhrchen und ein Glasgefäß mit einigen Gallonen Balsamierungsflüssigkeit.
Das Gesicht des Leichnams trug einen Ausdruck milden Erstaunens, wie man ihn an vielen Toten sieht, der Unterkiefer hing herab, der Mund stand offen wie vor Überraschung, daß dergleichen passieren konnte. Barbera griff zu einer langen gebogenen Nadel und führte sie vom Rand der Unterlippe hinauf durch die Nasenscheidewand und wieder hinunter, und als er sodann den Faden straffzog und abschnitt, waren die Kiefer zugeschnappt.
»Ah, Sie können die Leute auch wieder von den Toten auferwekken?« sagte Carter und hievte sich vom Tisch hoch. »Ich wußte ja schon immer, daß Sie ein sehr vielseitiger Mann sind.«
Barbera lächelte. Er war ein kleiner, energisch wirkender Mann von fünfzig Jahren, dessen wirrer eisengrauer Vollbart in seltsamem Gegensatz zu dem New Yorker Akzent zu stehen schien.
»Euch Engländer soll doch der Teufel holen, Harry! Ich meine, wann werdet ihr's endlich begreifen? Die Tage des Empire sind vorbei. Was wollten Sie überhaupt dort droben, den Krieg im Alleingang gewinnen?«
»Ja, so ähnlich.«
Die Tür ging auf, und ein junges Mädchen kam herein. Sechzehn, siebzehn, älter nicht. Klein, dunkelhaarig, mit einem rei-

fen, vollen Körper, der das alte Baumwollkleid zu sprengen drohte. Sie hatte einen breiten Mund, dunkelbraune Augen im charakterstarken Gesicht, und doch hatte man den Eindruck, sie habe viel zu früh viel zuviel vom Leben in seiner übelsten Gestalt kennengelernt.
Sie trug ein Tablett mit einer alten Kaffeekanne aus Messing, mit braunem Zucker und Gläsern. Auch eine Flasche Cognac - Courvoisier - stand darauf.
Barbera arbeitete ruhig weiter. »Rosa, das ist Major Carter. Meine Nichte. War bei Ihrem letzten Besuch noch in Palermo.«
»Rosa«, sagte Carter.
Sie goß Kaffee in ein Glas und reichte es ihm wortlos.
Barbera sagte: »Nett von dir. Jetzt geh wieder ans Gitter und behalte den Dorfplatz im Auge. Was immer sich tut - egal, was, meldest du mir sofort.«
Sie ging hinaus, und Carter goß sich einen Cognac ein, den er in langsamen Schlucken trank, denn der Schmerz in seiner Lunge war so höllisch, daß er kaum atmen konnte. »Ich wußte gar nicht, daß Sie eine Nichte haben. Wie alt ist sie?«
»Oh, hundertfünfzig oder sechzehn. Ganz wie Sie wollen. Ihr Vater war mein jüngster Bruder. Kam 1937 in Neapel bei einem Verkehrsunfall ums Leben. Ich verlor seine Witwe aus den Augen. Sie starb vor drei Jahren in Palermo an der Schwindsucht.«
»Und Rosa?«
»Von ihr hörte ich erst vor etwa zwei Monaten durch Mafia-Freunde aus Palermo. Sie ist seit ihrem dreizehnten Lebensjahr auf den Strich gegangen. Ich fand, es sei höchste Zeit, daß sie ein Zuhause kriegt.«
»Fühlen Sie sich noch immer hier zu Hause, auch nach der Tenth Avenue?«
»Ja gewiß, ich habe kein Heimweh nach New York. Etwas, das Rosa unbegreiflich findet. New York ist für sie immer noch das Gelobte Land, während ich nichts wie weg wollte.«
Er massierte jetzt das Gesicht des Alten mit Creme ein und tupfte eine Spur Rouge auf die Wangen.
Carter sagte: »Was ist mit der Contessa?«

»Die Gestapo hat sie nach Palermo geschafft.«

»Schlimm für Sie, wenn man ihr die Daumenschrauben ansetzt.«

»Unmöglich.« Barbera schüttelte den Kopf. »Gestern nachmittag hat ein Freund eine Zyanidkapsel ins Frauengefängnis geschmuggelt.«

Carter tat einen langen, schaudernden Atemzug, um seine Nerven zu beruhigen. »Ich hatte gehofft, daß sie mir etwas über Luca sagen könnte.«

Barbera unterbrach seine Arbeit und sah ihn einigermaßen verwundert an. »Da verschwenden Sie Ihre Zeit. Niemand kann Ihnen etwas über Luca sagen, weil er es so haben will.«

»Wiederum die Mafia?«

»Ja, mein Freund, wiederum die Mafia, und Sie würden gut daran tun, das nicht zu vergessen. Wie sind Ihre Pläne?«

»Ich sollte noch heute nacht nach Agrigento. Um Mitternacht wartet vor Porto Stefano ein Thunfischboot auf mich.«

»U-Boot-Pickup?«

»Genau.«

Barbera runzelte nachdenklich die Stirn. »Ich sehe keine Möglichkeit, Harry, nicht heute nacht. Alle Straßen werden von Krauts wimmeln. Vielleicht morgen.« Er wies auf den Toten. »Ich muß den alten Knaben ohnehin nach Agrigento hinunterschaffen. Dann geht das in einem.«

Ehe Carter antworten konnte, wurde die Tür aufgerissen, und Rosa steckte den Kopf herein. »Sie sind da, auf dem Dorfplatz. Viele Deutsche.«

Barbera trat ans Fenster und schob die Gardine ein wenig zur Seite. Carter rappelte sich mühsam hoch und humpelte zu ihm hinüber. Mehrere Fahrzeuge hatten auf dem Dorfplatz haltgemacht, Kübelwagen und Armeelaster und zwei Panzerfahrzeuge. Soldaten waren im Halbkreis angetreten und empfingen Befehle von einem Offizier, der in einem Geländewagen stand.

Carter sagte: »Waffen-SS, Fallschirmjäger. Wo zum Teufel kommen die denn her?«

»Vom Festland, letzten Monat. Von Kesselring handverlesen, sie

sollen die Berge von Partisanen säubern. Der Offizier, der zu ihnen spricht, ist ihr Kommandant, Major Koenig. Guter Soldat. Man nennt ihn den Jäger von Cammarata.«
Während sie hinausspähten, schwärmten die SS-Männer aus, um das Dorf zu durchsuchen. Koenig setzte sich, und sein Kübelwagen fuhr über den Platz, dicht dahinter ein zweiter.
Barbera schloß die Gardine. »Sieht aus, als käme er in unsere Richtung.« Er wandte sich zu Carter um. »Haben Sie zufällig droben in der Villa einen Toten zurückgelassen?«
»Vermutlich.« Carter packte Barbera am Ärmel. »Er wird es das Dorf entgelten lassen, wenn ich mich nicht stelle.«
Barbera lächelte traurig. »Nicht sein Stil. Koenig ist entschieden ein Ehrenmann. Macht es einem schwierig, ihm ein Messer in den Rücken zu stoßen. Jetzt bleiben Sie hübsch hier bei Rosa und verhalten sich still.«
Er nahm die Lampe und ging hinaus, die beiden blieben im Dunkeln zurück.

Als Barbera über den Hof ging, wurde bereits an das Tor der Einfahrt gehämmert. Er schob den massiven Riegel zurück, und die Flügel schwangen auf. Draußen stand der erste Kübelwagen. Koenig stieg aus und kam näher.
»Ah, da sind Sie ja, Signor Barbera. Ich habe hier leider ein ziemlich trauriges Geschäft für Sie«, sagte er in leidlich gutem Italienisch.
Die beiden Kübelwagen fuhren in den Hof. Barbera sah im zweiten eine Bahre mit einem zugedeckten Körper darauf.
Zwei SS-Männer liefen um den Wagen herum, hoben die Bahre heraus, und Barbera sagte: »Wenn Sie mir bitte folgen wollen, Herr Major.«
Er ging dem Zug über den Hof voran, dann durch einen kurzen Korridor. Als er die Tür am Ende öffnete, wehte ihnen die Ausdünstung des Todes entgegen.
Der Raum, den er betrat, war sehr still, das einzige Licht kam von einer Petroleumlampe auf dem Tisch in der Mitte. Es war eine jener Aufbahrungshallen, wie sie in Sizilien üblich sind.

Mindestens ein Dutzend Särge standen hier, jeder mit geöffnetem Deckel und einem Toten darin, um dessen Finger Schnüre gewickelt waren, die über den Plafond zu einer alten Messingglocke an der Tür liefen.
Koenig trat hinter Barbera ein. Das silberne Totenkopf-Abzeichen an seiner Feldmütze, die er wie viele langgediente Offiziere aus Snobismus trug, schimmerte im Lampenlicht. Am Hals gab das scharlachrot und schwarz gestreifte Band des Ritterkreuzes Zeugnis von seiner Tapferkeit. Er trug einen ledernen Militärmantel, der schon manchen Sturm erlebt hatte, und die Sprungstiefel der Fallschirmjäger.
Knapp hinter der Tür blieb er stehen, zündete sich eine Zigarette an und schnippte mit dem Finger an die Glocke, die einen gespenstischen Ton von sich gab.
»Hat sie schon jemals angeschlagen?«
»Häufig«, sagte Barbera. »Gliedmaßen benehmen sich sonderbar, wenn sie im Tod erstarren. Aber wenn der Herr Major meint, ob jemand wieder zum Leben erwacht ist, das auch. Ein zwölfjähriges Mädchen und ein andermal ein vierzigjähriger Mann. Beide erwachten wieder, nachdem bereits amtlich der Tod festgestellt worden war. Das ist schließlich der Zweck dieser Aufbahrungsräume.«
»Wie mir scheint, habt ihr Sizilianer eine besonders enge Beziehung zum Tod«, sagte Koenig.
»Nicht so eng, daß wir uns gern lebendig begraben ließen.«
Im Präparierungsraum kämpfte Carter den Schmerz nieder und lugte, auf Rosa gestützt, durch einen Spalt in der Tür. Er sah, wie nebenan die Bahre auf einen Tisch gehoben, die Decke entfernt wurde und Unteroffizier der Feldpolizei Schäfer zum Vorschein kam. Das Gesicht war blutverkrustet, die Augen starrten leer. Barbera schloß sie mit geübter Hand.
»Unteroffizier Schäfer war ein guter Soldat«, sagte Koenig. »Ich muß wohl nicht eigens darauf hinweisen, daß jeder, der dem Täter Unterschlupf gewährt, im Fall der Entdeckung die ernstesten Folgen zu gewärtigen hat.«
Barbera sagte: »Was soll mit ihm geschehen, Herr Major?«

»Säubern Sie ihn und liefern Sie ihn beim Hauptquartier der Feldpolizei in Agrigento ab.«
Barbera zog die Decke wieder über den toten Schäfer. »Ich habe für morgen bereits einen Auftrag. Die Angehörigen der Contessa di Bellona wünschen, daß ich ihre Leiche vom Frauengefängnis in Palermo abhole. Eine delikate Angelegenheit.«
»Verständlich«, sagte Koenig.
»Aber heute nacht hatte ich ursprünglich einen Toten hinunter nach Agrigento bringen wollen. Kommen Sie, er ist dort drinnen.«
Er ging zur Tür des Präparierungsraums, öffnete sie, trat ein und hielt die Lampe hoch, so daß Koenig die Leiche des alten Mannes sehen konnte. Im Dunkeln des rückwärtigen Wandschranks sank Carter gegen Rosa, und ihre Arme schlossen sich fest um ihn.
»Ich könnte Unteroffizier Schäfer gleich mitnehmen«, sagte Barbera. »Natürlich würde ich einen Passierschein benötigen, Herr Major. Ich nehme an, daß Ihre Leute heute nacht auf allen Straßen im Einsatz sind.«
Er ließ Koenig den Vortritt, ging ebenfalls hinaus, und Carter wartete weiter im Dunkeln. Der Schmerz in seiner Lunge wütete wie ein reißendes Tier. *Mein Gott,* dachte er, *vielleicht muß ich sterben.* Er klammerte sich verzweifelt an das Mädchen, als wäre sie sein Leben, und spürte ihren weichen Körper, die Brüste, die sich an ihn preßten.
Er stöhnte, vermochte den Schmerz nicht zu unterdrücken, und sie verschloß seinen Mund mit dem ihren, als wolle sie jeden Laut ersticken, ihre Zunge arbeitete fieberhaft, und trotz aller Qual reagierte Carter auf die Berührung der geübten Hände.
Nach einer Weile öffnete sie vorsichtig die Schranktür und half ihm heraus. Carter hörte, wie Wagen aus dem Hof fuhren, und lehnte sich an einen der Tische.
»Was sollte das sein, ein Mordversuch oder ein Heilungsversuch?« krächzte er.
Sie wischte ihm mit einem von Barberas Handtüchern den Schweiß vom Gesicht. »Wir haben da eine Redensart«, sagte sie.

»Es gibt einen großen Tod, und dann gibt es den kleinen Tod, den man beliebig oft erfahren kann. Welcher ist Ihnen lieber?«

Er starrte in das alt-junge Gesicht, aber ehe er antworten konnte, kam Barbera zurück und schwenkte ein Blatt Papier.

»Von Major Koenig persönlich unterzeichnet. Gilt für alle Straßensperren zwischen hier und Agrigento. Mit ein bißchen Glück könnten Sie Ihr U-Boot doch noch erwischen.«

»Wie?« sagte Carter.

»Ein Leichenwagen ohne doppelten Boden, so was fiele mir im Traum nicht ein! Kommt uns jetzt zustatten. Natürlich werden Sie flach auf dem Rücken liegen, mit zwei eingesargten Leichen bloß ein paar Zoll über Ihrer Nase, aber ich garantiere Ihnen, daß Sie nichts riechen.« Er grinste. »Halten Sie sich bloß immer an mich, alter Freund, und Sie leben ewig.«

3

Die Ju 52 aus Rom, mit Feldmarschall Albert Kesselring an Bord, landete kurz nach neun Uhr vormittags auf der Luftwaffenbasis von Punta Raisi bei Palermo. Eine Stunde später saß der Feldmarschall im deutschen Hauptquartier, der alten Benediktiner-Abtei in der Nähe des Monte Pellegrino, und trank Kaffee im Büro von Generalmajor Karl Walther, dem derzeitigen Kommandanten.

»Wunderschön«, sagte Kesselring und wies auf die Aussicht. »Großartig, und der Kaffee ebenfalls.«

»Echter Mokka aus dem Jemen.« Walther goß ihm noch eine Tasse ein. »Ein paar angenehme Extras können wir hier immer noch organisieren.«

»Bei der Fahrt durch die Stadt hatten wir Schwierigkeiten. Überall zogen Prozessionen herum.«

»Eine heilige Woche. Irgend etwas Derartiges findet dauernd statt. Dann kommt alles ins Stocken. Die Italiener sind ein sehr religiöses Volk.«

»Es scheint so«, sagte Kesselring. »Als eine der Prozessionen an uns vorüberzog, fiel mir etwas recht Ungewöhnliches auf. Die Statue der Heiligen Jungfrau, die sie mittrugen, hatte ein Messer im Herzen stecken.«

»Typisch sizilianisch«, erwiderte Walther. »Todeskult, wo man hinsieht.«

Kesselring setzte die Tasse ab. »So, und was steht jetzt für mich an?«

»Heute vormittag haben wir acht Stück. Jeweils Eisernes Kreuz Erster Klasse, mit Ausnahme der beiden Männer, für die sich der Herr Feldmarschall besonders interessiert.«

»Sehen wir sie uns mal an.«

Walther öffnete die Tür und ließ Kesselring den Vortritt auf eine steingeflieste Terrasse, deren Säulen durch schmiedeeiserne Gitter verbunden waren. Drunten im Hof standen acht Männer in Reih und Glied.
»Koenig ist der letzte in der Reihe, Herr Feldmarschall«, sagte Walther. »Der Mann neben ihm ist Scharführer Brandt.«
»Der heute das Ritterkreuz bekommt?«
»Koenig hat ihn jetzt zum drittenmal vorgeschlagen.«
»Gut.« Kesselring nickte. »Dann wollen wir mal.«

Major Max Koenig war sechsundzwanzig und sah zehn Jahre älter aus. Er hatte in Polen, Frankreich und Holland gekämpft und hatte sich 1941 zum neu aufgestellten 21. Fallschirmjäger-Bataillon der Waffen-SS gemeldet, gerade rechtzeitig für den Absprung über Maleme auf Kreta, wo er schwer verwundet wurde. Dann kam Rußland, zwei lange Winter, und sie hatten sichtbare Zeichen hinterlassen: das Verwundetenabzeichen in Gold, das besagte, daß er fünfmal schwer verletzt worden war, und den Schatten von Müdigkeit, der über seinem ganzen Wesen lag, den leeren Blick der dunklen Augen.
Mit Ausnahme des silbernen Totenkopfabzeichens an der Feldmütze und der SS-Runen und Rangabzeichen auf seinem Kragen war er ganz Fallschirmjäger: er trug eine Fliegerbluse, und die Uniformhose steckte in den Sprungstiefeln. Am linken Ärmel war der Kreta-Ärmelstreifen aufgenäht, der Stolz der Männer, die beim Angriff auf Kreta die Speerspitze gebildet hatten. Der goldene und silberne Adler des Fallschirmspringer-Abzeichens steckte neben dem Eisernen Kreuz an seiner linken Brusttasche. Das Ritterkreuz mit Eichenlaub hing an seinem Hals.
Während er als letzter in der Reihe darauf wartete, die Schwerter zu bekommen, empfand er eine seltsame Gleichgültigkeit und suchte dennoch nach einem freundlichen Wort für Feldwebel Brandt, für den dieser Augenblick überragende Bedeutung besaß und unvergeßlich bleiben würde.
»So, Rudi«, flüsterte er, »jetzt ist es endlich soweit.«
»Verdanke ich Ihnen, Herr Major«, erwiderte Brandt. Er war ein

Gastwirtssohn aus Tirol, also Österreicher, ein kleiner drahtiger Mann, der den ganzen Tag klettern konnte, ohne eine Ruhepause einzulegen. Er und Koenig waren nun seit über zwei Jahren zusammen.

Stiefel klapperten auf den Steinstufen, als Kesselring und General Walther erschienen, und jemand rief: »Stillgestanden!«

Die Ordensverleihung lief vortrefflich ab, denn Kesselring war in bester Stimmung, liebenswürdig wie immer, und sagte ein paar Worte zu jedem Mann, dem er die Auszeichnung anheftete. Und jeder war stolz darauf, wie nicht anders zu erwarten, denn Kesselring war schließlich Oberster Befehlshaber der Heeresgruppe Süd und unbestreitbar einer der sechs besten Generäle, über die beide Seiten im Zweiten Weltkrieg verfügten.

Nun war die Reihe an Brandt, und Kesselring tat etwas Großartiges: Ungeachtet aller Rangunterschiede schlug er Brandt auf die Schulter und schüttelte ihm herzlich die Hand, ehe er dem Feldwebel das heißbegehrte Ritterkreuz um den Hals hängte.

»Mein lieber Brandt, ist mir wirklich eine Freude, das sage ich unter uns Soldaten. Das war längst fällig.«

Brandt war selig, und Koenig konnte ein flüchtiges Lächeln nicht unterdrücken. Ein Meisterstreich, Kesselring verstand mit den Leuten umzugehen. Dann stand der Feldmarschall vor ihm, mit heiter-reumütigem Ausdruck, als habe er Koenigs Gedanken gelesen und bitte ihn um Nachsicht.

»Was könnte ich zu Ihnen sagen, Herr Koenig? Sie sind erst der dreizehnte Träger der Schwerter zum Ritterkreuz seit der Schaffung dieses Ordens. Normalerweise würde der Führer Ihnen die Auszeichnung persönlich überreichen wollen, aber wir leben in einer Ausnahmezeit. Ich kann nur sagen, ich freue mich, daß diese Ehre nun mir zufällt.«

Seine Hände lagen einen Augenblick auf Koenigs Schultern, und dann, wie in einer jähen Gefühlsaufwallung, zog er den Major an sich.

Später, als sie wieder in Walthers Büro waren und vor dem Mittagessen einen Cognac tranken, sagte Kesselring: »Ein sehr bemerkenswerter junger Mann.«
»Ganz zweifellos«, stimmte Walther zu.
»Anständig, aufrecht, ritterlich. Ein brillanter Soldat. Verkörpert das Bild, das jeder Angehörige der Waffen-SS gern von sich hätte. Holen Sie ihn rein und bringen wir's hinter uns.«
Walther drückte einen Summer auf seinem Schreibtisch, und sofort meldete sich ein Adjutant.
»Major Koenig«, sagte Walther.
Der Adjutant verschwand, und Koenig trat ein. Er blieb vor dem Schreibtisch stehen, schlug die Hacken zusammen und legte salutierend die Hand an den Mützenschirm.
Der Feldmarschall sagte: »Nehmen Sie sich einen Stuhl, Herr Koenig, und setzen Sie sich zu uns.«
Koenig tat, wie ihm befohlen. Kesselring wandte sich der vergrößerten Generalstabskarte von Sizilien zu, die an der Wand hing. »Wie ich höre, haben Sie bereits um Versetzung nachgesucht.«
»Jawohl, Herr Feldmarschall.«
»Die Versetzung ist abgelehnt.«
»Dürfte ich fragen, warum?«
»Ich könnte sagen, weil die Silberplatte, die man Ihnen nach Ihrem letzten Streich in Rußland in den Schädel montieren mußte, Sie für weitere Absprünge aus Flugzeugen untauglich macht. Aber ich kann mir die Ausrede sparen. Ihre Aufgabe hier in Sizilien ist von lebenswichtiger Bedeutung.«
General Walther sagte: »Die Partisanentätigkeit im Zentralgebirge ist noch immer viel zu rege, besonders im Gebiet um Cammarata. Im Falle einer feindlichen Invasion wäre dies für uns verhängnisvoll.«
»Ich dachte, die Alliierten beabsichtigten, es zuerst auf Sardinien zu versuchen, Herr General?« meinte Koenig fragend.
Walther und Kesselring tauschten einen Blick, und Kesselring lachte. »Los, sagen Sie's ihm. Ich wüßte nicht, was dagegen spräche.«

Walther sagte: »Was Sie vermuten, Herr Koenig, kommt der Wahrheit ziemlich nahe. Das Oberkommando in Berlin und auch der Führer persönlich sind der Ansicht, daß die Landung in Sardinien erfolgen werde.«

»Vor ein paar Wochen wurde die Leiche eines britischen Kuriers an der spanischen Küste angespült«, fuhr Kesselring fort. »Ein Major der königlichen Marine. Er hatte Briefe an General Alexander in Tunesien bei sich. Außerdem einen von Lord Louis Mountbatten an Sir Andrew Cunningham, den Oberkommandierenden der britischen Mittelmeerflotte. Aus diesen Briefen geht eindeutig hervor, daß Sardinien und Griechenland die Ziele der alliierten Invasion sein sollen. Ein eventueller Angriff auf Sizilien würde nur ein Ablenkungsmanöver darstellen.«

Die drei Männer schwiegen lange. Dann sagte Walther: »Wir möchten gern Ihre Ansicht hören, Herr Koenig. Sprechen Sie frei heraus.«

»Was kann ich dazu schon sagen, Herr General.« Koenig zuckte die Achseln. »Auch heutzutage geschehen tatsächlich noch Zeichen und Wunder. Eines davon war vermutlich die Leiche dieses britischen Majors, die ausgerechnet an der spanischen Küste auftauchte, so daß unsere Agenten die Briefe finden konnten.«

»Aber im großen und ganzen«, sagte Kesselring, »glauben Sie nicht an Wunder, wie?«

»Das ist vorbei, seit ich nicht mehr die Märchen der Brüder Grimm lese, Herr Feldmarschall.«

»Gut.« Kesselring wurde jetzt ganz sachlich. »Lassen Sie mich Ihre Einschätzung der Lage auf Sizilien hören.«

Koenig stand auf und trat vor die Landkarte. »Was die Partisanentätigkeit betrifft, gibt es zwei bedeutende Gruppen. Die Separatisten, die ein unabhängiges Sizilien anstreben, und die Kommunisten. Was *die* anstreben, wissen wir alle. Die einen schneiden den anderen ebenso freudig die Kehle durch wie uns.«

»General Walther berichtete mir über die Mafia-Bewegung«,

sagte Kesselring. »Stellt sie einen Faktor dar, mit dem wir rechnen müssen?«
»Ja, ich glaube, daß diese Gruppen aus dem Untergrund wirkliche Macht ausüben, und außerdem sind sie eingefleischte Sizilianer. Das italienische Festland und Mussolini bedeuten ihnen gar nichts.«
»Und im Fall einer Invasion werden sie kämpfen?«
»O ja, ganz bestimmt.« Koenig nickte. »Allesamt. Unser Hauptproblem wäre die italienische Armee.«
»Glauben Sie wirklich?« fragte Kesselring.
Koenig holte tief Luft und wagte den Sprung ins kalte Wasser. »Offen gesagt, Herr Feldmarschall, müssen wir uns nach meiner Meinung darüber klar sein, daß das italienische Volk als Ganzes jegliches Interesse am Krieg, soweit es dies überhaupt jemals hatte, und alle Begeisterung für Mussolini verloren hat.«
Eine kurze Pause trat ein, dann lächelte Kesselring. »Eine recht zutreffende Einschätzung. Ich würde ihr nicht widersprechen. Also glauben Sie, daß die Landung auf Sizilien stattfinden wird.«
Koenig fuhr mit dem Finger die Straße von Palermo in südlicher Richtung bis Agrigento nach. »Dies ist die wichtigste Verbindungsstraße auf der Insel, sie führt durch die Region Cammarata, eine der wildesten und unzugänglichsten Gegenden Siziliens. In letzter Zeit herrschte dort lebhafte Partisanentätigkeit. Nach Berichten unserer Informanten wurden während der vergangenen Wochen mehrere amerikanische Agenten per Fallschirm eingeschleust. Bisher gelang es uns nicht, einen von ihnen zu schnappen.«
Kesselring nahm eine Akte vom Schreibtisch auf. »Und doch hatten Sie diesen Mann fast schon in der Hand.« Er schlug den Deckel auf. »Major Harry Carter, Leiter der Italien-Abteilung von Special Operations Executive in Kairo. Sie hatten ihn, Koenig, und ließen ihn sich durch die Finger schlüpfen.«
»Verzeihung, Herr Feldmarschall«, berichtigte Koenig mit fester Stimme, »meine Aufgabe war, Fahndungshilfe im Gelände zu leisten. Die Angelegenheit war Sache der Geheimen Feldpolizei

und der Gestapo. Und ich darf darauf hinweisen, Herr Feldmarschall, daß mein Bataillon seit Rußland nur noch aus fünfunddreißig Mann besteht. Die Einheit hat außer mir keinen einzigen Offizier mehr.«
»Ja, ja. Trotzdem, Carters Gefangennahme wäre für die Geheime Staatspolizei ein Coup ersten Ranges gewesen, und Berlin, in der Person des Reichsführers Himmler, ist höchst unzufrieden. Himmler hat angeordnet, daß einer seiner vertrauenswürdigsten Mitarbeiter aus der Dienststelle in Rom hierher abkommandiert wird, um mit Ihnen zusammenzuarbeiten.«
»Verstehe, Herr Feldmarschall«, sagte Koenig. »Gestapo?«
»O nein«, erwiderte Kesselring ernst, »viel gewichtiger.« Er wandte sich an Walther: »Holen Sie Major Meyer herein.«
Der Eintretende war breitschultrig und gedrungen und hatte ein flaches, slawisches Gesicht und kalte blaue Augen. Koenig erkannte den Typus sofort, denn er war im Sicherheitsdienst stark vertreten: Ex-Polizisten, die mit der kriminellen Unterwelt bestens vertraut waren. Er trug SS-Kampfuniform und als einzige Auszeichnung den Blutorden, den Hitler für die Teilnehmer am »Marsch zur Feldherrnhalle« vom 9. November 1923 geschaffen hatte, und der großes Prestige verlieh. Das interessanteste an Meyer war der Ärmelstreifen, auf den mit Silberfaden die Buchstaben RFSS aufgestickt waren. Reichsführer-SS, die Bezeichnung für Himmlers persönlichen Mitarbeiterstab.
»Major Franz Meyer - Major Koenig«, stellte Walther vor, während Kesselring aus dem Fenster sah und eine Zigarette rauchte.
Meyer registrierte mit geübtem Polizistenauge jede Einzelheit an Koenig: die höchst unvorschriftsmäßige SS-Uniform, das Ritterkreuz mit Eichenlaub und Schwertern.
»Angenehm, Herr Koenig«, sagte er.
Koenig wandte sich an Kesselring. »Eines, glaube ich, wäre noch zu regeln, Herr Feldmarschall. Wer ist der Verantwortliche? Wenn ich richtig verstanden habe, sind Herr Meyer und ich ranggleich.«
»Hier dürften sich keine Probleme ergeben«, sagte Kesselring di-

plomatisch. »Ich sehe Ihre Funktionen als völlig getrennt an. Sie, Herr Koenig, sind für die rein militärische Seite des Unternehmens zuständig, und Major Meyer kümmert sich um die - wie soll ich es formulieren? - die mehr politischen Aspekte.«

»Was mich betrifft, wird es keine Schwierigkeiten geben, das darf ich dem Herrn Feldmarschall versichern«, sagte Meyer.

»Ausgezeichnet.« Kesselring rang sich ein frostiges Lächeln ab. »Würden Sie uns jetzt bitte wieder allein lassen, Herr Meyer. Ich habe noch einiges mit Major Koenig zu besprechen.«

Meyer schlug die Hacken zusammen, rief ein donnerndes »Heil Hitler!« und machte kehrt. Als er draußen war, sagte Kesselring: »Ich weiß, was Sie jetzt sagen möchten, Herr Koenig, und Sie haben völlig recht. Das bringt Sie in eine äußerst schwierige Lage.«

»Nahezu unmöglich, Herr Feldmarschall. Ich habe keinen höheren Dienstrang, was bedeutet, daß dieser Mensch mir ständig in die Quere kommen kann.«

Er war verärgert, und man sah es ihm an. Kesselring sagte: »Der Dienstrang spielt in diesem Fall kaum eine Rolle. Als persönlicher Mitarbeiter des Reichsführers wird Meyer unter bestimmten Umständen immer beträchtlichen Einfluß haben, sogar mir gegenüber. Trotzdem habe ich getan, was ich, wie die Dinge liegen, für Sie tun konnte.«

Er nickte Walther zu, der Koenig einen braunen Umschlag überreichte.

Koenig wollte den Umschlag gleich öffnen, aber Kesselring sagte: »Nein, tun Sie das später.« Er reichte dem Major die Hand - wieder eine seiner überraschenden Regungen. »Ich wünsche Ihnen viel Glück, Herr Koenig. Sie werden es nötig haben.« Dann wandte er sich rasch ab.

»Herr Feldmarschall! Herr General!« Koenig salutierte, machte kehrt und ging hinaus.

Franz Meyer stand in der Halle und tat, als studiere er das Schwarze Brett, während er auf Koenig wartete.

Der Major war ihm auf den ersten Blick unsympathisch gewe-

sen, und diese Abneigung ging über persönlichen Neid auf Koenigs militärische Auszeichnungen hinaus. Sie saß viel tiefer. Koenig war ein Gentleman, Sohn eines Generalmajors der Luftwaffe. Meyer hingegen war der dritte Sohn eines Hamburger Schusters, der die letzten zwei Jahre des Ersten Weltkriegs in den Schützengräben gekämpft und in den zwanziger Jahren, wie Tausende von Deutschen, durch die Schuld der Briten, der Franzosen und der Juden Hunger gelitten hatte, bis der Führer gekommen war, der Mann aus dem Volk, der dem Volk neue Hoffnung gab. Und Meyer hatte ihm seit jenen ersten Tagen gedient, war eines der ersten Parteimitglieder von Hamburg gewesen. Der Führer persönlich hatte ihm das Goldene Parteiabzeichen angeheftet. Alle Koenigs dieser Welt, die sich so haushoch überlegen dünkten, konnten sich an ihm ein Beispiel nehmen.
Als Koenig herauskam, drehte er sich um. »Ah, da sind Sie ja, Herr Koenig. Ich möchte die erste Gelegenheit ergreifen, die Kompetenzen zu klären. Im Fall Carter, zum Beispiel.«
»Sache der Gestapo, nicht die meine«, sagte Koenig und zog die Handschuhe an. »Ich habe lediglich Fahndungshilfe im Gelände geleistet.«
Meyer sagte: »Einer unserer verdienstvollsten Männer wurde ermordet, Carter gelang die Flucht, und dennoch haben Sie in Bellona keine Geiseln genommen, keine Vergeltungsmaßnahmen ergriffen.«
»Ich bin Soldat, kein Schlächter«, sagte Koenig. »Sollte diese Unterscheidung Ihnen nicht zusagen, so machen Sie das mit dem Feldmarschall aus.«
»Vielleicht könnte ich es mit jemand anderem ausmachen«, erwiderte Meyer ruhig. »Reichsführer Himmler könnte sich durchaus für einen Offizier der Waffen-SS interessieren, der solche Ansichten zum Ausdruck bringt.«
»Dann müssen Sie den Fall mit ihm besprechen«, sagte Koenig. »Was Sie übrigens bestimmt ohnehin tun werden.« Und er schritt durch die Tür, die Stufen hinunter und über den Hof zu dem Kübelwagen, wo Brandt hinter dem Steuer auf ihn wartete.

Kochend vor Zorn rauchte Koenig eine Zigarette, als sie in Richtung Palermo fuhren. Endlich sagte er: »Halt hier an, Rudi. Ich muß eine Weile laufen.«
Brandt machte vor dem Eingang des Friedhofs von Pellegrino halt, und Koenig stieg aus, ging durch das Tor und eine schnurgerade Zypressenallee entlang.
Vor einem weißen Marmorgrabmal mit der lebensgroßen Statue der heiligen Rosalia von Pellegrino blieb er stehen. Brandt war ihm gefolgt.
Koenig sagte:
»Das Scheußlichste, was ich je gesehen habe.«
Brandt fragte:
»Was ist vorhin passiert?«
»Ach, nichts Besonderes. Sie haben mir einen Major namens Meyer aus Himmlers persönlichem Stab verpaßt. Dem Feldmarschall tat es sehr leid, aber er konnte nicht viel dagegen machen.«
Er suchte in seiner Tasche nach Zündhölzern, und der Umschlag, den Kesselring ihm gegeben hatte, fiel heraus. Brandt hob ihn auf, während Koenig sich eine Zigarette anzündete.
»Herr Major«, sagte er und hielt den Umschlag hoch.
»Kesselrings Abschiedsgeschenk«, erklärte Koenig ihm. »Machen Sie ihn auf, damit wir sehen, was er nicht gewagt hat, mir persönlich mitzuteilen.«
Er wandte sich ab und blickte hinaus aufs Meer, hörte, wie Brandt den Umschlag aufriß und dann einen Ruf ungläubigen Frohlockens ausstieß. Koenig fuhr herum, und Brandt hielt ihm lächelnd den Umschlag entgegen.
»Ihre Beförderung zum Oberstleutnant!«
Koenig starrte den Feldwebel lange Zeit schweigend an, dann riß er ihm das Schreiben aus der Hand. Die feierliche Formulierung bedeutete ihm nichts. Wichtig war nur, daß Kesselring ihn befördert hatte. Als er jetzt den Umschlag ansah, fiel ihm erst auf, daß er an Obersturmbannführer Max Koenig adressiert war. Was hatte Kesselring gesagt? *Ich habe getan, was ich, wie die Dinge liegen, für Sie tun konnte.*

Er schlug Brandt auf die Schulter. »Das, mein lieber Rudi, ist entschieden eine Feier wert.« Auf dem Rückweg zum Kübelwagen lachte er: »Herrgott, ich möchte zu gern Meyers Gesicht sehen, wenn er das erfährt.«

4

Vier Wochen später stieg Harry Carter abermals vor dem prächtigen Eingang der Villa dar el Ouad aus einem Jeep, ging langsam die Vordertreppe hinauf und trat in die kühle Dämmerung der Halle.

Cusak blickte von seinem Schreibtisch hoch und sprang freudig auf. »Major Carter! Freut mich, Sie zu sehen, Sir.«

»Ich glaube, ich werde erwartet.«

»Stimmt, Sir. Ich melde General Eisenhower, daß Sie hier sind.«

Er entfernte sich, und Carter trat auf die Terrasse hinaus. *Ist es erst sechs Wochen her, seit ich zuletzt hier stand?* Er spürte wieder den Schmerz in der Brust, aber trotzdem - oder gerade deshalb - zog er das alte silberne Etui aus der Tasche, nahm sich eine Zigarette, zündete sie an und sog mit voller Überlegung den Rauch tief in die Lungen.

Er hörte hinter sich rasche Schritte, und als er sich umwandte, sagte Cusak: »Der General läßt bitten, Major.«

Als Carter vor dem Schreibtisch stand, überfiel ihn das seltsame Gefühl, er müsse diesen Augenblick schon einmal durchlebt haben. Eisenhower musterte ihn stirnrunzelnd. »Besonders gut sehen Sie nicht aus, Major.«

»Geht bald vorüber, Sir. Ich überlegte nur gerade, ob es damals ist oder jetzt.«

Eisenhower lächelte. »O ja, Sie waren schon einmal hier, ich kann's bezeugen. An manchen Tagen geht es mir genauso. Nehmen Sie Platz.« Er zog eine Akte hervor und schlug sie auf. »Ich habe Ihren Bericht mit großem Interesse gelesen.«

Carter holte sich einen Stuhl. »Vielen Dank, Sir.« Er zögerte. »Wird es Ernst mit der Landung auf Sizilien, General?«

Eisenhower blickte auf und sagte ruhig: »Im Lauf der nächsten

Wochen werden die Briten am östlichen Rand der Insel zur Invasion ansetzen, während General Patton mit der Siebenten Armee im Süden landen und in Richtung Palermo vorstoßen wird. Überrascht Sie das?«

»Nicht eigentlich, Sir, obwohl sich auf Sizilien seit Monaten hartnäckig ein Gerücht hält, das auch die Deutschen für wahr zu halten scheinen, nämlich daß Sardinien das Ziel ist.«

»Genau das sollen sie auch glauben. Aber kommen wir jetzt auf die Frage zurück, die ich Ihnen bei Ihrem letzten Besuch stellte. Nach Ihrem Bericht zu schließen, sind Sie überzeugt, daß Washington sich von der Mafia-Connection zuviel erhofft.«

»Davon bin ich leider wirklich überzeugt, General.«

Eine kurze Weile starrte Eisenhower schweigend und mit düsterer Miene auf die vor ihm liegende Akte. »All right, was würden Sie vorschlagen?«

»Nun, General, ich denke an einen Mann namens Luca. Don Antonio Luca. Er ist in ganz Sizilien bekannt als *capo dei tutti capi.* Boß aller Bosse. Die Faschisten verhafteten ihn 1940. Schickten ihn aufs Festland ins Gefängnis - Neapel. Noch im gleichen Jahr gelang ihm die Flucht und die Rückkehr nach Sizilien, wo er sich seitdem versteckt hält. Er ist der einzige, auf den alle hören. Ich möchte nicht lästern, aber in Sizilien könnte er noch größere Anziehungskraft auf die Menschen ausüben als der Papst.«

»Dann finden Sie ihn«, sagte Eisenhower.

»Er will nicht gefunden werden, Sir.«

»Könnten Sie ihn finden?«

»Ich hab's versucht. Bisher Fehlanzeige. Dabei stehen meine Chancen noch günstiger als die Ihrer Leute. Er hat für die Amerikaner nicht viel übrig. Angeblich hatte er einen jüngeren Bruder namens Cesare, der während der Prohibition Alkohol über die Großen Seen einschmuggelte. 1929 geriet Cesare in der Nähe von Chicago eines Nachts in den Hinterhalt einer feindlichen Schmugglerbande und erschoß eigenhändig drei Männer der Konkurrenz. Er selber starb im folgenden Jahr auf dem elektrischen Stuhl.«

Eisenhower stand auf. »Das hat mir noch gefehlt.« Er marschierte ein paarmal im Zimmer auf und ab, dann machte er halt und blickte auf die Wandkarte. »Eines ist jedenfalls sicher. Wenn George Patton und seine Jungens sich durch diese Gebirge bis nach Palermo durchkämpfen müssen, dann werden sie zu Tausenden sterben. Zu Tausenden.«

Er wiederholte die Worte flüsternd, wie im Selbstgespräch. Carter wußte, daß Eisenhower in der Erinnerung wieder die gefallenen Amerikaner auf dem Schlachtfeld von Kasserine vor sich sah, kampfunerfahrene Knaben, denen die Elite des Afrika-Korps ein furchtbares Schicksal bereitet hatte.

Carter räusperte sich. »Verzeihung, General, ich könnte tatsächlich einen Vorschlag machen.«

Mit jäher Lebhaftigkeit wandte sich Eisenhower um. »Und der wäre?«

»Für mich ist Luciano nach wie vor die Schlüsselfigur in der ganzen Sache. Sein Einfluß auf die sizilianische Mafia steht außer Zweifel. Luciano könnte die Verbindung zu Luca herstellen oder zumindest bewirken, daß Luca aus seinem Versteck kommt und öffentlich unsere Partei ergreift. Wenn er das tut, General, dann haben wir die Mafia hundertundzehnprozentig auf unserer Seite.«

Lange Zeit stand Eisenhower nur da und starrte Carter schweigend an, dann nickte er bedächtig. »Verdammt noch mal, Major, langsam kommt mir der Verdacht, Sie könnten recht haben.«

»Dann werden Sie sofort den Geheimdienst in Washington mobilisieren, Sir?« sagte Carter. »Er könnte schon in den nächsten Tagen nochmals an Luciano herantreten.«

»Ich will es mir überlegen«, sagte Eisenhower und sah auf die Uhr. »Aber jetzt müssen Sie mich entschuldigen. Um diese Tageszeit beginnen die Telefonleitungen nach Washington zu glühen. Ich spreche fast täglich mit dem Präsidenten. Er möchte über alles auf dem laufenden sein.«

»Dann darf ich mich verabschieden, Sir.«

Carter stand auf, setzte die Mütze auf und salutierte. Eisen-

hower, der sich bereits wieder mit seinen Papieren beschäftigte, erwiderte flüchtig den Gruß, und Carter ging zur Tür.
Als er sie öffnete, rief Eisenhower: »Kommen Sie bitte um elf Uhr nochmals her.«
Carter wandte sich überrascht um. »Sie meinen, heute nacht um elf Uhr, Sir?«
»Ganz recht, Major«, erwiderte Eisenhower, ohne aufzublicken.
Carter schloß die Tür hinter sich, blieb ein paar Sekunden stehen, durchquerte dann die Halle und ging die Stufen hinunter.
Er stieg in seinen Jeep, setzte sich neben den Fahrer und warf einen Blick auf seine Armbanduhr. Es war kurz nach sechs. Fast fünf Stunden totzuschlagen.
»Wohin jetzt, Sir?« fragte der Fahrer, ein Soldat im ersten Dienstjahr, der nicht älter als sechzehn aussah.
»Kennen Sie den Stützpunkt der Royal Air Force in Maison Blanche?«
»Klar, Major. Ungefähr eineinhalb Stunden von hier.«
»Sehr schön«, sagte Carter. »Fahren Sie mich hin.«

Die Douglas DC 3, die berühmte Dakota, war vermutlich das beste Vielzweck-Transportflugzeug, das je konstruiert wurde, aber die Maschine, die der Oberstleutnant der Air Force Harvey Grant kurz vor Dunkelheit aus Malta zu seinem Stützpunkt in Maison Blanche zurückbrachte, hatte entschieden bessere Tage gesehen.
Es war in keinem Sinn seine reguläre Maschine. Die alte Dakota flog dreimal in der Woche Lazarettbedarf nach Malta. An diesem Morgen war der ständige Pilot erkrankt, und da im Moment kein Ersatzmann zur Verfügung stand, hatte Grant die Gelegenheit ergriffen, seinem Schreibtisch in der Kommandantur den Rücken zu kehren, und den Flug selber übernommen. Was absolut vorschriftswidrig war, denn der Befehlshaber der Luftstreitkräfte Nahost persönlich hatte ihm erst vor sechs Wochen jeden weiteren Einsatz untersagt.
Jetzt saß er allein und glücklich im Cockpit und pfiff leise vor

sich hin, während die beiden Unteroffiziere vom Sanitätsdepot im Rumpf der Maschine schliefen.

Harvey Grant war sechsundzwanzig, ein kleiner Mann mit dunklen, lebensprühenden Augen. Sein Vater hatte eine Weizenfarm in Parker, Iowa, doch das große Vorbild des Jungen war der jüngere Bruder des Vaters gewesen, Templeton Grant, der als Flieger im Royal Flying Corps in Frankreich gedient hatte.

Harvey Grant lernte schon früh, daß man immer auf die Sonne achtet und niemals allein tiefer als 10000 Fuß über Grund fliegt. Mit sechzehn bestand er, dank der Unterweisung durch seinen Onkel, die Pilotenprüfung für den Alleinflug, dann ging er nach Harvard, um dort Jura zu studieren, mehr dem Vater zuliebe als aus eigener Neigung. Er war an der Sorbonne in Paris, als der Krieg ausbrach, und meldete sich sofort zur Royal Air Force.

Zweimal wurde er in einer Hurricane abgeschossen und hatte selber elf deutsche Kampfflugzeuge heruntergeholt, ehe die Luftschlacht um England beendet war. Danach hatte er sich zur Bomberstaffel versetzen lassen, eine erste Dienstzeit in Wellingtons abgeleistet, eine zweite in Lancasters, und wurde zum Geschwaderführer befördert und mit hohen Auszeichnungen geehrt.

Danach hatte man ihm zum 138sten Geschwader nach Tempsford geholt, dem berühmten »Mondscheingeschwader«, einer Spezialeinheit, die Agenten ins besetzte Europa brachte oder wieder von dort abholte, je nachdem.

Grant hatte von Tempsford aus über dreißig solche Einsätze geflogen, ehe er befördert und nach Maison Blanche geschickt wurde, wo er ähnliche Aufträge durchführte: Er flog schwarzlakkierte Halifax-Maschinen vom algerischen Festland nach Sizilien, Sardinien und Italien.

Aber das alles lag hinter ihm. Jetzt war er offiziell zur Bodentruppe versetzt. Er sei zu wertvoll, als daß man sein Leben weiterhin aufs Spiel setzen wolle, hatte der Air Officer Commanding erklärt, während es sich nach Grants Meinung nur um einen weiteren Schachzug des American Army Air Corps han-

delte, mit dem er zum »Aussteigen« gezwungen werden sollte, ein Los, das er um jeden Preis vermeiden wollte.
Er befand sich südwestlich der Insel Pantelleria - es war kurz vor Einbruch der Abenddämmerung, die schmale Mondsichel warf bereits ein blasses Licht über die Wolken -, als Donnergetöse die Luft erfüllte. Die Dakota wurde so heftig geschüttelt, daß Grant seine ganze Kraft einsetzen mußte, um sie zu halten, als ein dunkler Schatten backbords vorbeizog.
Er identifizierte die Maschine sofort als eine Junkers 88, eines dieser scheinbar schwerfälligen, schwarzen, zweimotorigen und von seltsamen Radarantennen starrenden Flugzeuge, die den Bombern der Royal Air Force bei den Nachtangriffen über Europa so schwere Verluste zugefügt hatten. Und er hatte nichts als seine Geschicklichkeit gegen sie ins Feld zu führen, denn die Dakota war unbewaffnet.
Die Tür zum Cockpit schwang hinter ihm auf, und die beiden Unteroffiziere lugten herein.
»Festhalten!« sagte Grant. »Ich will versuchen, ob ich ihn zu einer Dummheit reizen kann.«
Er setzte zum Sinkflug an und sah, wie die Junkers kehrtmachte und mit voller Geschwindigkeit auf ihn zuhielt. Dabei feuerte sie, zu früh, und wegen der überhöhten Geschwindigkeit mußte sie backbords abkippen, um einen Zusammenstoß zu vermeiden.
Genau das hatte Grant im Sinn gehabt. Er setzte den Sinkflug fort und war auf sechshundert Fuß, als die Junkers von hinten angriff. Diesmal schlingerte die Dakota unter den Einschüssen der Bordkanone. Die Junkers kurvte jetzt nach Steuerbord davon und zog sofort wieder gleich.
»Komm nur, Freundchen! Komm!« sagte Grant leise.
Hinter ihm erschien einer der Unteroffiziere mit blutverschmiertem Gesicht, er hatte einen Splitter abbekommen. »Johnson hat's erwischt.«
»Okay«, sagte Grant. »Gleich geht's wieder los, aufs Gesicht legen und festhalten.«
Er war knapp fünfhundert Fuß über den Wellen, als die Junkers

zum Gnadenstoß ansetzte. Jetzt schätzte sie das Tempo der Dakota genau richtig ein, glitt von hinten heran und eröffnete wieder das Feuer. Als die Maschine unter der Wucht der Treffer zu rütteln begann, fuhr Grant die Bremsklappen aus.
Die Dakota schien in der Luft stehenzubleiben. Der Pilot der Junkers kippte steil nach Steuerbord ab, um eine Kollision zu vermeiden, und da ihm weder Platz noch Zeit für eine Kursänderung blieb, raste die Maschine direkt ins Meer.

Grant stapfte in seinen Fliegerstiefeln über den geteerten Platz zur Offiziersmesse von Maison Blanche. Seine Stimmung war düster, immer noch sah er die Junkers vor sich, wie sie im Meer versank, dachte an die Männer, die an Bord gewesen waren. Es setzte ihm schwer zu. Als er an den Stufen zum Kasinogebäude anlangte, sah er Harry Carter droben stehen.
»Harry!« rief er hocherfreut. »Ich dachte, Sie wären in Kairo im Krankenhaus.«
»Das war einmal«, erwiderte Carter. »Ich hatte in dar el Ouad zu tun, beim Alten höchstpersönlich, und weil mir noch ein paar Stunden Zeit bleiben, dachte ich, ich will mal nachsehen, was Sie treiben.«
Carter war zweimal mit dem Fallschirm über Sizilien abgesprungen, und beidemal hatte Grant die Maschine geflogen, woraus sich ein gewisses Gefühl der Zusammengehörigkeit ergeben hatte.
»Trinken wir einen Schluck?«
»Lieber nicht. Gehen wir ein Stück spazieren.«
Sie schlugen den Weg zu den Hangars ein. Carter sagte: »Es heißt, Sie hätten heute abend wieder einen runtergeholt.«
»Gewissermaßen, ja.«
»Und ausgerechnet Sie sollen zum Bodenpersonal.«
»Verdammter Unsinn. Vor ein paar Wochen mußte ich in einer dienstlichen Angelegenheit Air Marshal Sloane aufsuchen, und er sagte, ich hätte Muskelzucken in der rechten Backe. Bestand auf einer ärztlichen Untersuchung, und die Scheißkerle erklärten mich fluguntauglich.«

Er war zornig und machte kein Hehl daraus. Carter sagte: »Wir können den Krieg auch ohne Sie gewinnen, Harvey, allerdings nur mit knapper Not.« Er legte dem Amerikaner kurz die Hand auf die Schulter. »Was ist los? Was ist wirklich los?«
»Ich muß dauernd an die Männer in dieser Junkers von heute abend denken«, sagte Grant. »Ich weiß nicht, wie ich es erklären soll, Harry, aber zum erstenmal war es, als wäre ich selber darin gewesen. Hat das irgend etwas zu bedeuten?«
»Absolut«, erwiderte Carter. »Es bedeutet, daß der Arzt, der Sie fluguntauglich schrieb, seine guten Gründe hatte.«
Grant sagte: »Und wie ist das mit Ihnen? Gehen Sie wieder in Ihren alten Laden zurück?«
»Das dürfte unwahrscheinlich sein.«
»Will ich auch hoffen.« Sie passierten einen Hangar, in dem Mechaniker bei Flutlicht an einer übel zugerichteten Halifax arbeiteten. Das halbe Leitwerk fehlte, die Kanzel des Heckschützen war völlig demoliert. »Heckschütze und Navigator wurden vorgestern nacht bei einem Versorgungsflug über Sizilien getötet. Da drüben hat die Luftwaffe wirklich das Heft in der Hand, Harry. Wir haben in zehn Tagen vier Maschinen verloren, alle abgeschossen, und jedesmal waren die Agenten, die aus ihnen abspringen sollten, noch drinnen. Wenn ich Sie heute wieder einfliegen sollte, würde ich uns höchstens eine Chance fünfzig zu fünfzig geben, daß wir das Ziel erreichen und Sie abspringen könnten.«
»Darüber«, sagte Carter, »soll sich jetzt ein anderer den Kopf zerbrechen.«
Sie waren am Ende des größten Hangars angelangt, und er sah zu seiner Überraschung im Halbdunkel einen Ju-88-Nachtjäger stehen, auf dessen Rumpf und Tragflächen die Kokarden der Royal Air Force gemalt waren.
»Was, um Gottes willen, ist denn das?«
»Wurde vor ein paar Wochen an der Küste zur Landung gezwungen, nachdem ein paar arabische Agenten mit dem Fallschirm abgesprungen waren. Sehen Sie, hier ist eine Spezialtür im Rumpf eingelassen. Es ist eine Ju 88 S, einer ihrer besten Nacht-

jäger, bringt es auf etwa sechshundert Kilometer in der Stunde. Wir haben ein paar Erprobungsflüge gemacht.«
»Wir, das heißt wohl, Sie?«
»Na ja, eine Stunde dann und wann.« Grant zuckte die Achseln. »Wer merkt das schon?« Er schlug Carter auf die Schulter. »Und was ist jetzt Ihre nächste Nummer? Streng geheim, wie, weil der Ausgang des Krieges davon abhängt.«
Carter lächelte. »Ein solches Tier gibt es auf der ganzen Welt nicht, Harvey. Kriege werden heutzutage nicht mehr von Menschen gewonnen. Sie werden von großen Gremien dirigiert, wie bedeutende Industrieunternehmen.«
»Vielleicht haben Sie recht.« Grant warf seine Zigarette weg. »Soll ich Ihnen mal was sagen, Harry? Ich bin müde - ich meine, wirklich müde. Mir ist alles egal geworden.«
»Das macht der Krieg, Harvey. Er dauert schon zu lang.«
»Aha«, sagte Grant. »Das tröstet mich ganz enorm. Aber jetzt gehen wir zurück ins Kasino, ich spendiere einen Drink.«

Als der Jeep Carter im Hof der Villa absetzte, stand dort schon ein Stabswagen, ein großer Packard. Carter ging an den Wachposten vorbei die Stufen hinauf und sah in der Halle Cusak noch immer am Schreibtisch sitzen.
»Gibt's hier außer Ihnen keinen, der arbeitet?« erkundigte sich Carter.
Cusak grinste. »Ich muß gestehen, manchmal kommt's mir so vor. Es wird nicht lang dauern, Sir. General Patton ist bei ihm.«
Carter ging hinaus auf die Terrasse und fragte sich, weshalb Eisenhower ihn nochmals sprechen wollte. Vielleicht eine weitere Erörterung der Lage in Sizilien, aber was gab es da noch zu sagen? Es war alles beschlossen. Im Lauf der nächsten Wochen würden die starken Bataillone rollen, die Landung würde stattfinden und Sizilien um den Preis einer noch unbekannten Zahl von Gefallenen von den Alliierten besetzt sein. Die Deutschen hatten den Krieg verloren, das war bereits klar, warum also stiegen nicht einfach alle an der nächsten Haltestelle aus?
Die Tür von Eisenhowers Arbeitszimmer ging auf, und George

Patton marschierte durch die Halle. Er trug die Feldmütze und einen schweren Militärmantel und hatte die Hände tief in den Taschen stecken, als friere ihn.
Als Carter aus dem Schatten trat, blieb Patton stehen. »Sind Sie Carter?«
»Jawohl, Sir.«
Patton musterte ihn ein wenig kritisch von Kopf bis Fuß. Einen Augenblick lang schien er etwas sagen zu wollen; dann überlegte er es sich anders, machte kehrt und verließ wortlos das Haus.
Das Telefon summte, Cusak mahm den Hörer auf. »Ja, General?« Er lächelte Carter kurz zu. »Jetzt können Sie reingehen, Major.«

Das Zimmer war dunkel, die einzige Beleuchtung war die Lampe auf dem Schreibtisch, wo Eisenhower in einer Wolke von Zigarettenrauch über eine Akte gebeugt saß. Bei Carters Eintritt blickte er auf und legte die Feder hin.
»Wissen Sie, eines hat man in Westpoint vergessen, uns mitzuteilen, als ich dort Kadett war: was für ein Haufen Schreibereien einem Obersten Befehlshaber blühen.«
»Sonst würde vielleicht keiner den Job haben wollen, General.«
»Stimmt.« Eisenhower grinste flüchtig und kam dann sofort zur Sache. »In zwei Stunden startet vom Flugplatz Bone aus eine Fliegende Festung mit Bestimmungsort Prestwick in Schottland. Dort steigen Sie um in die erste Maschine, die nach Washington abgeht, Dringlichkeitsstufe eins. Wenn alles klappt, müßten Sie spätestens morgen gegen Abend landen. Captain Cusak wird Ihnen nachher alle Papiere aushändigen, die Sie für Ihre Sondermission benötigen.«
»Verzeihung, Sir, ich verstehe nicht recht.«
»Natürlich nicht«, erwiderte Eisenhower. »Natürlich haben Sie keine Ahnung, wovon ich rede, deshalb will ich es Ihnen sagen. Ihre Darstellung der Lage in Sizilien fand ich einleuchtend. Hat Hand und Fuß, besonders, was Sie über diesen Antonio Luca sagten und was es für diesen Feldzug bedeuten würde, wenn wir

den Mann aufstöbern und auf unsere Seite bringen könnten.«
»Verstehe, Sir.«
»Ich habe heute abend per Telefon mit dem Präsidenten über die Sache gesprochen. Er ist gleichfalls der Meinung, daß alles versucht werden muß, was uns Verluste ersparen könnte. Zu diesem Zweck sollen Sie sich in die Strafanstalt von Great Meadows begeben und nochmals mit Luciano über die mögliche Rolle der Mafia bei der Landung der Alliierten sprechen.« Er schob einen braunen Umschlag über den Schreibtisch. »Hier ist Ihre Vollmacht, von mir ausgestellt, die Sie berechtigt, alles zu unternehmen, was Sie in dieser Sache für erfolgversprechend halten. Die Vollmacht besagt, daß Sie ausschließlich mir persönlich verantwortlich sind und daß alle Militär- oder Zivilpersonen ohne Ansehen des Dienstrangs Ihnen in jeder von Ihnen gewünschten Weise behilflich zu sein haben. In Washington liegt ein ähnliches Dokument für Sie bereit, das vom Präsidenten gegengezeichnet ist.«
Carter starrte ratlos auf den braunen Umschlag.
»Was habe ich zu tun, General?«
»Wie, zum Teufel, soll ich das wissen?« sagte Eisenhower. »Mit dem Mann reden. Hören, was er zu sagen hat. Ihn, wenn nötig, aus dem verdammten Gefängnis mit Gewalt rausholen. Die Befugnis dazu haben Sie. Wollen Sie sie benutzen oder nicht?«
Mit einem Gefühl der Erregung, wie er es seit Jahren nicht mehr empfunden hatte, steckte Carter den Umschlag in die Innentasche seines Waffenrocks und knöpfte ihn sorgfältig zu.
»O ja, Sir.«
»Gut.« Eisenhower nickte. »Noch etwas. Ich habe Ihre Beförderung zum Colonel veranlaßt. Nur vorübergehend, natürlich, aber es könnte doch einigen Dampf dahintersetzen.«
Ehe Carter antworten konnte, hatte er sich umgedreht und eine Lampe angeknipst, deren Schein auf die Karte von Sizilien fiel. Eine Weile stand er stumm davor, dann sagte er, ohne sich umzudrehen: »Überrascht es Sie, daß ich mich auf Verhandlungen mit Leuten wie Luciano einlasse?«

»Ehrlich gesagt, Sir, ich glaube nicht, daß mich überhaupt noch etwas überraschen kann.«
»Die Nazis haben Europa ausgeplündert und verheert, Millionen Menschen ermordet. Die Berichte, die jetzt über ihr Vorgehen gegen die Juden durchsickern, sind unfaßbar, und ich bin selber deutscher Herkunft. Können Sie sich auch nur entfernt vorstellen, wie einem da zumute ist?«
»Ich glaube schon, Sir.«
»O nein, Sie können es nicht.« Eisenhower schüttelte energisch den Kopf. »Um diese Leute zu besiegen, Major, sie ein für allemal fix und fertig zu machen, würde ich notfalls mit dem Teufel persönlich paktieren.«

5

Bei seiner zwanzigsten Runde um den Gefängnishof von Great Meadows beschleunigte Luciano das Tempo, er lief schnell und frei durch diese schönste Zeit des Tages, die so unendliche Möglichkeiten zu bieten schien. Dann setzte ihm, wie üblich, die Nordmauer eine Grenze, und er mußte verlangsamen.
Zwischen den Grüppchen anderer Gefangener schlenderte er zurück, erwiderte hier und dort einen Gruß und steuerte seinen Stammplatz in einer Ecke nahe der Treppe an, wo Franco mit einem Handtuch wartete.
»Sie werden mit jedem Tag besser, Mister Luciano«, sagte Franco.
Er hatte das Aussehen und den Körperbau eines Berufsringers, dieser New Yorker aus Sizilien, der im Auftrag der Mafia viele Menschen getötet hatte und nun zweimal lebenslänglich wegen Mordes absaß.
Luciano fing das Handtuch auf, das Franco ihm zuwarf. »In meinem Alter muß man sich in Form halten. Hast du mir das Buch aus der Gefängnisbibliothek besorgt?«
»Klar, hab' ich, Mister Luciano.«
Er reichte Luciano das Buch, eine englische Übersetzung von *De civitate Dei* des heiligen Augustinus. Luciano setzte sich auf die Treppe und blätterte mit sichtlichem Interesse darin.
Er war sechsundvierzig, ein dunkler, gutaussehender, verschlossener Mann mittlerer Größe. Das linke Augenlid hing leicht herab, als Andenken an eine alte Verletzung. Sogar in der tristen Gefängnistracht wirkte er beachtenswert, und nicht nur wegen der Autorität und Sicherheit, die aus seinen Zügen sprachen. Da war auch noch dieses ständige, leicht verächtliche Lächeln, das der Welt im allgemeinen galt.

Franco sagte: »Entschuldigung, Mister Luciano, aber da ist ein Junge namens Walton aus Block D. Hätte eine Bitte.«
Luciano blickte auf. Walton war ein hochgewachsener, schlaksiger junger Mensch von ein- oder zweiundzwanzig Jahren mit glattem braunen Haar und so langen Armen, daß sie ein ganzes Stück aus der Jacke guckten.
»Wofür sitzt er hier ein?« fragte Luciano leise.
»Überfall auf Schnapsladen. Ein bis drei Jahre. Keine Vorstrafen.«
»Okay, mal hören, was er will.«
Franco nickte dem jungen Mann zu, gab Luciano eine Zigarette und zündete sie ihm an. »Los, sag deinen Spruch auf.«
Walton stand da und drehte nervös die Mütze in den Händen.
»Mister Luciano, es heißt, Sie bringen rein alles fertig.«
»Außer Flügel zu kriegen und von hier wegzufliegen.« Luciano lächelte leicht. »Was gibt's, Junge?«
»Also, das ist so, Mister Luciano. Ich bin erst zwei Monate hier und meine Frau, die Carrie . . . also, sie ist jetzt ganz allein und praktisch noch ein Kind. Ganze achtzehn.«
»Und?«
»Im achten Revier haben sie einen Polizisten namens O'Hara. Einer von denen, die mich geschnappt haben. Er weiß, daß sie ganz allein ist, und er setzt ihr dauernd zu. Sie wissen, was ich meine?«
Luciano musterte ihn ruhig und ausgiebig, dann nickte er. »Okay. Polizist O'Hara, achtes Revier. Geht in Ordnung.« Er wandte sich wieder seinem Buch zu.
Der junge Mann sagte: »Vielleicht kann ich Ihnen auch mal einen Gefallen tun, Mister Luciano.«
Franco sagte: »Dazu sind Freunde da, Junge. Und jetzt ab mit dir.«
Als der Junge weggehen wollte, blickte Luciano auf. »Stimmt es, daß die Sache mit dem Schnapsladen dein erster Job war?«
Walton nickte. »Stimmt, Mister Luciano.«
»Und ein bis drei Jahre war das Beste, was dein Anwalt herausholen konnte? Er hätte dir Bewährung verschaffen müssen.«

»Ich hab' eigentlich keinen Anwalt gehabt, keinen richtigen«, sagte Walton. »Bloß einen, den das Gericht bestellt hat. Er hat nur einmal mit mir gesprochen. Hat gesagt, ich soll mich schuldig bekennen und auf die Nachsicht der Richter hoffen. Ich hab' nicht verstanden -«
»All right!« Luciano hob abwehrend die Hand. »Ich spreche mit meinem Anwalt, wenn er am Mittwoch hierherkommt. Vielleicht kann er etwas tun.«
Der junge Mann ging, und Franco sagte:
»Halten Sie Wort, und die Burschen stehen jeden Tag an der Treppe Schlange.«
Einer der Aufseher, ein älterer Ire namens O'Toole, näherte sich den beiden. Er trug den müden, verbitterten Ausdruck eines Menschen, der längst alle Hoffnung aufgegeben hat.
Für Luciano rang er sich ein Lächeln ab. »Der Direktor möchte, daß Sie in sein Büro kommen, Mister Luciano.«
»Jetzt?« sagte Luciano.
»Hat er gesagt.«
Luciano, der noch immer das Buch in der Hand hielt, stand auf und nickte Franco zu. »Bis nachher.«
O'Toole ging über den Hof voran. Er sagte: »Den Haupteingang können wir nicht benutzen, da wird gerade gewachst. Wir gehen durch die Duschen und die Hintertreppe hinauf.«
Seine Stirn war feucht von Schweiß, und seine Hand zitterte ein wenig, als er die Tür zum Duschblock aufschloß.
Luciano lächelte unbefangen, alle seine Sinne waren jetzt geschärft. »Haben Sie Kummer, O'Toole?«
O'Toole beförderte ihn mit einem jähen Stoß hinein und warf die Tür zu, und Franco, der den Hof erst zur Hälfte überquert hatte, fing an zu laufen, aber es war schon zu spät. O'Toole hatte sich bereits umgedreht und stand mit dem Rücken gegen die Tür, den Schlagstock in der Hand.

Walton trat aus der ersten Duschnische. Mit ausdruckslosem Gesicht und glanzlosen Augen stand er da.
Luciano sagte gleichmütig: »Klar, daß deine Geschichte da kalter

Kaffee war. Du bist zu einem bestimmten Zweck hier reingeschickt worden?«

»Stimmt.« Waltons rechte Hand fuhr hoch, sie hielt eine elfenbeinerne Madonna. Als er auf die Füße der Figur drückte, sprangen sechs Zoll blauen Stahls hervor, rasiermesserscharf an beiden Kanten. »Nichts Persönliches, Mister Luciano. Ist für mich rein geschäftlich.«

»Wer hat dich geschickt?«

»Fiorelli. Läßt Sie grüßen und hat mir eingeschärft, wenn ich Sie umgelegt hab', soll ich Ihnen den Schwanz ins Maul stecken. Er sagt, Sie als Sizilianer wissen, was das bedeutet.«

»O ja, das weiß ich«, sagte Luciano, riß den rechten Fuß hoch und traf Walton direkt unter der linken Kniescheibe.

Walton brüllte vor Schmerz, als der Knochen splitterte, und fuchtelte wild mit dem Messer. Luciano packte mit beiden Händen das Gelenk und verdrehte es so brutal, daß das Messer zu Boden fiel.

»Wenn du einen Mann abstechen willst, Junge, dann tu's, halt keine Reden.«

Er verdrehte den Arm und riß ihn hoch, hielt ihn wie in einem Schraubstock. Walton schrie, als die Muskeln rissen, und Luciano stieß ihn mit dem Gesicht voran an die Wand der Kabine. Der junge Mann rutschte zu Boden und hinterließ eine Blutspur auf den Fliesen.

Luciano hob das Messer auf und klappte es zu. Die Madonna war ungefähr zwanzig Zentimeter lang und offenbar sehr alt, in Silber gefaßt, die Arbeit eines Meisters der Elfenbeinschnitzerei. Er schob sie hinten in den Hosenbund und hob sein Buch auf.

Walton kauerte wimmernd auf dem Boden der Kabine. Luciano drehte die Dusche an, und der junge Mann preßte sich an die Wand.

»Bis dann, mein Junge«, sagte Luciano leise, öffnete die Tür zum Hof und trat hinaus.

O'Toole fuhr herum, jäher Schrecken malte sich auf seinem Gesicht. Franco tauchte an ihm vorbei. »Alles in Ordnung, Mister Luciano?«

»Na klar«, sagte Luciano. »Aber der junge Walton da drinnen sieht aus, als wäre er in der Duschkabine ausgerutscht. Ich würde sagen, er braucht dringend einen Arzt.«
Franco ging wortlos hinein, und Luciano wandte sich an O'Toole. »Jetzt muß ich mich auf die Strümpfe machen, sonst glaubt der Direktor am Ende, mir sei was passiert. Sie sagten doch, daß ich zu ihm soll, oder?«
O'Toole leckte sich die trockenen Lippen. »Ja, klar, Mister Luciano«, sagte er schwach. »Unverzüglich.«
Luciano lächelte und entfernte sich über den Hof, und Franco trat aus der Tür, lehnte sich dagegen und zündete sich eine Zigarette an.
»He, O'Toole«, sagte er leise, und ein furchterregendes Lächeln erschien auf seinem Gesicht. »Ich weiß nicht, was sie Ihnen gezahlt haben, aber ich könnte mir vorstellen, daß es das schlechteste Geschäft Ihres Lebens war.«

Harry Carter, der jetzt anstatt der Uniform einen dunkelblauen Anzug trug, stand im Büro des Direktors am Fenster und blickte hinunter in den Hof.
Der Gefängnisdirektor sagte: »Er mag es nicht, wenn man ihn Lucky nennt. Er soll diesen Namen einem Vorfall aus dem Jahr 1929 verdanken. Damals wurde er von rivalisierenden Gangstern entführt, in ein entlegenes Waldstück auf Staten Island verschleppt, an den Daumen aufgehängt und gefoltert. Dann für tot liegengelassen.«
»Wie er es ihnen wohl heimgezahlt hat?« sagte Carter.
»Ich kann's mir vorstellen.« Der Direktor trat an seinen Schreibtisch und schlug eine Akte auf. »Charles Luciano, geboren als Salvatore Lucania im Dorf Lercara Friddi bei Palermo am 24. November 1897. Kam 1907 mit seinen Angehörigen nach New York, übrigens alles ordentliche Leute. Kennen Sie den Aufbau der Mafia, Colonel Carter?«
»Nur die sizilianische Spielart.«
»In New York ist es nicht viel anders. Die Ausbildung beginnt sehr früh. Die Halbwüchsigen, die *picciotti*, verdienen sich die

Sporen, indem sie auf Befehl Todesurteile vollstrecken. Manche von ihnen steigen sehr bald in die nächste Rangstufe auf, zum *sicario,* dem berufsmäßigen Killer, der auf seinem Spezialgebiet Maßarbeit leistet.«

»Ich weiß«, sagte Carter. »In Sizilien bevorzugen sie für solche Zwecke die *lupara,* eine Flinte mit abgesägtem Lauf. Man muß nah ans Ziel heran, aber so ist es ja gedacht.«

»Es heißt, Luciano habe mit eigener Hand mindestens zwanzig Menschen getötet; dazu kommen noch alle die, die er von gedungenen Killern ermorden ließ.«

»Wie einflußreich ist er nun wirklich?« fragte Carter. »Ich meine, schließlich sitzt er hier drinnen, nicht wahr? Jeden Abend wird seine Zellentür verschlossen.«

»Drinnen oder draußen spielt im Grund keine Rolle. Er ist nach wie vor die einflußreichste Einzelfigur in der Mafia. Hat seine Machtstellung im Alkoholgeschäft während der Prohibition errungen. Was ihn von allen anderen in dieser Branche unterschied, war sein Verstand. Er ist hochintelligent und ein wahres Organisationsgenie. Als die Prohibition aufgehoben wurde, stieg er in jedes nur denkbare Schwindelgeschäft ein, das einen Dollar abwerfen konnte. Erfand sogar ein paar neue Varianten dazu. 1936 brachte ihn Gouverneur Thomas Dewey, der damalige Generalstaatsanwalt, unter der Anklage der Beteiligung an der organisierten Postitution vor Gericht und erreichte Lucianos Verurteilung.«

»Seltsam«, sagte Carter. »Es ist das einzige, was nicht auf seiner Linie zu liegen scheint.«

Der Direktor lächelte. »Das sagen viele Leute, aber erwarten Sie von mir keinen Kommentar. Ich bin Staatsbeamter. Ich weiß nur eines: bei Luciano kann man immer sicher sein, daß er das Unerwartete tut. 1941, kurz nach Pearl Harbor, saß er in Dannemora ein. Es war eine schlimme Zeit, und Weihnachten stand vor der Tür. Aber die Menschen hatten andere Sorgen, und es trafen keine Päckchen für die Sträflinge ein, bis Luciano Order hinausgehen ließ. Am Weihnachtstag fuhren drei Lastwagen voller Geschenke aus New York vor.«

Es klopfte an die Tür. Er rief: »Herein!«, und Luciano betrat das Büro.
Er warf nur einen flüchtigen Blick auf Carter und wandte sich dann an den Direktor. »Sie haben mich rufen lassen.«
Der Direktor stand auf. »Das ist Colonel Carter. Er ist von der Regierung geschickt und hat Vollmacht, mit Ihnen über eine Angelegenheit von nationaler Bedeutung zu sprechen, ich lasse Sie beide also allein.«
Er ging hinaus, und Carter zückte sein silbernes Etui. »Zigarette, Mister Luciano?«
»He, Sie sind Engländer.«
»Die Zigaretten auch.«
Carter gab ihm Feuer, und Luciano setzte sich ans Fenster. »Was, zum Teufel, wollen Sie denn hier?«
»Soviel ich weiß, hatten Sie in den vergangenen Monaten ein paar Besucher«, sagte Carter. »Vom Geheimdienst der Navy. Es ging um die Landung der Alliierten auf Sizilien.«
Luciano sagte: »Nicht schon wieder, um Himmels willen! Hören Sie, ich habe Ihnen jede nur mögliche Information gegeben. Alle wichtigen Namen.«
»Ich weiß«, sagte Carter. »Angeblich sollen über jedem Dorf in der Region von Cammarata Fähnchen mit einem großen L für Luciano abgeworfen werden. War das Ihre Idee?«
Luciano trat ans Fenster und blickte hinunter in den Hof. »Wenn Sie einen Trumpf in der Hand haben, spielen Sie ihn aus.«
»Ich glaube nicht, daß das reicht.«
»Sie glauben es nicht!« Luciano lachte. »Überhaupt, was erhofft man sich ausgerechnet von Ihnen, einem Engländer?«
Carter antwortete in gutem Sizilianisch: »Klar, in der Region von Cammarata spricht man noch immer vom großen Luciano. Salvatore, der Retter. Aber ausziehen, um mit Flinten gegen Nazipanzer zu kämpfen, bloß weil jemand Lucianos Halstuch über dem Dorf abgeworfen hat . . . das glaube ich nicht.«
Schon beim ersten Wort war Lucianos Mißtrauen erwacht. »Wie kommt es, daß Sie so gut Sizilianisch sprechen?«

»Vor dem Krieg war ich Universitätsprofessor, Altertumskunde, Archäologie, diese Richtung. Ich habe viel Zeit auf Sizilien bei Ausgrabungen verbracht.«

»Ausgrabungen?«

»Ausbuddeln von alten Ruinen.«

»Demnach sind Sie nur vorübergehend Soldat? Nur für die Kriegsdauer? Ein richtiger Professor? Also das imponiert mir.« Er reichte Carter sein Exemplar von *De civitate Dei.* »Haben Sie das schon mal gelesen?«

Carter sah sich das Buch an. »Der heilige Augustinus. O ja. Offenbar lesen Sie viel, wie?«

Luciano nickte. »Er hat gewußt, wovon er redet. Gott und der Teufel, sie existieren beide, nur ist Gott momentan im Hintertreffen.«

»Aha«, meinte Carter. »Deshalb steuern Sie einen Ehrenplatz in der Hölle an.«

»Das sieht jeder anders. Milton wußte genauso, wovon er sprach.« Luciano lächelte leicht.

»Wissen Sie, Mister Luciano, Sie interessieren mich - Sie alle beide.«

»Alle beide?«

»Aber natürlich. Der Luciano Nummer eins, ein Strolch aus der Gosse, der beim Sprechen Verben ausläßt und sich so anhört, als hätte er den gleichen Drehbuchschreiber gehabt wie James Cagney.«

»Ich bin geschmeichelt.« Luciano grinste. »Ein großer kleiner Mann.«

»Und Luciano Nummer zwei, der Augustinus und Milton liest, korrekt spricht, sich anhört wie die oberen Zehntausend . . .«

»Ein guter Schauspieler paßt sich seinem Publikum an.« Luciano zuckte die Achseln. »Ich meine, wen spielen *Sie* heute, *professore?* Das wüßte ich allzu gern.«

Carter lächelte. »Eins zu null für Sie. Sie sind ein bemerkenswerter Mann, Mister Luciano.«

»Und Sie, Professor, sind ein bemerkenswert guter Menschenkenner. Sagen Sie, weiß Tom Dewey, daß Sie hier sind? Als er noch Generalstaatsanwalt war, hat er mit sämtlichen Tricks gearbeitet, damit sie mich eingebuchtet haben. Sehen Sie ihn sich jetzt an. Gouverneur des Staates New York. Nächster Halt das Weiße Haus.«

»Glauben Sie, Dewey sei Ihnen gegenüber unfair gewesen?«

»Was ist fair? Was ist unfair? Nur das Leben zählt. Manche Kinder kommen mit verkrüppelten Beinen oder einem halben Gehirn zur Welt. Ist das fair?« Wieder trat er ans Fenster. »Es ist mir zwar verdammt egal, was Sie glauben, Professor, aber ich will Ihnen trotzdem sagen, wie's wirklich war. Ich war an allen möglichen Dingen beteiligt, aber Mädchen gehörten nicht dazu. Tom Dewey hat's mit jedem Dreh probiert, um mich zu kriegen, und hat's nicht geschafft. Schließlich kam ich zusammen mit neun anderen vor Gericht, von denen ein paar tatsächlich Bordellketten betrieben. Als der Verhandlungstag zu Ende war, konnte die Jury nicht mehr zwischen uns unterscheiden. Das nennt man Zurechnungsschuld.«

»Eine hübsche Formulierung«, sagte Carter.

Luciano wandte sich ihm zu. »Klar, ich war ein Killer, aber nie ein Hurenwirt. Wenn ich Mädchen brauchte, rief ich Polly Adler an. Sie führte das beste Haus in New York.«

Carter hielt ihm das Zigarettenetui hin. »Nehmen Sie noch eine?«

»Okay.« Luciano bediente sich. »Also, was wollen Sie von mir?«

Carter setzte sich auf den Stuhl des Direktors. »Wenn die Invasion beginnt, wird General Pattons Siebente Armee sich durch eine der wildesten Gebirgsgegenden Siziliens durchkämpfen müssen, um Palermo zu erreichen. Falls die Mafia einen Volksaufstand organisieren und dafür sorgen würde, daß die italienische Armee in der Region um Cammarata sich ergibt, ohne einen Schuß abzufeuern, dann könnte Tausenden von amerikanischen Soldaten das Leben gerettet werden. Andernfalls . . .«

»Hören Sie, ich habe schon alles getan, worum man mich gebeten hat«, sagte Luciano.

»Ich weiß, aber, wie ich schon sagte, ich glaube nicht, daß es genügt. Ich war selber erst vor ein paar Wochen auf Sizilien und kann Ihnen eins sagen: Es gibt nur einen einzigen Menschen, der die Macht hat, unseren Plan ins Werk zu setzen, und das ist Antonio Luca. Und er kommt nicht für jeden x-beliebigen aus seinem Versteck.«

Luciano lächelte jetzt nicht mehr. »Don Antonio? Kennen Sie ihn?«

»Nicht persönlich. Sie?«

»Klar kenne ich ihn.« Luciano nickte. »Ich erfahre auch hier drinnen alles. Ich weiß, daß er aus dem Gefängnis in Neapel fliehen und zurück nach Sizilien gehen konnte. Aber Sie verschwenden Ihre Zeit. Selbst wenn Sie ihn finden könnten - er haßt die Amerikaner. Sein Bruder ist während der Prohibition auf den elektrischen Stuhl gekommen.«

»Das ist mir bekannt. Aber war nicht auch irgend etwas Besonderes mit seiner Tochter los?«

»Stimmt. Sophia. Im Ersten Weltkrieg ist sie aus dem Internat in Rom ausgerissen und als Rotkreuzschwester an die Front gegangen. Lernte einen Engländer namens Vaughan kennen, einen Infanterieleutnant, der in Italien im Feld stand, und heiratete ihn. Er fiel im letzten Kriegsmonat, und sie ging wieder heim zu ihrem Vater nach Palermo. Bekam im nächsten Jahr eine Tochter, Maria. Sie war Don Antonios ein und alles.«

»Was ist mit ihr?«

»Es war im Juli 1936. Das Mädchen muß ungefähr siebzehn gewesen sein. Eines Tages lieh sich Sophia den Ferrari ihres Vaters, damit sie mit der Tochter zum Einkaufen fahren konnte. Als Sophia auf den Startknopf drückte, explodierte das Auto. Ich vermute, wer immer die Bombe angebracht hat, hatte es auf Don Antonio abgesehen.«

»Und Marias Mutter kam ums Leben?«

»Ja. Maria lag lange im Krankenhaus, dann verschwand sie ganz einfach. Sie hatte wohl Zeit zum Nachdenken gehabt, als sie während Wochen regungslos auf dem Rücken liegen mußte.«

»Und kam zu dem Schluß, daß das Unglück sich nie ereignet hätte, wenn ihr Großvater nicht der Mann wäre, der er nun einmal war«, sagte Carter. »Ist sie jemals wieder aufgetaucht?«

»Einmal kam ein Brief aus London, in dem sie schrieb, daß es ihr gutgehe, daß sie ihn aber nie mehr sehen wolle. Durch ihren Vater besaß sie die britische Staatsangehörigkeit. Don Antonio schickte seine Leute aus, aber es gelang ihnen nie, sie aufzuspüren. Danach zog er sich immer mehr in sich selber zurück.«

»Würde er Sie empfangen?«

»Mich empfangen?« Luciano war verwirrt. »Ich komme nicht ganz mit.«

»Wenn Sie auf Sizilien wären«, sagte Carter. »Wenn er wüßte, daß Sie dort sind. Wenn es sich herumgesprochen hätte. Würde er Sie empfangen?«

Luciano war ehrlich überrascht und verbarg es nicht.

»Sie sind ja verrückt. Kann gar nicht anders sein.«

»Sicher«, sagte Carter. »Wenn man bedenkt, was Sie aufgeben würden! Zwanzig Runden im Gefängnishof morgen früh, und übermorgen wieder. Dreißig bis fünfzig Jahre, so lautet doch das Urteil? Ich würde sagen, etwa im Jahr 1956 könnten Sie um Strafaussetzung auf Bewährung nachsuchen, aber ich würde mir an Ihrer Stelle keine großen Hoffnungen machen.«

»Scheiße!« sagte Luciano. »Ich sollte überhaupt nicht hier drinnen sein.«

»All right«, sagte Carter. »Hier könnte sich ein Weg ins Freie eröffnen.«

»Gehn Sie zum Teufel!«

Carter blieb noch eine Weile sitzen und starrte Luciano schweigend an, dann stand er auf und ging ins Vorzimmer, wo der Direktor mit einer Sekretärin plauderte.

Carter nahm eine Karte aus der Brieftasche und reichte sie dem Direktor. »Würden Sie so freundlich sein, mich mit dieser Nummer zu verbinden? Dringlichkeitsstufe eins. Codewort Skorpion. Damit kommen Sie sofort durch.«

Der Direktor riß die Augen auf, als er die Karte ansah, und pfiff leise. »Und ob ich das tun werde.«

Carter stellte sich ans Fenster und hustete sich durch eine Zigarette. Trotz Lucianos ablehnender Haltung sagte ihm sein Instinkt unüberhörbar, daß etwas ungemein Wichtiges bevor-

stand. Als der Direktor ihn endlich rief, stürzte er an den Apparat.
»Carter, sind Sie's?« sagte die Stimme am anderen Ende der Leitung. »Wie steht's?«
»Probleme, Mister President«, sagte Carter und fing an zu erklären.

Luciano stand am Fenster und blickte hinunter in den Gefängnishof, als die Tür aufging und Carter mit dem Direktor eintrat. Luciano sagte: »Kann ich jetzt gehen?«
Der Direktor setzte sich hinter seinen Schreibtisch. »Leider nicht, Mister Luciano. Colonel Carter hat einen Wagen drunten. Sie werden unter seiner Obhut nach Washington überführt.«
»Überführt?« rief Luciano. »Nach Washington? Wozu?«
»Sagen wir, aus Gesundheitsgründen«, erwiderte der Direktor. »In Washington ist eine der besten Lungenkliniken des Landes, und wir machen uns schon seit einiger Zeit Sorge wegen Ihres Hustens.«
Luciano wandte sich an Carter. »Sie werden sich etwas Besseres einfallen lassen müssen, Professor.«
Carter lächelte. »Oh, das ist meine Absicht, Mister Luciano, verlassen Sie sich darauf.«

Es war später Abend, als der Packard in die Constitution Avenue einbog und auf das Weiße Haus zuhielt. Carter und Luciano saßen im Fond, und Luciano kurbelte das Fenster herunter und blickte hinaus auf die Lichter von Washington.
»Angeblich ist es zur Zeit unmöglich, in dieser Stadt ein Hotelbett zu kriegen, stimmt das?«
»Nicht, wenn man die richtigen Leute kennt.«
Der Packard bog zum Weißen Haus ein und entließ seine Fahrgäste am Westeingang des Erdgeschosses, wo Carter den diensthabenden Beamten des Secret Service seinen Paß vorwies.
Luciano trug einen dunklen Schlapphut und einen Trenchcoat über dem grauen Tweedanzug, alles Kleidungsstücke, die er sich

im Depot von Great Meadows selber ausgesucht hatte. Er stand neben Carter, ließ eine Zigarette im Mundwinkel wippen und verfolgte offensichtlich amüsiert die Prozedur.
»Ist das alles echt, Professor? Ich meine, Sie würden mich doch nicht zum Narren halten, wie?« fragte er, während sie warteten.
»Nein, Mister Luciano«, erwiderte Carter. »Alles garantiert echt.«
Ein Adjutant erschien, ein junger Marineleutnant mit rasiermesserscharfen Bügelfalten. »Colonel Carter? Wenn Sie mir bitte folgen wollen, der Präsident erwartet Sie.«
Als Carter und Luciano das ovale Arbeitszimmer betraten, lag der Raum im Halbdunkel. Nur auf dem gewaltigen Schreibtisch brannte eine Lampe und beleuchtete noch die dahinter aufgereihten Regimentsfahnen. Präsident Roosevelt saß in seinem Rollstuhl am Schreibtisch und arbeitete. Aus seinem Mund ragte die unvermeidliche Zigarettenspitze.
Er blickte zu Carter auf und lächelte. »Colonel Carter, wie geht's?«
»Danke, gut, Mister President.«
Der Präsident nickte dem jungen Marineleutnant zu. »Wenn ich Sie brauche, rufe ich.«
Die Tür schloß sich leise.
Eine Weile war alles still, während der Präsident eine frische Zigarette in den Halter steckte. Er zündete sie sorgfältig an und nahm dann erst von Luciano Notiz.
»Also Sie sind Luciano.«
»Soviel ich weiß, ja.«
»Colonel Carter sagte mir, daß Sie ihm allerhand zu schaffen machen.«
»Fragt sich nur, Mister President, wer hier wem zu schaffen macht«, sagte Luciano. »Vergangenes Jahr sitze ich friedlich in meiner Zelle, da kommen Ihre Leute und legen mir nahe, daß es mit den Nazi-Saboteuren in den Docks nicht mehr so weitergehen kann, nachdem die *Normandie* in Brand gesetzt wurde, also regle ich die Sache mit den Gewerkschaften. Einen Monat später sind sie wieder da und wollen die Hilfe der Mafia bei dieser Ge-

schichte auf Sizilien. Wieder tue ich, was ich kann. Und wie komme ich dazu? Ich meine, was ist schon für mich drin, außer weitere dreißig Jahre im Knast? Und dann rückt dieser Herr da an mit der Schnapsidee, daß ich mit ihm nach Sizilien soll und Kopf und Kragen riskieren - und da finden Sie, *ich* mache *ihm* allerhand zu schaffen?«

Der Präsident lehnte sich zurück und sagte ruhig: »Ich sage Ihnen, was ich tun will, Luciano. Ich will Ihnen die Chance geben, daß Sie wieder amerikanischer Staatsbürger werden.«

»Indem ich mit dem Herrn Professor nach Sizilien gehe?« sagte Luciano. »Warum sollte ich? Was ist für mich drin?«

Der Präsident sagte: »Eine Kugel in den Kopf, wenn die Nazis Sie schnappen.«

»Und wenn nicht? Ich meine, wenn dieser ganze verrückte Plan klappt, was passiert dann?«

»Oh, ich würde sagen, dann könnten Sie sich in die sizilianischen Berge absetzen und den Rest Ihres Lebens als Flüchtiger zubringen. Oder aber Sie könnten wieder in Ihre Gefängniszelle zurückkehren und Ihr Glück versuchen. Ich bin überzeugt, daß ein Revisionsgericht gebührend beeindruckt wäre.«

»Schriftlich wollen Sie mir das aber nicht geben, wie?«

Roosevelt sagte: »Sie können jetzt gehen, ich habe zu arbeiten.«

Luciano stand vor ihm und starrte ihn an, dann warf er einen kurzen Blick auf Carter, hob in einer typisch italienischen Bewegung die Hände mit gespreizten Fingern, machte kehrt und marschierte zur Tür.

Der Präsident sagte: »Kann ich sonst noch etwas für Sie tun, Colonel?«

Carter zog ein gefaltetes Blatt Papier aus der Brieftasche und reichte es dem Präsidenten. »Wenn Sie mir durch den Geheimdienst Auskunft über diese Person verschaffen könnten, Mister President, möglichst noch vor meiner Abreise, so wäre das eine große Hilfe.«

»Wird veranlaßt.«

»Mister President.«

Carter folgte Luciano, der bereits vor der Tür war. Der Marineleutnant sagte: »Nur einen Augenblick, Colonel«, und verschwand im ovalen Arbeitsraum.

Jetzt lächelte Luciano wieder. Carter sagte: »Also?«

»Also was?« sagte Luciano. »Er hat mir genaugenommen keine Wahl gelassen, oder?« Er grinste. »Eins muß man dem alten Knaben lassen. Er hat Mumm.«

»Hört man allgemein.«

»Aber versprochen hat er mir nichts.«

»Nicht schriftlich. Andererseits, wenn Sie Franklyn Delano Roosevelt nicht vertrauen dürfen, wem dann?«

»All right. Diese Runde geht an Sie. Also, wie geht's jetzt weiter.«

»Unsere Maschine startet kurz nach Mitternacht. Erster Halt Schottland. Ein Ort namens Prestwick. Von dort aus Direktflug nach Algerien.«

»Demnach müssen wir noch fünf Stunden totschlagen.«

»Kein Problem«, sagte Carter. »Ich habe ein Hotelzimmer reservieren lassen.«

Der Marineleutnant erschien wieder und führte die beiden zurück durch den Korridor zum Westeingang.

Luciano sagte: »Kaum zu glauben. Bei Ihren Beziehungen scheint kein Ding unmöglich.«

Als die Fliegende Festung über dem Atlantik an Höhe gewann und die Küste Neu-Englands immer weiter zurückblieb, versuchte Carter, es sich in dem Schlafsack, den der Quartiermeister ihm gegeben hatte, einigermaßen bequem zu machen. Neben ihm schlug Luciano sich mit dem gleichen Problem herum.

»Eins steht fest, diese Vögel waren nie dafür gedacht, Fluggäste zu befördern.«

Carter zog einen Umschlag aus der Tasche und reichte ihn Luciano. »Von jetzt an heißen Sie Frank Orsini. Sie sind Außenmann des Office of Strategic Services im Rang eines Captain. Alles, was Sie zur Stützung dieser Legende brauchen, ist in dem Umschlag.«

»Weihnachten im Juni«, sagte Luciano.

Er holte aus einer seiner Taschen die Madonna hervor, ließ die Klinge aufschnappen und benutzte sie als Brieföffner.
Carter sagte:
»Wo haben Sie bloß dieses Ding her?«
»Genau wie meinen Anzug, aus dem guten alten Great Meadows«, antwortete Luciano lächelnd. »Es gibt kaum etwas, was man dort drinnen nicht kriegen kann, Professor. Sagen wir, es war ein Abschiedsgeschenk von einem guten Freund.«
Ein Funker erschien mit einer Meldung und kauerte sich neben Carter nieder. »Colonel Carter, das ist für Sie eingegangen, gerade als wir starteten. Offener Text. Hoffentlich können Sie was damit anfangen, Sir.«
Carter warf einen Blick darauf und lächelte. »Eine ganze Menge, Sergeant.«
Der junge Sergeant entfernte sich wieder, und Luciano sagte: »Gute Nachricht, wie?«
»Kann man wohl sagen. Interessanterweise sind die freien Briten noch viel totaler aktenmäßig erfaßt als ihre Kriegsgegner in Nazi-Deutschland. Jeder, Mann, Frau oder Kind, muß einen bei der Zentralbehörde registrierten Personalausweis besitzen. Erinnern Sie sich an das Blatt Papier, das ich dem Präsidenten gab? Es war ein Ersuchen an unseren Geheimdienst in London um Auskunft über Maria Vaughan. Schon erledigt.«
Er reichte ihm die Funkmeldung hinüber, und Luciano riß staunend die Augen auf. »Schwester Maria Vaughan. Kloster der Barmherzigen Schwestern in Liverpool. Heilige Mutter Gottes!«
»Vorsicht«, mahnte Carter und nahm den Zettel wieder an sich. »Um ein Haar hätten Sie sich bekreuzigt.«
»Barmherzige Schwestern. Nie von diesem Verein gehört.«
»Es ist ein Pflegeorden.«
»Liverpool. Ist das nicht ein Hafen?«
»An der Nordwestküste Englands. In Lancashire.«
»Und Sie wollen Maria dort aufsuchen?«
»Ja, sagen wir, ich habe es entschieden vor.«
»Bei Ihnen geht alles ruckzuck«, sagte Luciano. »Ich möchte wetten, daß Sie ein brillanter Schachspieler sind. Und Gefühle gibt's

nicht. Haben Sie jemals geliebt, Professor? Ich meine, wirklich geliebt?«
Carter nickte. »O ja, ganz entschieden.«
»Wann war das?«
»Vor ungefähr tausend Jahren - ich war damals sechzehn. Eine Farmerstochter in Norfolk, wo wir immer die Ferien verbrachten. Ich sehe sie noch heute, wie sie in ihrem Baumwollkleidchen über die Sanddünen lief.«
»Was ist passiert?«
»Sie starb während der Grippe-Epidemie kurz nach Kriegsende. Und ich war bereits vor meinem siebzehnten Geburtstag vom Internat ausgerückt und zur Infanterie gegangen. Ich fand das damals höchst romantisch.«
»Verständlich«, sagte Luciano ernst.
»Zu Beginn des großen Angriffs 1918 zählte unser Bataillon 752 Mann. Drei Monate später waren wir noch dreiundsiebzig. Ich war nicht umzubringen, und sie mußte an der verdammten Grippe sterben.«
Luciano sagte ruhig: »Und Sie haben nie geheiratet?«
»Doch, meine Cousine zweiten Grades, Olive, 1923.«
»Haben Sie sie geliebt?«
»Wir konnten uns schon als Kinder gut leiden, und Olive liebte mich von ganzem Herzen.«
»Haben Sie Kinder?«
»Nein, sie erlitt sehr bald eine folgenschwere Fehlgeburt.«
»Werden Sie sie besuchen, wenn wir rüberkommen?«
Carter schüttelte den Kopf. »Geht nicht, sie starb 1938 an Krebs.«
Luciano nickte. »Dann kam Ihnen der Krieg also gerade recht.«
Carter starrte ihn verblüfft an. »Glauben Sie?«
»Sie etwa nicht?« Luciano schob sich den Schlapphut über die Augen, kreuzte die Arme und schlief ein.

6

Es goß in Strömen, als in der folgenden Nacht die Ju-88-Pfadfinder den ersten Angriff auf die Docks von Liverpool einleiteten. Schwester Maria Vaughans Dienst im Allgemeinen Krankenhaus wäre eigentlich um sieben Uhr beendet gewesen, aber erfahrene Operationsschwestern waren so knapp, daß Professor Tankerley sie im letzten Augenblick bat, bei einer Leichenöffnung im Sektionssaal zu assistieren. Keine besonders angenehme Arbeit, aber sie mußte getan werden.

Im Präparationsraum zog sie rasch einen frischen weißen Kittel über ihr Ordenskleid und setzte vor dem Spiegel die Haube zurecht. Sie war dreiundzwanzig, zart gebaut und hatte ein ernstes, beherrschtes Gesicht, auf den ersten Blick ein Durchschnittsgesicht, doch die meisten Leute warfen unwillkürlich einen zweiten Blick darauf. Nur die Augen verrieten sie, der Ausdruck rastloser Suche, der enthüllte, daß ihre äußere Gelassenheit immer wieder aufs neue erkämpft werden mußte.

Als Maria den Obduktionsraum betrat, war Tankerley bereits da, ein kleiner energischer Mann in einem weißen Kittel, dem man ansah, daß sein Träger heute schon eine Menge Arbeit hinter sich hatte. Der dritte im Raum war der unter einem weißen Laken ruhende Tote.

Tankerley zog ungeduldig ein Paar Gummihandschuhe über. »Beeilen Sie sich, Schwester. In einer Stunde habe ich Visite.«

Er hätte schon vor drei Jahren in Pension gehen können und tat nur wegen des Krieges noch weiter Dienst. Er war ein ausgezeichneter Chirurg und überzeugter Atheist, der von Nonnen im allgemeinen nicht viel hielt und von Nonnen in Krankenhäusern erst recht nichts.

Auf einem Wagen neben dem Operationstisch lagen chirurgische Instrumente aller Art. Schwester Maria zog das Laken weg und faltete es säuberlich. Die Leiche war die eines Mannes mittleren Alters mit breiten Schultern und kräftigen, muskulösen Armen, der sich offenbar bester Gesundheit erfreut hatte. Die Augen waren geschlossen, der Gesichtsausdruck friedlich.

»Da wir wie üblich knapp an Personal sind und kein Stenograph zur Verfügung steht, werde ich das Obduktions-Protokoll später aus dem Gedächtnis anfertigen müssen«, sagte Tankerley zu Maria. »Der Mann wurde um fünf Uhr dreißig in der Lime Street nahe einer Bushaltestelle auf dem Gehsteig gefunden. Alter etwa fünfzig, gute körperliche Verfassung, keine sichtbaren Zeichen äußerer Verletzung, demnach offenbar nicht Opfer eines Überfalls. Wie würde Ihre Diagnose lauten, Schwester?«

»Herzschlag?« sagte sie.

»Ja, könnte stimmen. Paßt alles, auch das Alter, also können wir uns in diesem Fall alles übrige ersparen und gleich aufs Herz losgehen.«

Er streckte die Hände aus. Maria reichte ihm ein großes Skalpell, und er öffnete den Körper mit einem gekonnten Schnitt von der Kehle bis zum Bauch. Bei einem lebenden Patienten war alles ganz anders, aber eine Prozedur wie diese hatte Maria immer schwer erträglich gefunden. Sie mußte schlucken, als Tankerley begann, mit einer großen Zange die Rippen aufzubrechen.

»Rohes Fleisch, Schwester.« Er konnte es sich nie verkneifen, sie herauszufordern. »Alles, was von einem Menschen am Ende übrigbleibt. Wo ist jetzt Ihr Gott?«

Sie reichte ihm ein kleines Skalpell. »Eine erstklassig konstruierte Maschine. Funktioniert tadellos. Anscheinend gibt es keine Aufgabe, die der Mensch nicht zu lösen vermöchte, was meinen Sie?«

»Außer der Frage, wie man ewig lebt. Aber mich interessiert der Mensch in seiner Einzigartigkeit«, sagte sie. »Ist das wirklich alles, was übrigbleibt, ein Leichnam auf einem Sektionstisch? Ich glaube nicht. Christus, Professor, war einst nur ein Mann, der am Kreuz starb. Zweitausend Jahre danach ist er für Millionen Menschen sichtbar gegenwärtig.«

Er blickte auf und lächelte ein wenig in widerwilliger Bewunderung. »Oh, Sie sind nicht auf den Mund gefallen, das muß ich Ihnen lassen.«

Und dann fiel die erste Ladung Fliegerbomben auf die Docks, und ganz in der Nähe gab es eine gewaltige Explosion. Die Mauern des Krankenhauses schwankten, man hörte das Klirren zersplitternden Glases. Einen Augenblick lang drohte die Beleuchtung zu erlöschen, und irgendwo schrie eine Frau in panischer Angst.

»Genau der passende Moment«, sagte Tankerley. »Ab mit Ihnen, Schwester, in der Ambulanz wird man Sie dringend benötigen. Ich mache das hier allein fertig.«

Maria hatte die Tür erreicht, als ein weiterer Bombenhagel auf die Docks niederging. Wieder erbebte das Haus, daß die stählernen Instrumente auf dem Tablett klapperten. Tankerley griff nach dem Skalpell und fuhr in seiner Arbeit fort, während Schwester Maria die Tür aufriß und hinauseilte.

Im Ambulatorium herrschte ein Riesengetümmel, Leute liefen im Korridor hin und her, und Brandgeruch hing in der Luft. Das Bombardement war vorüber, und Maria konnte in der Ferne die Feuerwehr hören.

Das Krankenhaus arbeitete auf Hochtouren, und sie war ganz allein. Geduldig setzte sie eine Naht von fünfundzwanzig Stichen am linken Bein eines jungen Matrosen, der vor einer Stunde von den Docks herübergebracht worden war.

Er beobachtete sie aufmerksam, aus seinem Mundwinkel hing eine nicht angezündete Zigarette. »Prima, wie Sie das machen, Schwester. Kriege ich kein Küßchen, weil ich so tapfer stillhalte?«

»Gehört leider nicht zu meinen Pflichten.«

»Was für eine Verschwendung«, sagte er. »Ich meine, eine hübsche junge Frau wie Sie. Es muß die Hölle sein.«

Hinter ihr hatte Tankerley den Raum betreten. Er zog ein Feuerzeug aus der Tasche und ließ es aufschnappen. »Da, zünden Sie Ihre Zigarette an und halten Sie die Klappe.« Er beugte sich prü-

fend über das Bein. »Sehr ordentlich, Schwester. Jetzt können Sie gehen, ich mache das fertig.«
Sie verschwand hinter dem Vorhang und begann, unbeholfen die Rückenbänder ihres Kittels zu lösen. Tankerley erschien hinter ihr. »Kann ich besser«, sagte er. Er zog eine Schleife nach der anderen auf, und Maria fühlte, daß er zornig war. »Junger Flegel«, knurrte er.
Sie drehte sich um und schüttelte den Kopf. »Er versteht es nur nicht, Professor. Die meisten Menschen möchten, daß alle anderen so sind wie sie. Und im übrigen hat er recht. Es kann die Hölle sein. Der heilige Chrysostomus nannte das Zölibat die kleine Kreuzigung.«
»Stimmt das?« fragte Tankerley.
»Eigentlich nicht, Professor. Es ist nur ein fairer Preis für das, was man erwirbt.«
Er schnitt eine Grimasse und versetzte ihr einen kleinen Schubs. »Los, raus hier, ehe Sie mich vollends herumkriegen. Gehen Sie heim.«
Ausnahmsweise gehorchte sie wortlos, sie war zu müde, zu ausgelaugt für weitere Streitgespräche.

Das Kloster der Barmherzigen Schwestern an der Huby Road war ein weitläufiger Ziegelbau hinter hohen Mauern, eine frühere Lehrerbildungsanstalt. Die Lehrer waren längst ausgezogen, und die Barmherzigen Schwestern hatten mit beträchtlichem Gottvertrauen und einer nicht weniger beträchtlichen Hypothek das Anwesen übernommen. Seit nunmehr zwanzig Jahren war es die Ausgangsbasis ihres Wirkens in der Stadt.
Die Kapelle war kalt und roch nach Moder, kein Wunder, denn sie konnte wegen der Brennstoffrationierung nicht beheizt werden. Das Dunkel wurde nur hier und dort durch eine Kerzenflamme beinahe gespenstisch erhellt.
Maria Vaughan zündete vor der Heiligen Jungfrau eine Kerze an und kniete dann am Altar nieder. Eine Weile verharrte sie im Gebet, dann stand sie auf, nahm Eimer und Schrubber und begann, den Fußboden im Mittelgang aufzuwischen. Sie tat es

trotz ihrer Müdigkeit nicht ungern, denn die mechanische Arbeit ließ ihr Zeit zum Nachdenken.
Hoch droben auf der Empore stand Schwester Katherine Markham, die Oberin des Klosters, mit Harry Carter und Luciano und beobachtete sie.
»Sagten Sie nicht, Schwester Maria habe den ganzen Tag im Krankenhaus gearbeitet?« fragte Carter.
»Ja, sie ist dort Operationsschwester.«
»Warum dann jetzt noch das Putzen?«
»Jedem Mitglied des Ordens wird eine Aufgabe zugewiesen, die allabendlich getan werden muß, gleichgültig, wie schwer das Tagewerk gewesen ist. Auch diese niedrigen Verrichtungen, Colonel, sind ein Symbol der Liebe, die uns alle miteinander verbindet. Wir gehen jetzt hinunter, und ich mache Sie mit Maria bekannt.«
Die Oberin begab sich zur Treppe. Luciano grinste und flüsterte Carter zu: »Wer hier dumme Fragen stellt, Professor, kann sich auf die Antwort freuen.«

Maria blickte auf, als die drei näher kamen, und hielt mit ihrer Arbeit inne. »Ehrwürdige Mutter?« sagte sie.
Die Oberin lächelte. »Besuch für dich, Maria. Dieser Herr ist Colonel Carter, und das ist Mister Orsini.«
Maria stand wie versteinert da und starrte Luciano an. Er lächelte ungezwungen und sagte auf sizilianisch: »Hallo, mein schönes Kind. Lange nicht gesehen.«
Die Oberin nahm Maria sanft den Schrubber aus der Hand. »Ich mache hier fertig. Du kannst die Herren in mein Büro führen.«
Maria warf noch einen Blick auf Luciano, dann drehte sie sich um und verließ die Kapelle. Als Carter und Luciano ihr folgen wollten, sagte die Oberin: »Wir bringen im ehemaligen Pförtnerhaus unsere Gäste unter, Colonel. Wenn Sie wollen, können Sie gern hier übernachten.«
Sie tauchte den Schrubber in den Eimer und hatte schon mit Putzen begonnen, als die beiden Männer hinausgingen.

Das Büro war klein und vollgestopft, es bot kaum Platz für den Schreibtisch und die Aktenschränke. Luciano lehnte sich an die Tür und rauchte, während Carter und Maria einander am Schreibtisch gegenübersaßen.
»So, das wär's«, sagte Carter. »Im Grunde alles ganz einfach. Es geht nur um ein Ja oder ein Nein. Mister Orsini und ich . . .«
»Das Versteckspiel erübrigt sich, Colonel«, sagte Maria ruhig. »Ich kenne Mister Luciano. Er ist Teil einer Vergangenheit, mit der ich nichts mehr zu tun haben will. Die nicht mehr Teil meines Lebens ist.«
»Kann man ein Bein verlieren, einen Arm, und noch immer der gleiche Mensch sein?« fragte Luciano auf sizilianisch.
Sie antwortete in der gleichen Sprache.
»Ein guter Gärtner, Mister Luciano, schneidet den faulen Ast ab, um den Baum zu retten.«
Carter sagte geduldig: »Schwester, damit Tausende von Menschenleben gerettet werden, müssen Sie Ihren Großvater überreden, daß er sich öffentlich auf unsere Seite stellt. Nur Sie könnten das erreichen.«
»Colonel, Sie verschwenden Ihre Zeit. Ich habe seit Jahren keinerlei Verbindung mehr mit meinem Großvater. Diese ganze Sache ist absurd und hat nichts mit mir zu tun. Und jetzt entschuldigen Sie mich bitte. Ich habe noch zu arbeiten.«
Sie sprang auf und lief an Luciano vorbei hinaus. Carter nahm den Telefonhörer auf und gab dem Fernamt die Nummer des SOE-Hauptquartiers in der Baker Street in London.
Luciano sagte: »Und wie geht's jetzt weiter?«
»Sie kommt mit«, versicherte Carter ihm.
»Was macht Sie so zuversichtlich?«
»Der Gedanke an die Soldaten, die sonst sterben müßten, wird seine Wirkung nicht verfehlen. Maria ist schließlich eine *gute* Frau. Ist Ihnen das nicht klar?«
Das Telefon klingelte, und Carter nahm den Hörer ab. »Geben Sie mir Control Zwei. Hier Carter. Codewort Skorpion.«
Er angelte nach einer Zigarette, und als Luciano ihm Feuer gab, hörte er eine ferne Stimme.

Er sagte: »Hallo, Jack. Hier Harry. Ja, alles läuft nach Plan. Jetzt brauche ich folgendes: ein sicheres Haus in der Nähe von Manchester auf ein paar Tage. Steht Bransby Abbey noch auf der Liste?«

Luciano mischte sich ein. »He, Moment mal.«

Carter beachtete ihn nicht. »Zwei Schützen zur Rückendekkung. Gutes Italienisch Bedingung, plus der üblichen Erfahrung, aber ich muß sie innerhalb achtundvierzig Stunden haben. Und Funkmeldungen an das 138ste Geschwader in Maison Blanche und an unsere Freunde in Bellona. Sie sollen alles für unsere Fallschirmlandung in sieben bis zehn Tagen vorbereiten.«

Er lauschte eine Weile, dann lächelte er und sagte: »Nein, kein Problem.«

Er legte den Hörer auf. Luciano sagte: »Genau wie ich sagte. Gefühle gibt's nicht. Alles ruckzuck. Nur daß Sie sich in einem Punkt täuschen, Professor.«

»Sagen Sie's mir.«

»Falls Maria wirklich mitgeht, dann nicht, weil sie an die Menschenleben denkt, die sie retten könnte.«

»Und wie lautet Ihre Theorie?«

»Ganz einfach. Das schlechte Gewissen quält sie schon so lang, sie kann einfach nicht nein sagen.«

Schwester Angelas einziges Laster waren die Zigaretten. Maria kannte das Versteck. Hinter der Mehltruhe im Vorratsraum. Sie zündete sich mit zitternden Fingern eine an, und dann stand sie dort im Dunkeln und paffte wild wie ein trotziges Kind.

Marias sizilianisches Erbteil konnte gelegentlich sehr rasch die Oberhand gewinnen, und dann galt es, dagegen anzukämpfen, aber nicht jetzt.

Der Anblick von Lucianos Gesicht, des alten ironischen Lächelns hatte Wunden aufgerissen, und aus dunklen Winkeln trat längst Totgeglaubtes wieder auf sie zu.

Sie roch den brennenden Wagen, sah sich auf die Mutter zukriechen, sah das Blut auf deren Gesicht. Und dann die Schmerzen. Die langen Wochen im Krankenhaus, die Hautverpflanzungen

und der Großvater, der Tag für Tag an ihrem Bett saß, obwohl sie sich weigerte, mit ihm zu sprechen.
Der Haß in ihr, die Erbitterung waren so übermächtig, daß sie in einer Art Panik die Zigarette in den Ausguß warf, den Hahn aufdrehte und sich das Gesicht mit kaltem Wasser wusch.
Nach einer Weile ging es ihr besser. Die Vergangenheit war vorbei und abgetan. Sie hatte ihre Toten begraben, und zu ihnen gehörte auch ihr Großvater. Sizilien und alles, was es bedeutete, ging sie jetzt nicht mehr das geringste an. Sie hatte ihre Arbeit, ihr geregeltes Tagewerk, das Krankenhaus. Für anderes blieb kein Platz. Luciano und Carter würden das einsehen müssen. Sie glättete ihr Ordenskleid, holte tief Atem und verließ die Küche.

Die Notunterkunft in den ehemaligen Stallungen hinter dem Klostergebäude bot zwar keinen Komfort, aber die Steinwände waren weiß gekalkt, im Ofen brannte ein Koksfeuer, Bänke und Decken warteten auf die Leute, die jeden Abend hier um eine Bleibe anstanden.
Sie waren ein recht buntes Gemisch. Ganze Familien, Mutter, Vater und Kinder, die ausgebombt waren, Soldaten auf Heimaturlaub, die erst am nächsten Morgen Zuganschluß hatten und ein Nachtlager brauchten. Und dazu das Strandgut des Lebens, wie man es in jeder Großstadt findet, die Ungewaschenen, die Obdachlosen, die Trinker, die den Kampf aufgegeben hatten.
Maria stand mit noch zwei Nonnen hinter einem Gartentisch und verteilte an die langsam vorrückende Menschenschlange Brot und heiße Suppe.
Am Ende der Schlange waren zwei junge Soldaten in khakifarbenen Drillichanzügen in Streit geraten. Plötzlich ein lauter Schrei, und schon hagelte es Schläge. Maria fegte wie ein Wirbelwind um den Tisch und warf sich zwischen die Kämpfenden. In diesem Augenblick holte der eine, ein junger rothaariger Schotte, zu einem gewaltigen Hieb aus, der seinem Gegner gelten sollte, und traf sie ins Gesicht.
Im nächsten Moment war ein fuchsteufelswilder Luciano wie aus dem Boden gewachsen zur Stelle. Blitzschnell schlug seine

rechte Hand dem jungen Mann ins Gesicht, die linke packte ihn an der Kehle.

Maria umklammerte verzweifelt Lucianos Arm mit beiden Händen. »Nein, bitte nicht. Nicht so.«

Und Luciano lächelte und ließ den jungen Mann so plötzlich los, daß er auf die Knie fiel. »Okay, mein schönes Kind. Ihr Wunsch ist mir Befehl«, sagte er auf sizilianisch.

Stimmen schwirrten durcheinander, als die Menschenmenge aus der Erstarrung erwachte. Der Soldat stand auf und befühlte vorsichtig seine Kehle.

»Entschuldigung, Miss«, sagte er zu Maria. »Ich weiß gar nicht, wie das passiert ist.«

»Schon in Ordnung«, sagte sie. »Holen Sie sich jetzt Ihre Suppe.« Und sie wandte sich ab und ging Luciano nach.

»Ja, das ist lange her«, sagte er. »Der Sommer anno fünfunddreißig. Wie alt waren Sie damals, sechzehn?«

»Und Sie?« sagte sie. »Sie haben sich nicht verändert.«

»Sie sind also über mich auf dem laufenden?«

»O ja, ich weiß Bescheid über den großen Lucky Luciano, der noch immer auf alles nur die eine Antwort hat: Gewalt. Und was hat sie Ihnen eingebracht? Dreißig Jahre Gefängnis.«

»Auf Grund einer falschen Anklage, und außerdem bin ich jetzt draußen, oder?«

»In jenem Sommer, als Sie meinen Großvater besuchten, waren Sie für mich ein Held, wissen Sie das? Robin Hood und Richard Löwenherz in einer Person. Als wir durch Palermo spazierten und Leute stehenblieben, um Ihnen die Hand zu küssen, hielt ich das für ein Zeichen der Hochachtung. Aber ich täuschte mich. Diese Leute hatten nichts als Angst.«

»Was macht Don Antonio? Hören Sie gelegentlich von ihm?«

»Nein.«

In der Kapelle schien es kälter denn je zu sein. Luciano lehnte an einer Kirchenbank und blickte auf Maria herab. »Sie lieben ihn noch immer, stimmt's, und Sie zerbrechen fast daran, denn eigentlich sollten Sie ihn hassen.«

»Sehr klug«, sagte sie.
»Wissen Sie, als ich in Sing-Sing war, hat mir ein Psychiater alle seine schlauen Tests verpaßt und dann gesagt, meine Intelligenz liege unter dem Durchschnitt. Hat es in seinen Bericht geschrieben. Meinte, ich solle ein Handwerk erlernen.«
Die Andeutung eines Lächelns stahl sich um ihre Lippen.
»Schon besser«, sagte er. »Damals im Sommer haben Sie viel gelacht. Daran erinnere ich mich am besten. An Ihr Lachen.«
Sie schüttelte den Kopf. »Oh, Mister Luciano, was soll aus Ihnen werden? Hat das Leben Sie nichts gelehrt?«
»O doch«, erwiderte er. »Ich habe gelernt, lächelnd zu töten. Vermutlich werde ich auch lächelnd sterben. Aber die Soldaten, die bei Cammarata sterben werden, ob die wohl lächeln? Was meinen Sie?«
Eine ganze Weile blickte sie ihn nur schweigend an, dann drehte sie sich um und verließ die Kapelle.

Die Oberin saß in ihrem Büro am Schreibtisch, als es klopfte. Maria trat ein. Sie blieb mit gefalteten Händen stehen und war offensichtlich zutiefst verwirrt.
»Setz dich, mein Kind«, sagte die Oberin.
Maria sagte: »Ehrwürdige Mutter, hat Colonel Carter Ihnen gesagt, weswegen er hier ist?«
»Ja«, erwiderte die Oberin. »Jedenfalls das Nötigste.«
Maria trat hinter den Schreibtisch und fiel auf die Knie. »Ehrwürdige Mutter, Sie kennen meine Geschichte, Sie wissen, warum ich hierher kam.«
»Natürlich«, sagte die Oberin. »Du hast hier Zuflucht gesucht und statt dessen Gott gefunden, so ist es doch?«
»Ehrwürdige Mutter, die Bibel lehrt, daß wir einander lieben sollen, aber wenn ich an meinen Großvater denke, empfinde ich nur Haß.« Sie ergriff fieberhaft die Hände der älteren Frau. »Ich habe Angst vor der Gewalttätigkeit, die ich in mir fühle. Carter und Luciano würden mich zu alldem zurückführen, dem ich abgeschworen, dem ich den Rücken gekehrt habe. Ich will nicht mit ihnen gehen«, fügte sie leidenschaftlich hinzu.

Die Oberin lächelte. »Welche Anmaßung. Du hast Gott nicht gewählt, Maria. Er hat dich gewählt. Für dich, seine Magd, gibt es keine Wahl mehr. Du mußt tun, was gut ist. Etwas anderes gibt es für dich nicht.«
Maria kniete lange mit gesenktem Kopf, dann blickte sie auf. »Das heißt, ich muß nach Sizilien gehen.«
Die Oberin nickte. »Keine Wahl haben, heißt, daß die Sache selber einem keine Wahl läßt. Paradox, aber wahr. Was Colonel Carter dich bat zu überdenken, diesen Ruf nach Sizilien, ist das eine. Dein Haß gegen deinen Großvater steht auf einem ganz anderen Blatt und fällt gegenüber dem größeren Ziel nicht ins Gewicht. Stimmst du mir zu?«
Maria tat einen tiefen, bebenden Atemzug. »Helfen Sie mir, Ehrwürdige Mutter.« Die Hände der Oberin schlossen sich um die ihren, und beide Frauen neigten den Kopf im Gebet.

In der Kapelle war es sehr still, als Carter und Luciano eintraten. Das Geräusch der zufallenden Tür hallte im Raum wider. Maria kniete vor dem Altar, und die beiden Männer blieben im Mittelgang stehen und warteten. Maria wußte natürlich, daß sie da waren, und hob langsam den Kopf. Eine Weile verharrte sie noch so, dann stand sie auf und drehte sich um. Ihr Gesicht war blaß, aber sehr ruhig.
»Die Frau Oberin sagte, Sie wollten mich sprechen«, sagte Carter. »Darf ich annehmen, daß Sie Ihre Wahl getroffen haben?«
»Hatte ich wirklich jemals eine Wahl, Colonel?«
Carter, den plötzlich Mitleid mit der jungen Frau ergriff, sagte: »Bei Licht besehen, vermutlich nicht.«
»Wann brechen wir auf?«
»Morgen früh wäre ideal.« Er zögerte und fuhr fort: »Da ist noch etwas, und ich sage es Ihnen lieber jetzt gleich. Im Augenblick haben wir nur *eine* Chance, nach Sizilien zu gelangen. Wir müssen mit Fallschirmen abspringen.«
»Das hat gerade noch gefehlt«, sagte Luciano.
Carter achtete nicht auf ihn. »Ich kannte Agenten, die bei ihrem ersten Außeneinsatz einen sogenannten kalten Absprung mach-

ten. Das heißt, ihr Absprung über dem Ziel war ihr erster überhaupt. Dieser Gedanke ist mir nicht besonders angenehm. Mir wäre lieber, wenn Sie in etwa wüßten, was Ihnen bevorsteht.«
»Was schlagen Sie vor?«
»Wir bleiben zunächst ein paar Tage in einem Haus in Cheshire, nicht weit von Manchester. Dort ist eine Fallschirmspringerschule. Sie bildet die meisten SOE-Agenten aus. Im allgemeinen genügen sechs Instruktionsstunden und ein einziger Absprung.«
»Vielleicht habe ich Glück und breche mir ein Bein«, sagte Luciano.
Maria schien völlig unbeeindruckt. »Sehr schön, Colonel, ganz wie Sie wünschen.« Sie blickte sich in der Kapelle um, als wolle sie sich alles noch einmal einprägen, dann legte sie eine Hand auf das Altargeländer. »Ich war immer glücklich hier. Die einzige wahrhaft und zutiefst glückliche Zeit meines Lebens. Vielleicht war das falsch.«
Luciano sagte leise auf sizilianisch: »Jetzt gehen Sie wieder hinaus in die Welt. Vielleicht warten dort Antworten auf Sie.«
»Ja, Mister Luciano«, sagte Maria. »Das könnte wahr sein.« Sie lächelte leicht. »An diesen Gedanken will ich mich klammern, glauben Sie mir. Dann bis morgen.«
Sie schritt den Gang entlang, und die Tür schloß sich hinter ihr.
Luciano sagte: »So, Professor, jetzt haben Sie erreicht, was Sie wollten. Machen Sie so weiter, dann kriegen Sie vielleicht noch mehr Orden.« Er wandte sich ab, und seine hallenden Schritte verloren sich in der Dunkelheit.

In Maison Blanche in Algerien stapfte Harvey Grant kurz nach Tagesanbruch hinüber zur Flugkontrolle. Er war in miserabler Stimmung. Nach der durchzechten Nacht schmeckte sein Mund wie ein Abfalleimer, die Augenlider schienen aus Sandpapier zu bestehen.
Schon beim Betreten des Kontrollraums wußte er, daß etwas faul war, denn außer Joe Collinson, dem Fluglotsen, der Nachtdienst gehabt hatte, war niemand zu sehen.
»Noch nicht?« fragte Grant.

Collinson schüttelte den Kopf. »Leider nein, Sir. Ich fürchte, es hat sie erwischt. Hätten längst zum Auftanken kommen müssen. Melden sich auch nicht.«
»Vier nacheinander«, sagte Grant. »Schlechte Nachricht, Joe.«
Collinson wandte sich zur Wandkarte von Sizilien um. »Der Jerry weiß, daß sich über Sizilien etwas zusammenbraut, Sir. Zuviel Verkehr in den letzten paar Wochen. Diese Junkers 88 sind Nacht für Nacht auf der Jagd, und sie sind gut, Sir. Zu gut für eine Halifax.«
»Wem sagen Sie das«, erwiderte Grant. »Ich habe die Gesichter im Kasino gesehen. Es ist bereits soweit, daß man einer Crew, die über Sizilien abspringen soll, zusammen mit den Instruktionen gleich die Totenscheine mitgeben kann.«
»Was sollen wir tun, Sir?«
»Was können wir tun, außer dem Air Officer Commanding einen Lagebericht zu geben. Und wenn es dann heißt: starten, dann starten wir, das wissen Sie doch.«
Er zündete eine Zigarette an und goß sich Kaffee ein.
Collinson sagte: »Es ist etwas da für Sie, Sir, soeben reingekommen.«
Er schob den Umschlag über den Kartentisch, und Grant riß ihn auf. Im Stehen las er Harry Carters Funkmeldung.
»Herr im Himmel«, flüsterte er und ließ sich auf einen Stuhl fallen. »Etwas passiert, Sir?« fragte Collinson besorgt.
»Ja, ich glaube, das kann man wohl sagen«, antwortete Grant finster und reichte Collinson die Meldung.

Es regnete an diesem Vormittag auf Sizilien, als das 21ste Fallschirmjäger-Bataillon - oder was davon noch übrig war - einen Forstweg entlang auf das Dorf Villalba zufuhr. Max Koenigs 35 Fallschirmjäger paßten bequem in drei gepanzerte Armeelastwagen. Er selber bildete mit seinem Geländewagen, dem Fahrer und einem MG-Schützen den Schluß des Konvois; Rudi Brandt fuhr, ebenfalls in einem Geländewagen, vorweg.
Plötzlich hörte man, vom Regen gedämpft, das Knattern einer Gewehrsalve, und Koenig wies seinen Fahrer an, den Konvoi zu

überholen. Er setzte sich an die Spitze und gab das Haltezeichen. Brandts Geländewagen stand bereits unter den Kiefern am Hügelrand, und der Feldwebel war ausgestiegen und beobachtete durch sein Zeissglas das tiefer gelegene Villalba. Es war ein elendes Kaff, wie alle sizilianischen Bergdörfer. Eine kleine Kirche, ein Dorfplatz, vierzig bis fünfzig Häuser. Auf dem Dorfplatz standen zwei Militärlastwagen, und eine Menschenansammlung, vermutlich die gesamte Bevölkerung des Dorfes, sah einem Exekutionskommando bei der Arbeit zu. Ein halbes Dutzend Tote lagen bereits auf dem Rücken oder mit dem Gesicht zur Erde in unnatürlich verrenkten Stellungen. Ein weiteres halbes Dutzend Männer wurden zur Kirchenmauer gestoßen, um die Plätze der soeben Erschossenen einzunehmen.
Koenig stieg aus seinem Geländewagen, und Brandt reichte ihm den Feldstecher. »Einsatzgruppen, Obersturmbannführer.«
Einsatzgruppen waren Einheiten der SS, die Himmler vor dem Einmarsch in Rußland aufgestellt hatte. Es waren berüchtigte Kommandos, aus freigelassenen Strafgefangenen zusammengesetzt und von Offizieren aus den Reihen der SD und der Gestapo befehligt. Gelegentlich wurden auch Soldaten der Waffen-SS wegen schwerer Vergehen dorthin strafversetzt; dazu kam noch eine Anzahl russischer Kriegsgefangener, hauptsächlich Ukrainer.
Mit grimmiger Miene gab Koenig den Feldstecher zurück. »Wir fahren sofort hinunter. Ich übernehme die Spitze.«
Als sein Wagen den Konvoi auf den Dorfplatz lenkte, begann das Menschenhäufchen sich bereits zu zerstreuen oder wurde vielmehr von mehreren mit Gewehren bewaffneten SS-Leuten fortgescheucht. Fünfzehn bis zwanzig Frauen wurden in einen der Lastwagen getrieben, einige davon waren noch sehr junge Mädchen, die meisten weinten bitterlich.
Koenig stieg aus und schritt zu den toten Männern. Es zeigte sich, daß drei von ihnen halbwüchsige Knaben waren und einer sogar ein Junge von bestimmt nicht mehr als zehn Jahren.
Dann hörte er hinter sich einen Schrei, und eine Stimme rief: *»Signor colonello, prego!«*

Als Koenig sich umdrehte, schlüpfte ein alter Mann zwischen den Wachposten hindurch und lief auf ihn zu. Einer der Posten legte das Gewehr an, und Koenig rief: »Nicht schießen!«
Der Mann war sehr alt, trug vielfach geflickte Kleider und einen dichten weißen Schnurrbart, und in seinen Augen standen Tränen.
»Bitte, Herr Oberst, ich bin Angeli, der Bürgermeister von Villalba, und Sie sind ein gerechter Mann, das wissen wir alle.«
»Was ist hier passiert?«
»Vor einer Stunde sind sie gekommen und haben gesagt, im nächsten Tal sei ein deutscher Wachposten ermordet worden. Und jemand von hier müsse es getan haben. Jeden fünften Mann haben sie zum Erschießen geholt, und jede fünfte Frau . . .« Jetzt wurde seine Stimme noch erregter, die Hände hatte er flehend zu Koenig erhoben. »Im Namen Gottes, Herr Oberst. Im Namen der Gerechtigkeit, sagen Sie Ihren Leuten, das dürfen sie nicht tun.«
Koenig erwiderte ruhig: »Das sind nicht meine Leute.«
Jetzt geriet der alte Mann völlig durcheinander. Er gestikulierte, wies auf den Lastwagen. »Herr Oberst, bitte, meine Enkelin. Der Russe, er hat sie da hineingezerrt.«
Ehe Koenig antworten konnte, war Brandt mit ernster Miene herangetreten. »Ich glaube, Herr Oberst, die Sache ist schwierig. Das hier sind Major Meyers Leute.«
»Ach nein!« sagte Koenig. »Er ist vermutlich drinnen?«
»Nein, er ist nicht persönlich anwesend, Herr Oberst.«
Die Fallschirmjäger warteten neben ihren Fahrzeugen mit schußbereiter Waffe auf Befehle. Koenig sah sie der Reihe nach an, dann zog er seine Handschuhe stramm.
»Lassen Sie die Frauen frei, Scharführer«, sagte er so laut, daß alle ihn hören konnten. »Wer versuchen sollte, Sie daran zu hindern, wird erschossen.«
Brandt reagierte sofort: »Zu Befehl, Obersturmbannführer.« Er machte Front zu seinen Leuten. »Ihr habt gehört, was der Herr Oberst befohlen hat.

Noch ehe Koenig das Gasthaus betrat, hörte er von drinnen lautes Lachen und Singen. Er machte an den Stufen halt, nahm aus seinem alten Lederetui eine Zigarette, zündete sie an und ging hinein.

Ein halbes Dutzend Männer saßen an der Theke und tranken, die Gewehre hatten sie in die Ecke gestellt. Ein stämmiger Untersturmführer saß am Ende eines langen Tisches beim Feuer. Er war von eher asiatischem als europäischem Typus, mit schmalen Augen und hohen Backenknochen. Das Mädchen auf seinen Knien war klein und dunkelhaarig, nicht älter als fünfzehn, und ihr Gesicht war vom Weinen verschwollen. Als die Männer Koenig an der Tür stehen sahen, wurde es plötzlich still, die Stimmen schwiegen.

Er sagte: »Wer führt hier das Kommando?«

Der Untersturmführer schob das Mädchen beiseite und stand auf. »Hier. Suslow.«

Koenig sagte lächelnd zu dem Mädchen: »Geh jetzt, Kind. Dein Großvater wartet draußen auf dich.«

Das Mädchen starrte Koenig sekundenlang an, dann wollte sie weglaufen, aber Suslow griff nach ihr. Koenig trat dazwischen, und das Mädchen rannte zur Tür.

Suslow sagte aufgebracht: »Hören Sie, wer zum Kuckuck sind Sie eigentlich?«

»Ihr vorgesetzter Offizier«, sagte Koenig ruhig. »Und von jetzt an sprechen Sie gefälligst nur, wenn ich Sie etwas frage. Außerdem haben Sie in meiner Gegenwart strammzustehen.«

»Mein Vorgesetzter ist Sturmbannführer Meyer, nicht Sie.«

Koenig rief: »Scharführer!«

Die Hintertür wurde aufgestoßen, und Brandt erschien, flankiert von zwei Fallschirmjägern. Alle drei trugen Maschinenpistolen und schienen durchaus bereit, von ihren Waffen Gebrauch zu machen.

Koenig sagte leise: »In Zukunft werden Sie, wenn ich Ihnen einen Befehl erteile, die Hacken zusammennehmen und rufen: ›Zu Befehl, Obersturmbannführer.‹ Haben Sie mich verstanden?«

Suslows Augen blitzten mordlustig, aber er gehorchte und nahm Haltung an. »Jawohl, Obersturmbannführer.«
»Gut. Und jetzt beantworten Sie mir ein paar Fragen. Die Erschossenen - wer waren sie?«
»Jeder fünfte Mann.«
»Und die Frauen?«
»Für das Wehrmachtsbordell in Palermo. Jede fünfte Frau.« Er zögerte. »Befehl von Sturmbannführer Meyer.«
Koenig nickte. »Nehmen Sie zur Kenntnis, daß ich die Frauen freigelassen habe. Und daß Sie und Ihre Männer schleunigst von hier verschwinden werden. In genau zwei Minuten will ich keinen mehr sehen, sonst könnte es sein, daß ich Sie auch zu Fünfen abzählen lasse.«
Angesichts der Lage hütete Suslow sich wohlweislich vor einer Erwiderung. Er wandte sich zu seinen Leuten um, bellte auf russisch einen Befehl, verschwand durch die Tür, und die übrigen folgten ihm.
Koenig nahm eine neue Zigarette, und Brandt gab ihm Feuer. »Das könnte Stunk geben, Herr Oberst.«
»Meinetwegen«, erwiderte Koenig, während draußen die Motoren aufbrüllten.
Er trat vor die Tür und wartete auf der obersten Stufe, bis die Lastwagen das Dorf verlassen hatten. Im gleichen Augenblick erschien ein schwarzer Mercedes auf der Anhöhe. Der vorderste Lastwagen hielt, und Koenig sah, wie Suslow ausstieg und sich in das Fenster des Mercedes beugte. Nach einer Weile stieg der Russe wieder ein, der Lastwagen entfernte sich, und der Mercedes rollte bergab auf das Dorf zu.
Koenig stand auf dem Dorfplatz und sah zu, wie die Bewohner von Villalba ihre Toten wegschafften. Der Mercedes hielt neben ihm an, und Meyer stieg aus.
»Ich war der Ansicht, das hier falle in meinen Befehlsbereich.«
»Dieses Schlachthaus? Sie können sich gratulieren.«
Eine alte Frau und zwei Mädchen kamen vorüber. Sie zogen einen Karren hinter sich her, auf dem die Leiche des zehnjährigen Jungen lag.

»Einer unserer Leute wurde vergangene Nacht ermordet. Ich hatte gute Gründe, die Schuldigen in diesem Dorf zu vermuten.«

Koenig sagte: »Unter den Frauen, die auf Ihren Befehl hin verschleppt werden sollten, waren zwölf- und dreizehnjährige Mädchen. Ich habe übrigens alle Frauen wieder freigelassen. Suslow hat es Ihnen vermutlich berichtet.«

»Ich werde selbstverständlich einen ausführlichen Report über die ganze Angelegenheit an Reichsführer Himmler und an Feldmarschall Kesselring schicken«, sagte Meyer.

»Wissen Sie, was Ihr großer Fehler ist, Meyer? Sie halten sich für einen Soldaten des Deutschen Reichs, eine naheliegende Annahme im Hinblick auf die Uniform, die Sie tragen. Aber Sie irren. Soll ich Ihnen sagen, was Sie sind, in schlichten Worten, damit Sie es auch wirklich verstehen?«

Meyer zeigte keinerlei Gemütsbewegung, er stand nur da und schaute Koenig an, und Brandt kam herüber und salutierte. »Fertig zum Abmarsch, Herr Oberst.«

»Gut«, sagte Koenig. »Wir rücken ab.«

Er ging hinüber zu seinem Geländewagen und stieg ein. Er nickte dem Fahrer zu, und als sie starteten, reihten sich die Transportlastwagen hintereinander und folgten ihnen. Der Konvoi verschwand über dem Hügel, und der Motorenlärm verlor sich in der Ferne.

Meyer stand noch immer neben seinem Mercedes. Jetzt, da alles still war, bemerkte er plötzlich, daß die Leute auf dem Dorfplatz jede Tätigkeit eingestellt hatten. Die alten Männer, die Frauen und Kinder, die sich bisher mit den Toten beschäftigt hatten, standen völlig regungslos da und blickten ihn an.

Etwas unheimlich Drohendes lag in der Luft, und als ein Junge sich bückte, um einen Stein aufzuheben, wurde Meyer klar, daß er, abgesehen vom Fahrer des Mercedes, völlig allein war.

Braun, sein Fahrer, sprang aus dem Wagen und riß die Tür zum Rücksitz auf. »Bitte, Herr Major«, drängte er. »Ich glaube, wir sollten fahren.«

Meyer schien ihn nicht zu hören. Er legte die Hände auf den

Rücken, trat ein paar Schritte auf die Dörfler zu und blieb abwartend stehen. Lange Zeit tat sich nichts, dann ließ der Junge den Stein fallen, den er aufgehoben hatte. Meyer holte sein Etui hervor, nahm bedächtig eine Zigarette heraus und zündete sie ebenso bedächtig an, dann machte er kehrt und ging zurück zu seinem Wagen.

Braun, der erst achtzehn war, stand der blanke Schrecken in den Augen, und sein Gesicht war schweißbedeckt. Meyer zog sein Taschentuch heraus und blieb mit dem Rücken zum Dorf stehen.

»Trocknen Sie Ihr Gesicht. Wissen Sie, daß ich früher, vor vielen Jahren, Polizeiinspektor in Hamburg war?«

»Nein, Sturmbannführer.«

»War ich aber. St. Pauli. Die übelsten Spelunken der Stadt. Zuhälter, Halsabschneider, Mörder. Mit dieser Bande hatte ich's zu tun, und wissen Sie, was ich dabei gelernt habe, mein Junge? Niemals umkehren und niemals Furcht zeigen.«

»Jawohl, Sturmbannführer.«

»Merken Sie sich's. Und jetzt sehen wir zu, daß wir von hier wegkommen.«

Er lehnte sich bequem zurück, als sie abfuhren, und dachte über den Fall Koenig nach, übrigens ohne besondere Erbitterung. Die konnte er sich ersparen, denn Koenig hatte sich in Worten und Taten bereits so sehr exponiert, daß es nur eine Frage der Zeit war, bis er etwas völlig Unverzeihliches tun würde. Und wenn es soweit war . . .

7

Die alte Dakota hob von der Startpiste in Ringway ab und stieg rasch auf zweitausend Fuß. Carter schob die Tür auf und sah in der Ferne das regenverhangene Manchester.

Abgesehen vom Ausbilder waren sie nur zu dritt, Carter, Luciano und Maria, alle in Tarnanzügen der britischen Fallschirmjäger mit Helmen und Fallschirmen vom Typ X.

Maria wirkte in dieser Ausrüstung noch kleiner, und als Carter ihre Reißleine an das Haltetau hakte, kam ihm die junge Frau völlig schutzlos vor, ein Kind in einem Spiel für Erwachsene, das weit über seine Kräfte geht.

»Über dem echten Ziel werden wir, wenn möglich, aus vierhundert Fuß Höhe abspringen«, sagte er zu ihr, »weil man dann in zwanzig Sekunden unten ist, was seine Vorzüge hat; aber heute machen wir's aus tausend. All right?«

Sie nickte. »In Ordnung.«

Die Dakota kurvte jetzt zurück in Richtung Flugplatz. Carter sagte zu Luciano: »Zuerst Sie, dann Maria, und ich mache das Schlußlicht.«

Luciano grinste, als er zur Luke ging. »Hoffentlich machen Sie ein Foto von mir, für mein Revisionsgesuch.«

Der Ausbilder, ein Unteroffizier, nahm seinen Platz ein, als das rote Lämpchen über der Luke aufblinkte. Luciano drehte sich um und rief:

»Bei meinem Glück breche ich mir vielleicht wirklich ein Bein. Was passiert dann?«

Das grüne Licht flammte auf, der Unteroffizier schrie: »Los!« und versetzte ihm einen Schlag auf den Rücken.

Luciano tauchte Kopf voran ins Leere, und schaudernd, mit wild hämmerndem Herzen und trockener Kehle, aber ohne das geringste Zögern sprang Maria ihm nach. Carter hakte sich an das Haltetau und folgte ihnen.

Zum Denken blieb wenig Zeit. Luciano wußte nur, daß er ein paar Purzelbäume schlug, bevor sich klatschend der Fallschirm öffnete. Es gab einen Ruck, und danach schwebte er unter einem khakifarbenen Pilz in der Luft.

Unter ihm lag der Flugplatz wie ein Kinderspielzeug, die Hangars, die Maschinen, die in Reih und Glied im Freien standen, und Gesichter, viele aufwärtsgerichtete Gesichter. Er blickte hoch und sah Maria über sich, und seitlich von ihm, etwa sechzig bis siebzig Meter entfernt, bemerkte er Carter. Dann wurde der Flugplatz größer und schien blitzschnell auf ihn zuzukommen. Er prallte hart auf, überschlug sich und stand dann wie durch ein Wunder auf den Füßen. Da fast völlige Windstille herrschte, war der Fallschirm kein Problem. Als er sich umwandte und die Gurte löste, sah er, daß Maria ungefähr in zwanzig Meter Entfernung ebenfalls gelandet war.

Noch ein Stück hinter ihr kam Carter herunter. Er vollführte eine perfekte Rolle, denn es war bereits sein fünfzehnter Absprung, und stand auf den Füßen. Als er sich von den Gurten befreit hatte, sah er Luciano zu Maria laufen, die noch immer, über ihren Fallschirm gebeugt, unbeweglich auf dem Boden kauerte.

Carter rannte voller Schrecken zu den beiden hinüber, aber ehe er sie erreichte, hatte Luciano schon kehrtgemacht und kam ihm entgegen. Er lächelte.

»Ist ihr etwas passiert?« rief Carter.

»Nicht die Bohne.« Luciano fischte ein zerknittertes Päckchen Zigaretten aus der Tasche und zündete sich eine an.

»Was macht sie denn?«

»Nichts. Zwei Ave Maria und drei Vaterunser für eine glückliche Landung oder so was Ähnliches.« Er bot Carter eine Zigarette an. »War wirklich toll. Das müssen wir bald mal wieder machen.«

»Worauf Sie sich verlassen können, Mister Luciano«, sagte Carter. »Sehr bald.«

Bransby Abbey lag unweit von Alderley Edge, einem der schönsten Teile von Cheshire, und etwa sechzehn Kilometer vom Flugplatz Ringway entfernt. Das Haus stammte aus dem vierzehnten Jahrhundert, war jedoch um achtzehnhundertfünfzig herum fast vollständig umgebaut worden. Den grauen Sandsteinbau umzog eine hohe Mauer. Bransby gehörte zu den sicheren Häusern von SOE. Dort konnten Agenten auf Sondereinsätze vorbereitet werden oder kurzfristig eine Blitzausbildung erhalten.

Am Nachmittag des folgenden Tages unternahmen Luciano und Carter einen Geländelauf. Die Strecke, die durch den Wald führte, war ein Gefechtslehrpfad mit Abfangnetzen, Stolperseilen, die zwischen den Bäumen gespannt waren, und ähnlichen Fallen. Trotz des Regens machte Luciano die Sache Spaß. Er trug eine anliegende Mütze und einen Drillichanzug und war bald von Regen und Schmutz durchnäßt.

Er kroch durch einen Stacheldrahtverhau, allein, denn Carter hatte er irgendwo im Wald verloren. Als er wieder aufstand, rief eine Stimme:

»He, Sie dort unten!«

Luciano blickte auf und sah auf dem Hügel einen Offizier der United States Army stehen. Der Offizier trug eine Feldmütze und auf dem Trenchcoat die Rangabzeichen eines Captain.

»Ich habe mit Ihnen zu reden.«

Es war weniger eine Aufforderung als ein strikter Befehl und in der schönsten Bostoner Aussprache erteilt, die man sich im allgemeinen nur in Neu-England und nirgends sonst in Amerika aneignen kann. Luciano mochte diese Art Stimmen nicht, hatte sie nie gemocht, also gab er einfach keine Antwort.

»Ich spreche mit Ihnen, Soldat.«

»Großartig«, sagte Luciano. »Freut mich für Sie.«

Dann fiel eine Hand auf seine Schulter, und eine Stimme, die geradewegs aus dem östlichen New York kam, sagte: »Wenn der Captain spricht, dann antworten Sie, verstanden!«

Luciano blickte über seine Schulter und sah sich im festen Griff eines Sergeant der Army, der beträchtlich größer war als er und

dessen grobes, knochiges Gesicht von wulstigen Narben entstellt war wie das eines Berufsboxers.
»He, Sie haben ja richtige Orden«, sagte Luciano. Er tauchte mit einer Schulter unter den Arm des großen Mannes, vollführte eine Drehung, und der Sergeant flog kopfüber in die Senkung. Luciano blickte zu dem Offizier auf. »Er hat einen Fehler gemacht. Lassen Sie nicht zu, daß er einen zweiten macht.«
Der Captain hatte sehr helles Haar und ein hübsches arrogantes Gesicht. Etwas regte sich in den blauen Augen, und dann hatte der Sergeant sich aufgerappelt und lief drohend, mit ausgestreckten Armen auf Luciano zu. Als er noch etwa zwei Meter entfernt war, fuhr Lucianos Hand mit der elfenbeinernen Madonna aus der Hüfttasche. Ein bösartiges Klicken, und die Klinge sprang auf. Der Sergeant blieb ruckartig stehen, dann kauerte er nieder und kroch näher.
Plötzlich hielt er inne, stand wieder auf, und sein Mund öffnete sich vor Staunen. »Mann, Sie kenne ich doch.«
Der Captain rief: »Detweiler, bleiben Sie, wo Sie sind! Das ist ein Befehl!«
Und dann war Carter im Laufschritt aus dem Wald aufgetaucht. »Was geht hier vor?«
»Colonel Carter?«
»Bin ich.«
Der Captain salutierte und fischte einen braunen Umschlag aus seinem Trenchcoat. »Captain Jack Savage, Ranger Division, und das ist Sergeant Detweiler. Ich habe Befehl, mich baldmöglichst hier bei Ihnen zu melden.« Er warf einen Blick auf Luciano. »Tut mir leid, wenn es ein Mißverständnis gab, aber dieser Soldat -«
»Ist Captain Orsini vom Office of Strategic Services, OSS«, sagte Carter.
Als Luciano grinste, sagte Detweiler wütend: »Orsini - ich lach' mich kaputt, Sir. Ich bin aus New York, in der Tenth Street großgeworden, und den Burschen da hab' ich schon hundertmal oder öfter gesehen. Der ist ein Gangster und heißt Lucky Luciano.«

Jack Savage war vierundzwanzig, der jüngere Sohn eines Karriere-Diplomaten, der seine Dienstzeit in Städten wie Paris und Rom zugebracht hatte. Folglich sprach er schon als Junge fließend Französisch und Italienisch. Die Familie Savage gehörte zu den reichsten Leuten von Boston und zu den größeren Aktionären im Öl- und Stahlgeschäft, beides Branchen, für die Savage junior sich nicht im geringsten interessierte.
Hingegen hatte er schon sehr früh ein ganz außerordentliches Zeichentalent erkennen lassen. Den Eltern zuliebe hatte er an der Universität Yale Volkswirtschaft studiert und das Examen abgelegt, aber das reichte ihm. Er war nach London gegangen, um an der Slade-Akademie Malerei zu studieren.
Als die Deutschen Paris einnahmen, wohnte er im Künstlerviertel auf dem Montmatre und blieb dort noch ein halbes Jahr, ehe er nach Madrid übersiedelte. Schließlich war er nach Hause zurückgekehrt, um seinen Dienst bei der Army abzuleisten, kurz bevor die Vereinigten Staaten in den Krieg eintraten.
Die Amerikaner verfügten zunächst nicht über eine Organisation wie das britische SOE. Erst im Juni 1942 rief Wild Bill Donovan, der die britischen Methoden aus erster Hand kannte, das Office of Strategic Services, kurz OSS, ins Leben. Jack Savage, der es inzwischen zum tödlich gelangweilten Leutnant des Intelligence Service im Pentagon gebracht hatte, wurde einer der ersten Mitarbeiter.

Jack Savage machte eine vorzügliche Figur, als er nun in der Abbey vor Carters Schreibtisch stand. Hochgewachsen, gutaussehend, im olivfarbenen Kampfanzug, die Hosenbeine in die Sprungstiefel gestopft. Am rechten Ärmel trug er das Fallschirmspringerabzeichen in doppelter Ausfertigung, eine seltene Qualifikation für die Handvoll Männer der amerikanischen Sondereinheit, die bei den Briten ihre Ausbildung vervollständigt hatten.
Detweiler machte seinen Gefühlen noch immer lautstark Luft. »Von wegen Orsini, Captain. Der Kerl ist Luciano!«
Harry Carter hielt die Papiere hoch, die Savage ihm gebracht

hatte. »Sie haben diese Anordnungen gelesen, Captain. Ist Ihnen klar, daß Sie und der Sergeant hiermit ausschließlich unter meinem Befehl stehen?«

»Selbstverständlich, Sir.«

»Gut, ich dachte, es könnte sich ein Mißverständnis eingeschlichen haben.« Er wandte sich an Detweiler und sagte schneidend: »Was bedeutet, daß ich Sie in Zukunft, falls ich Ihre Meinung hören möchte, danach fragen werde.«

Detweiler war tief betroffen, man sah es ihm an. Wie hilfesuchend wandte er sich an Savage. »Herrgott, Captain -«

Carter fiel ihm ins Wort: »Nehmen Sie Haltung an und bleiben Sie so, bis auf weiteres. Los Mann! Wird's bald?«

Detweiler gehorchte, feuerrot im Gesicht.

Carter zog einen Umschlag aus der Innentasche seines Waffenrocks und entnahm ihm die beiden Vollmachten: die eine, die General Eisenhower ihm in Algerien ausgehändigt hatte, und die andere, die von Präsident Roosevelt ausgestellt war.

»Lesen Sie.«

Savage las und blickte entgeistert auf. »Gütiger Himmel!« flüsterte er.

»Genau«, sagte Carter. »Und jetzt will ich Fraktur reden. Das Benehmen Ihres Sergeant paßt mir nicht. Wenn ich Zeit hätte, ihm die Flötentöne beizubringen, würde ich's tun, aber ich habe keine.«

»Colonel, Sergeant Detweiler ist ein guter Soldat. Wir haben gemeinsam eine Menge hinter uns gebracht. Ich weiß es.«

»Gut, dann zeigen Sie ihm diese Papiere und sehen Sie zu, ob Sie ihm den Standpunkt klarmachen können. In fünf Minuten bin ich wieder da und erkläre Ihnen genau, was hier vor sich geht.«

Luciano saß, an einen der steinernen Löwen gelehnt, auf der Terrasse. Er trug jetzt einen schwarzen Pullover und lange Hosen, war aber noch immer unrasiert.

Er blickte zu Carter auf und schüttelte den Kopf. »Wo, zum Teufel, stöbern Sie die nur immer auf?«

»Sein Onkel ist ein Drei-Sterne-General.«

»Und ich war ein guter Freund von Al Capone. Was, zum Teufel, hat das mit dem Preis für Tomaten zu tun? Hören Sie, Professor, den Typ kenne ich. Boston, die oberen Vierhundert. Haben sich schon drum gebalgt, wer als erster aus der *Mayflower* klettern darf. Wer braucht denn so was?«

»*Wir* brauchen ihn.«

»Darf ich fragen, warum?«

»Weil, genaugenommen, die ganze Sache ein amerikanisches Unternehmen ist. Es erschien den maßgeblichen Stellen daher als gute Idee, jemanden wie Savage und Detweiler dabeizuhaben.«

»Ah, verstehe. Heißt im Klartext, ich zähle nicht.«

»So ungefähr.«

Carter lächelte, denn er fühlte, daß zwischen ihm und Luciano keine Spannung bestand. Daß sie aus irgendeinem Grund wie alte Bekannte miteinander reden konnten, ohne Beschönigungen und Umschweife.

»Großartig«, sagte Luciano. »Ich komme mir richtig begehrt vor.«

»Savage ist ein guter Mann. Zwei Tapferkeitsmedaillen, einen Silver Star. Sogar die Franzosen haben ihm eine Auszeichnung verliehen. Als er in Frankreich als Agent von OSS tätig war, schnappte ihn die Gestapo, doch er entwischte ihnen wieder. Seitdem war er mit Special Forces mehrmals über dem Kanal, in Frankreich.«

»Frankreich ist nicht Sizilien. Was soll er dort?«

»Sein Vater war Diplomat und vor dem Krieg vier Jahre lang an der amerikanischen Botschaft in Rom. Savage ging dort zur Schule. Er spricht gut Italienisch.«

Luciano sagte: »Römisches Italienisch. Professor, auf Sizilien gibt es Dörfer, wo den Leuten das wie Griechisch vorkommen würde. Und was ist mit Detweiler?«

»In New York geboren und aufgewachsen, aber seine Mutter ist Italienerin. Ich habe beiden bereits in kurzen Zügen erklärt, worum es geht. Ich habe eine ausführliche Besprechung in der Bibliothek angesetzt. Wissen Sie, wo Schwester Maria ist?«

In diesem Augenblick hörte man Donnergrollen, als stünde ein

neuerlicher Regenguß bevor. Luciano sagte: »Ich glaube, sie macht einen Spaziergang in der Umgebung. Ich gehe sie suchen.«
»Gut. Dann in einer halben Stunde in der Bibliothek«, sagte Carter und ging ins Haus.

Maria saß auf einer Steinbank im Rosengarten neben dem Springbrunnen. Sie trug lange Hosen, einen olivgrünen Army-Pullover, der ihr mindestens zwei Nummern zu groß war, und hatte einen Schal turbanartig um den Kopf gewunden.
Alles war sehr still und friedlich, nur ein paar Krähen tauschten in den Birken am Ende des Rosengartens heisere Rufe miteinander. Allein, daß Maria hier war und nicht drinnen im Haus, hatte seine Bedeutung.
Sie mußte sich erst an eine Freiheit gewöhnen, die sie seit Jahren nicht mehr gekannt hatte. Es ging nicht einfach darum, daß sie sich außerhalb der Klostermauern aufhielt. Das hatte ihre Arbeit im Krankenhaus Tag für Tag mit sich gebracht. Dies hier war etwas völlig anderes. Jetzt war sie wieder auf sich selbst gestellt, wie vor ihrem Eintritt in den Orden. Damals hatte sie sich nicht nur Gott angelobt, sondern auch einer Gemeinschaft und einer Lebensform, die ihr in langen, dunklen Zeiten verzweifelten Ringens Hilfe und Halt gegeben hatten. Jetzt war sie wieder allein für ihr Schicksal verantwortlich.
Als es aufs neue zu donnern begann, blickte sie zum Himmel und schickte sich zum Gehen an. Luciano kam durch den Torbogen in den ummauerten Garten, über dem Arm trug er einen zweiten Regenmantel, den er Maria hinhielt.
»Jetzt sehen Sie, warum man mich Salvatore getauft hat«, sagte er fröhlich.
»Vielen Dank, Mister Luciano.«
»Carter möchte, daß wir uns in zwanzig Minuten in der Bibliothek einfinden, damit wir nochmals alles durchsprechen. Der Rest unseres Teams ist aufgetaucht. Ein Captain Savage und ein Sergeant Detweiler.«
»Dann müssen wir uns auf den Weg machen.«

»Hat keine Eile.« Er zündete sich eine Zigarette an und fuhr auf sizilianisch fort: »Arme Maria, ich bringe Sie ganz durcheinander, wie? Störe die ruhige Ordnung Ihres Lebens. Die Schlange im Garten Eden.«

»Sehen Sie sich in dieser Rolle? Als einen romantischen Außenseiter?«

Als sie den Torbogen durchschritten, ging ein heftiger Regenguß nieder, und Luciano zog Maria in die Pergola, um das Schlimmste abzuwarten.

»Und Sie?« fragte sie. »Wie sehen Sie mich? Nein, antworten Sie mir nicht.« Er legte einen Finger auf die Lippen. »Denn, was immer Sie von mir glauben, bin ich ganz sicher nicht.«

»Das gilt für uns alle.«

»Aber sagen Sie mir eins«, bat er. »Daß Sie Nonne wurden, wie ist das gekommen?«

»Oh, als ich damals in London eintraf, hatte ich sehr wenig Geld. Eine Zeitlang arbeitete ich in einem Laden, und dann wurde ich krank - sehr krank. Ich war längere Zeit im Armensaal eines Krankenhauses, wo auch Barmherzige Schwestern als Pflegerinnen arbeiteten.«

»Und da beschlossen Sie, auch Nonne zu werden? Ein Blitzstrahl der Erleuchtung, von Gott geschickt, als Zeichen, oder was?«

Sie erinnerte sich ganz deutlich an den letzten Tag ihres Noviziats, als sie bei der feierlichen Profeß vor der Oberin kniete und bat, auf Lebenszeit in den Orden der Barmherzigen Schwestern aufgenommen zu werden, und die Gelübde der ständigen Keuschheit, des Gehorsams, der Armut und des Dienstes an den Kranken ablegte. Noch immer sprach sie nicht gern darüber, doch nun ließ es sich nicht länger vermeiden.

»Nein, ich glaube, mir ist jetzt völlig klar, warum ich in den Orden eintrat. Ich suchte eine Zuflucht. Ich muß hinzufügen, daß ich Gott gefunden habe, Mister Luciano, aber erst, als IHM die Zeit dafür reif schien.«

»Und Carter taucht auf wie der Bösewicht in einem schlechten Film und sagt, ich bin gekommen, um dich von alldem wegzureißen.«

»Da könnten Sie recht haben«, sagte sie lächelnd.
»Und im Hintergrund lauert der Teufel?«
»Wenn dieser Teufel Sie sein sollten, wo sind dann die Hörner?«
»Ach, ich weiß nicht. Wir enden schließlich alle auf die gleiche Weise. Das einzig absolut Sichere ist der Tod.« Er war plötzlich schwermütig geworden. Ehe Maria antworten konnte, nahm er ihren Arm. »Kommen Sie. Wir müssen ins Haus.«

Als sie die Bibliothek betraten, wurden sie bereits von Carter, Savage und Detweiler erwartet. »Ah, da sind Sie ja«, sagte Carter und begann, die Anwesenden miteinander bekannt zu machen. »Schwester Maria Vaughan - Captain Savage.«
Sie hob die Hand. »Einfach Maria dürfte unter den gegebenen Umständen besser sein.«
Sie wechselte einen kurzen Händedruck mit Savage und setzte sich. Als sie den Turban abnahm, kam dunkles, ganz dicht am Kopf abgeschnittenes Haar zum Vorschein, so daß sie eher wie ein Junge aussah.
»Allmächtiger!« flüsterte Detweiler verdutzt.
Carter sagte: »Mister Luciano kennen Sie bereits.«
Savage nickte, Detweiler glotzte, und Luciano hockte sich, ohne von den beiden Notiz zu nehmen, aufs Fensterbrett.
Carter sagte: »Darf ich eines von vornherein klarstellen? Es ist nicht das erstemal, daß ich ein geheimdienstliches Unternehmen dieser Art leite, und wie die Erfahrung zeigt, ändert der Ausgang einer solchen Mission, ob sie nun erfolgreich ist oder nicht, keinen Deut am Gesamtverlauf des Krieges.«
Savages Miene verfinsterte sich, wie nicht anders zu erwarten angesichts der Erkenntnis, daß für seine Karriere nichts herausspringen würde. »Glauben Sie nicht, daß das ein bißchen weit geht, Colonel?« fragte er.
»Nein, das glaube ich nicht«, erwiderte Carter. »Allerdings, eins steht fest. Für unser gegenwärtiges Vorhaben gilt das nicht. Falls wir alle heil auf Sizilien landen, falls Mister Luciano und Maria die Kontakte herstellen können, die wir uns erhoffen, dann werden Tausende von Menschenleben gerettet. Sollten wir hinge-

gen scheitern, so wird General Pattons Armee Tausende von unnötigen Verlusten erleiden. So einfach ist das.«
Alles schwieg. Schließlich sagte Savage: »Wann brechen wir auf, Sir?«
»Morgen nacht, vom RAF-Flugplatz Hovington in einem Lancaster-Bomber, über Frankreich und das Mittelmeer direkt nach Algier.«
»Und dann?«
»Sizilien, irgendwann innerhalb der folgenden vier bis fünf Tage, das kommt auf die günstigsten Bedingungen für den Absprung an. Noch eins, Captain Savage. Sie und Detweiler werden bei diesem Unternehmen Zivilkleidung tragen. Es ist Ihnen klar, was das bedeutet, falls Sie dem Feind in die Hände fallen?«
»Auf Hitlers Sonderbefehl hin werden schon seit zwei Jahren Rangers und Kommandosoldaten erschossen, auch wenn sie in Uniform in Gefangenschaft geraten, Sir. Ich sehe da keinen Unterschied.«
»Gut, Sie haben also verstanden. Und jetzt kommen Sie bitte alle zum Kartentisch, dann gehe ich das ganze Unternehmen in den Einzelheiten mit Ihnen durch.«

In Bellona kletterte zur gleichen Stunde Vito Barbera eine kurze hölzerne Leiter zur Sargkammer über dem Aufbahrungsraum hinauf. Er öffnete eine Schranktür am anderen Ende und tastete nach einem verborgenen Mechanismus. Die ganze Rückseite mitsamt den Regalen schwang auf, und dahinter kam ein Verschlag zum Vorschein, der einen Sender und einen Empfänger enthielt. Barbera knipste die Lampe an, setzte sich, stülpte die Kopfhörer über und wartete, wie er es dreimal in der Woche tat, geduldig bis zur festgesetzten Zeit.
Als das erste Funksignal ertönte, richtete er sich lebhaft auf. Er nahm einen Bleistift zur Hand und begann zu schreiben. Hinter ihm öffnete sich die Geheimtür, und Rosa erschien mit einem Kaffeetablett.
Er winkte ab und schrieb weiter. Nach einer Weile nahm er die

Kopfhörer ab und überlas, was er geschrieben hatte. Seine Miene verriet Überraschung.
»Ist es etwas Wichtiges?« fragte Rosa.
»Carter kommt wieder.«
»Allein?« sagte sie.
Er schüttelte den Kopf. »Nein, Rosa, nicht allein.«

Nach dem Abendessen machte Luciano sich auf die Suche nach Carter und wurde zum Schießstand im Keller gewiesen, wo er Carter und Savage beim Üben vorfand. Detweiler half dem Waffenmeister, einem Feldwebel des Ordnance Corps namens Smith, beim Laden.
Während Luciano zusah, zielte Carter sorgfältig mit beiden Händen und feuerte. Er traf die Pappfigur eines angreifenden Deutschen in den rechten Arm.
»Sehr gut, Sir«, bemerkte Savage.
»Nicht, wenn man bedenkt, daß ich nach dem Herzen zielte«, sagte Carter.
Er feuerte fünf weitere Schüsse ab und traf das Ziel noch zweimal, einmal in den Hals und einmal wiederum in den Arm. »Na ja, mit Handfeuerwaffen war ich nie besonders gut.«
»Bloß ein Trick, Sir, wie alles andere auch«, erklärte Savage vergnügt und feuerte, wie Carter, beidhändig, aber viel schneller, und die Schüsse saßen alle dicht nebeneinander in der Brust des Pappsoldaten.
Detweiler sagte: »Kann mich kaum an einen besseren Schützen wie Sie erinnern, Captain.«
Carter wandte sich an Luciano. »Wie steht's mit Ihnen?«
Luciano wog einen der Brownings in der Hand und schüttelte den Kopf. »Automatische Pistolen haben den Nachteil, daß sie manchmal klemmen.« Er fragte den Waffenmeister: »Was haben Sie sonst noch da?«
»Webley .38, Sir?« schlug Smith vor.
»Zu unhandlich.«
»Sonst habe ich im Moment nur noch einen Revolver da, eine Smith and Wesson .32, dreizölliger Lauf.«

Luciano legte probeweise mit der rechten Hand an, dann mit der linken. »Schon besser. Gibt's auch einen Schalldämpfer dazu?«
»Sicher - hab' ich.«
Smith nahm einen Schalldämpfer aus dem Schrank und schraubte ihn auf. Als er Luciano die Waffe gab, sagte Detweiler: »Ein Ballermann. Wenn das was geben soll, muß man ziemlich nahe ran. Aber das ist schließlich Ihr Stil, oder?«
Luciano fuhr herum und gab mit ausgestrecktem Arm sehr schnell nacheinander zwei Schüsse ab, und beide saßen im Herzen.
Respektvolles Schweigen folgte. Dann sagte Savage: »Ich würde sagen, den zweiten hätten Sie sich sparen können, Mister Luciano.«
»Ich schließe nur gedeckte Wetten ab«, erklärte Luciano. »Und außerdem, der Getroffene könnte noch zurückschießen.«
Savage sagte zu Detweiler: »Ich glaube, wir könnten da vorne ein paar neue Ziele gebrauchen.«
Als Detweiler gehorsam nach vorn ging, legte Luciano, entsprechend den normalen Sicherheitsvorschriften, die Smith and Wesson aus der Hand. Detweiler stellte zwei neue Zielfiguren auf und drehte sich dann gemächlich um.
Luciano rief: »He, Detweiler! Wie Sie sagten, bin ich am besten auf kurze Distanz.« Er nahm die Smith and Wesson zur Hand, feuerte zweimal und schoß, scheinbar ohne zu zielen, der Figur dicht neben Detweiler beide Augen aus.
Detweiler schrie entsetzt auf und duckte sich, und Luciano fing an zu lachen und lachte immer noch, als er den Schießstand verließ.
»Es heißt, er habe mindestens zwanzig Menschen eigenhändig erschossen«, sagte Carter.
»Also ich kann nur sagen, Colonel, ich bin verdammt froh, daß er auf meiner Seite steht«, erwiderte Savage.

Maria erwachte am nächsten Morgen schon früh aus einem tiefen Schlaf. Bleicher Sonnenschein drang durch die Gardinen. Maria blieb noch eine Weile liegen und dachte daran, daß heute

der letzte Tag war. Am Abend würde sie in einem Flugzeug nach Algerien sitzen, eine Reise antreten, von der es keine Wiederkehr geben würde.
Nicht, daß sie Angst gehabt hätte. Das war vorbei. Nur, es paßte einfach nichts zusammen. Es war, als träumte sie das alles. Noch vor ein paar Tagen hatte ihre Welt aus dem Kloster und dem Krankenhaus bestanden, aus einem festen Tagesablauf, der ihre Zeit und ihr Leben ausfüllte, aus Arbeit für Seele und Körper. Es hatte keine offenen Fragen gegeben. Aber jetzt?
Sie stand auf und blieb neben dem Bett stehen. Sie hatte nackt geschlafen, etwas, das sie seit Jahren nicht mehr getan hatte, denn wie alle Nonnen trug sie im Kloster sittsame leinene Nachthemden.
»Schon der erste Rückfall, Maria«, sagte sie leise und schlüpfte in einen Bademantel.
Ihr Zimmer lag im Erdgeschoß, und sie öffnete die Fenstertür, blickte hinaus in den Garten und trat dann auf die Terrasse. Alles war unglaublich schön im ersten Sonnenlicht, die Bäume trugen eine Art Heiligenschein, und ein paar Krähen tauschten schläfrig klingende Rufe aus.
Und doch fühlte Maria sich losgelöst, wie in einer Welt, die ihr fremd war, die sie nicht zu fassen vermochte. Es war, als zöge das alles unter Wasser langsam an ihr vorüber. Geistesabwesend ging sie, barfuß, die Treppe hinunter und über das feuchte Gras.
Auch Luciano war früh aufgewacht. Er saß im Pyjama am Fenster seines Schlafzimmers und rauchte die erste Zigarette des Tages, als Maria den Rasen überquerte und auf den Wald zuging. Er stand auf und sah ihr mit leicht besorgter Miene nach, dann warf er die Zigarette aus dem Fenster, wandte sich ab und kleidete sich hastig an.
Maria ging durch den Wald, noch immer wie eine Traumwandlerin, die Krähen schienen verstummt zu sein, und es herrschte eine Stille, wie sie noch keine erlebt hatte. Sie gelangte an einen künstlich angelegten See mit einer langen Mole, machte halt und blickte über das Wasser.

Plötzlich sagte eine Stimme ganz deutlich: *Nichts haben und doch alles besitzen.*
Es war ihre eigene Stimme gewesen, die gesprochen hatte, und in diesem Augenblick war Maria in der Wirklichkeit, hörte die Krähen droben in den Birken lärmen, roch das feuchte Gras, sah die goldene Pracht des Morgens.
»Das also ist es!« dachte sie. »Das ist die völlige Gewißheit.«
Nie hatte sie sich so sehr eins gefühlt mit der Schöpfung. Es erschien ihr als das Natürlichste von der Welt, daß sie aus dem Bademantel schlüpfte und in das kalte Wasser des Sees watete. Sie legte sich auf den Rücken und trieb so zwischen den Wasserlilien, das Gesicht der Sonne zugewandt, die Augen geschlossen.
Luciano blieb mitten auf dem Waldpfad stehen. Er hatte Detweiler hinter einem Baum kauern sehen, dort, wo der Pfad zum See abfiel. Lautlos schlich er näher, bis auch er sehen konnte, was den Sergeant fesselte: Maria Vaughan, die zwischen den Wasserlilien schwamm.
»He, Detweiler!« flüsterte Luciano, und als der Sergeant sich erschrocken umdrehte, rammte er ihm das Knie ins Gesicht. Detweiler fiel auf den Rücken, überschlug sich, stand wieder und wollte sich auf Luciano stürzen. Lucianos Hand kam mit der Madonna zum Vorschein, es klickte, und die nadelscharfe Spitze fuhr unter Detweilers Kinn.
Luciano sagte: »Jetzt hör mir gut zu, denn ich sag's nur einmal. Wenn ich dich je irgendwo in ihrer Nähe erwische, dann kommst du erst wieder als Kadaver zum Vorschein, und im Maul hast du ein ganz spezielles Stück von deiner Anatomie stecken. Ein alter sizilianischer Brauch.«
Detweiler glotzte ihn mit einem Ausdruck an, der eine Mischung aus Furcht und Haß war. »Der Teufel soll dich holen, verdammter Spaghettifresser!« keuchte er, wich einen Schritt zurück, machte kehrt und verschwand.
Luciano klappte das Messer zu und steckte es wieder in die Hüfttasche. »Hallo, mein schönes Kind!« rief er auf sizilianisch.
»Mister Luciano«, rief sie zur Antwort, »bitte bleiben Sie, wo Sie sind.«

Er vertrieb sich die Zeit mit einer Zigarette und ging schließlich den Pfad entlang bis zur Mole, wo Maria gerade den Gürtel ihres Bademantels band.

»Sie sind verrückt«, sagte er. »Wissen Sie das?«

Ihr Lächeln war bezaubernd. »Ich war noch nie im Leben so hungrig.«

»Dann wollen wir zurück ins Haus und frühstücken.«

Sie schüttelte den Kopf. »Das Frühstück muß noch warten. Im Dorf ist eine kleine katholische Kirche. Ich gehe zur Frühmesse. Und Sie?«

»Sehe ich aus wie ein Kirchgänger?«

»Keiner weiß, ob er nicht auf den Knien endet, auch nicht Lucky Luciano.«

Er lachte. »Okay, dann machen wir's doch so: Ich begleite Sie hinunter zur Kirche und warte draußen auf Sie. Ist das ein Vorschlag?«

»Es ist ein Anfang.«

Seite an Seite gingen sie den Pfad entlang. Eine leichte Brise, die über den See herüberwehte, brachte den dunklen nassen Geruch faulenden Laubs mit sich. Maria blieb stehen und lächelte.

»Ist es nicht herrlich? Muß man sich an einem solchen Tag nicht freuen, daß man lebt?«

Sie raffte ihren Bademantel hoch und lief voraus, und Luciano sah ihr nach. Plötzlich fror er trotz der Sonne, als wäre jemand über sein Grab geschritten. Wie in seiner sizilianischen Kindheit machte er instinktiv mit Daumen und zwei Fingern das uralte Zeichen, das den Bösen abwehrt, und lief ihr nach.

8

Die Avro Lancaster war der erfolgreichste Bomber der Alliierten im Zweiten Weltkrieg. Eine solche Maschine hatte unter anderem das schnelle deutsche Panzerschiff *Tirpitz* versenkt. Erst drei Wochen zuvor hatten Lancasters des 617ten Geschwaders einen der gewagtesten Angriffe geflogen, die Ruhrdämme zerstört und damit das wichtigste deutsche Industriegebiet unter Wasser gesetzt.

Es war kurz nach zehn Uhr abends, als nun die Lancaster *S-Sugar* von der Startbahn in Hovingham abhob und sich dem Strom schwerer Bomber aus allen Stützpunkten der Midlands und Ostenglands anschloß.

Als sie sich über der Nordsee sammelten, bildeten sie einen hundertsechzig Kilometer langen gestaffelten Pulk von mehr als sechshundert Maschinen. Ziel waren die Docks von Genua, so daß sie Frankreich und die Alpen überfliegen müßten, ausgenommen die *S-Sugar,* die an einer bestimmten Stelle aus dem Verband ausscheren und Kurs auf Nordafrika nehmen sollte.

Es war bitter kalt in der engen Kabine und das Dröhnen der vier gewaltigen Kolbenmotoren fast unerträglich. Carter und seine Gruppe waren mit schweren Fliegeranzügen und Schlafsäcken ausgestattet worden, und sie drückten sich im Rumpf des Flugzeugs dicht aneinander.

Carter schaute nach oben zum Bordschützen im Mittelaufbau genau über seinem Kopf, dann warf er einen Blick auf Maria, die ihm gegenüber saß und anscheinend schlief. Langsam schlug sie die Augen auf, und Luciano beugte sich vor.

»Alles okay?«

»Prima«, lächelte sie.

Was eine glatte Lüge war, denn jetzt hatte sie wieder Angst.

Nicht nur vor der drohenden Gefahr, sie fürchtete sich mehr noch vor dem Wiedersehen mit ihrem Großvater. Bei dem Gedanken an das, was dann aus ihr hervorbrechen mochte, verkrampfte sich ihr Magen. Sie sehnte sich von ganzem Herzen nach der Geborgenheit des Klosters zurück.
Luciano legte sich zurück und kroch tief in den Schlafsack; er fühlte das Vibrieren des Flugzeugrumpfs, hörte das Donnern der Motoren und fror erbärmlich. *Was in Gottes Namen habe ich hier zu suchen?* fragte er sich im stillen, schloß die Augen und versuchte zu schlafen.
Aus einiger Entfernung beobachtete ihn Detweiler mit eisigem, haßerfülltem Blick.

Das Franziskanerkloster der Dornenkrone Christi lag acht Kilometer außerhalb von Bellona. Die einstige Sarazenenfestung thronte auf einem Felsvorsprung dreihundertfünfzig Meter über dem Tal und bot einen Ausblick auf die gesamte Umgebung, dreißig Kilometer in der Runde. Noch immer glich das Kloster mit seinen mehr als dreißig Meter hohen glatten Umfassungsmauern eher einer Festung.
Vito Barbera brauchte eineinhalb Stunden, um auf seinem Maulesel über den vielfach gewundenen Bergpfad von Bellona hier heraufzukommen. Der einstige Wassergraben am Fuß der Wälle war noch immer da, wenn auch nur noch mit Unkraut und Abfällen gefüllt. Barbera ritt über die Holzbrücke, die den einzigen Zugang bildete, und zügelte sein Tier vor dem schweren Eichentor.
Er stieg nicht ab, sondern beugte sich im Sattel vor und zog an der Eisenkette, die neben dem Tor hing. Er hörte den fernen, in der Nachmittagshitze unwirklichen Klang einer Glocke und wartete müde, während sein Blick über das Tal schweifte.
Nach einer Weile öffnete sich eine kleine Luke, und ein bärtiger junger Mönch schaute heraus. Er sprach kein Wort, die Luke wurde wieder geschlossen. Kurz darauf schwang das Tor knarrend auf, und Barbera ritt in den Klosterhof.

Padre Giovanni, der Prior, war ein hochgewachsener, gebrechlicher alter Mann von siebzig Jahren und trug einen Vollbart wie alle Mönche des Klosters, nur daß der seine schlohweiß war, wenn man von den Nikotinflecken um den Mund absah. Auf seinem Kopf saß eine braune Baskenmütze, von der Kordel, die den schlichten braunen Habit gürtete, hing ein großes Kruzifix. Das Gesicht war kräftig, fest, gut geschnitten, die Augen verrieten Klugheit und Humor.

Die roten Ziegeldächer der Klostergebäude zogen sich wie riesige unregelmäßige Stufen bis zum höchsten Punkt der Wälle, wo Padre Giovanni seine Tauben hielt, die große Liebe seines Lebens. Auch jetzt war er mit ihnen beschäftigt, als Paolo, ein junger Klosterbruder, Vito Barbera zu ihm führte.

»Ah, Vito«, sagte der alte Prior. »Das ist aber eine Freude.«

Barbera zog die Mütze und küßte die ihm dargereichte Hand - nicht nur aus frommer Ehrfurcht, denn Padre Giovannis Verbindungen zur Mafia waren allgemein bekannt. Mori, Mussolinis berüchtigter Polizeichef, hatte viel Zeit auf den Versuch verschwendet, diese Tatsache zu beweisen. Es war ihm sogar gelungen, Giovanni vor Gericht zu bringen, doch die Verhandlung war zur Farce entartet, und am Ende hatten die Geschworenen Padre Giovanni und andere Mitglieder seines Ordens keinerlei Vergehen für schuldig befunden, nicht einmal des verbotenen Taubenfütterns im Park.

Der Prior nahm sich aus der Blechdose auf der Mauerbrüstung eine Zigarette. »Wie steht's im Dorf?«

»Schlecht«, sagte Barbera. »Dieser Mann von der Gestapo, dieser Meyer, und seine Russen . . .« Er schüttelte den Kopf.

»Und der andere, dieser Oberst Koenig?«

»Ein guter Mensch in der falschen Uniform.« Barbera zuckte die Achseln. »Der reine Tor, Padre. Er glaubt, man könne sich im Krieg noch immer an die Regeln halten.«

»Aha.« Der Greis nickte. »Und was kann ich für euch tun?«

»Ich habe eine Botschaft für Don Antonio.«

Der Alte lächelte. »Mein lieber Vito, wer weiß denn, wo Don Antonio sich aufhält.«

Barbera trat an den Taubenkäfig, kratzte am Gitter und gurrte den Vögeln zu. »Da drinnen hat er doch bestimmt ein paar Freunde, die ihn finden könnten und nicht einmal sehr weit fliegen müßten.«
Padre Giovanni setzte sich in den alten Korbsessel neben der niedrigen Mauerbrüstung. »Vito, wenn die Botschaft von deinen Freunden in Algerien kommt, wenn die Sache etwas mit der Mafia und der amerikanischen Invasion zu tun hat, dann kann ich nur sagen, du verschwendest deine Zeit. Nach den Deutschen gilt Don Antonios Haß allem, was amerikanisch ist. Nein, in diesem Fall bleibt er in seinen Bergen. Damit will er nichts zu tun haben.«
»Aber jetzt hat sich etwas Neues ergeben, Padre«, erklärte Barbera. »Don Antonios Enkelin kommt hierher, Maria.«
Der alte Mann blickte auf, Erstaunen malte sich auf seinen Zügen. »Du meinst, sie kommt nach Cammarata? Wie sollte das zugehen?«
»Ich habe eine Funkmeldung bekommen. Carter wird schon in allernächster Zeit eintreffen.«
Padre Giovanni drückte zornig seine Zigarette aus. »Dieser Narr. Schon als er das letztemal hier war, habe ich ihm gesagt, jetzt reicht's. Der Mann sucht geradezu den Tod. Aber sag mir noch mehr über Maria. Carter bringt sie mit, ja? Er hofft, daß sie auf Don Antonio einen Einfluß hat wie niemand sonst.« Er zuckte die Achseln. »Ich bin keineswegs überzeugt, daß das stimmt.«
Barbera sagte: »Das ist noch längst nicht alles, Padre. Luciano kommt auch mit.«
Der alte Mann starrte ihn entgeistert an. »Lucania?« flüsterte er. Lucania war Lucianos sizilianischer Name. »Salvatore Lucania kommt hierher? Aber er ist doch im Gefängnis?« Dann dämmerte ihm die Wahrheit. »Ach, jetzt verstehe ich - die ganze Strategie. Luciano und die Enkelin des alten Don Antonio. Carter muß glauben, nun habe er gewonnenes Spiel.«
»Und Sie, Padre? Was ist Ihre Meinung?«
»Wie könnte sie im geringsten von Bedeutung sein? Ich will zusehen, daß einer meiner kleinen gefiederten Freunde« - er

pochte an den Taubenschlag - »Don Antonio die Nachricht überbringt. Er wird tun, was er für richtig hält. Wann kommen sie?«
»Schon in den nächsten Tagen. Ich erwarte eine weitere Funkmeldung.«
»Gib mir Nachricht, wenn du den genauen Zeitpunkt weißt. Hast du schon mit dem Bezirksausschuß darüber gesprochen?«
»Nein«, sagte Barbera.
Im vergangenen Sommer waren Bezirksausschüsse eingerichtet worden, damit man die Aktivitäten der verschiedenen Gruppen, aus denen die Widerstandsbewegung sich zusammensetzte, koordinieren konnte.
Padre Giovanni legte Barbera die Hand auf die Schulter. »Und jetzt, mein Freund, wirst du mit mir zu Tisch gehen, damit du dich für den Rückweg nach Bellona ein wenig stärken kannst.«

Harry Carter stand abwartend auf der Terrasse der Villa dar el Ouad, als Eisenhower in den Hof ritt. Der General stieg vom Pferd, übergab die Zügel einem Reitburschen, ging zur Vordertreppe, wo er den Gruß der Wachposten erwiderte, und stieg die Stufen hinauf. Als er die Halle betrat, stand Cusak hinter seinem Schreibtisch auf.
»Colonel Carter erwartet Sie, General.«
Eisenhower wandte sich um, als Carter von der Terrasse hereinkam. Er faßte seinen Besucher eine Weile fest ins Auge, dann sagte er: »Kommen Sie mit, Colonel«, und ging ihm in sein Arbeitszimmer voran.
Er warf die Reitgerte auf den Schreibtisch. »Ich habe Ihren Bericht gelesen, Colonel. Sie waren sehr rührig.«
»Eine zutreffende Beschreibung, General.«
»Wo haben Sie Quartier genommen?«
»In einer kleinen Villa beim Flugplatz von Maison Blanche, Sir.«
»Komfortabel?«
»Es geht, Sir.«
»Luciano und die Enkelin dieses Luca. Ein rares Gespann. Nehmen Sie Platz.«

Carter setzte sich. »Der Countdown für die Invasion läuft noch, Sir?«
»O ja. Natürlich ist der Gegner über unsere Vorbereitungen unterrichtet, das wissen wir. Er erwartet uns jetzt täglich. Allerdings haben wir dafür gesorgt, daß er einen Angriff auf Sizilien für ein Täuschungsmanöver und Sardinien und Griechenland für die wahren Ziele hält.«
Carter sagte:
»Wann, Sir?«
»Diese Information ist natürlich streng geheimzuhalten. Auch kein Wort zu Ihrer Gruppe, es sei denn, ganz außergewöhnliche Umstände machten die Mitteilung unerläßlich.«
»Zu Befehl, Sir.«
»Der neunte.« Eisenhower blätterte die Zettel seines Schreibtischkalenders bis zum neunten um und lächelte: »Hier steht: Ein guter Tag für Muße und Besinnung.«
Carter war überrascht: »Dann bleiben uns ja nur noch vier Tage.«
»Ich weiß, aber die Wetterfrösche haben uns für den genannten Tag schwere Stürme versprochen. Bei solchem Wetter werden die Italiener nicht auf einen Angriff auf die Insel gefaßt sein.«
»Also müßten wir, wenn überhaupt, spätestens morgen nacht hinüber, und dann blieben uns nur drei Tage für die Vorarbeiten.«
»Wieviel Zeit benötigen Sie?« fragte Eisenhower. »Eine Zusammenkunft mit diesem Luca genügt doch. Wenn er sich entschließen sollte mitzumachen, so muß nur noch bei seinen Leuten die Parole ausgegeben werden, nicht wahr?«
»Theoretisch ja, Sir.«
»Nun, bisher ist alles nur theoretisch.« Eisenhower stand auf, trat an die Landkarte und legte den Finger auf Cammarata. »Hier, überblickt unsere beiden Hauptverbindungswege nach Palermo. Hauptsächlich italienische Truppen mit Artillerie aller Art, einschließlich 88er, und Sie wissen, wie die unseren Tanks zusetzen. Da droben sind sogar ein paar Tiger-Panzer stationiert. Wenn sie in den Kampf eingreifen, könnten sie uns wochenlang

hinhalten. Wenn sie sich aber ergeben, dann müssen die wenigen deutschen Einheiten schleunigst aus diesem Gebiet abrükken und so die Straße für General Patton freimachen.«
»Ja, Sir, die Situation ist mir durchaus klar.«
»Aber neu dürfte Ihnen sein, daß nach unserem letzten Gespräch Informationen aus Rom eintrafen, wonach das ganze Kartenhaus kurz vor dem Einsturz ist. Mussolinis Thron wakkelt bedenklich. Noch ein kleiner Stoß, dann fällt er, und Marschall Badoglio übernimmt die Führung, was einen sofortigen Verhandlungsfrieden mit Italien bedeuten würde.«
Carter sagte: »Noch ein Aspekt wäre zu bedenken. Ehe ich hierher kam, war ich kurz in Maison Blanche, um mit Oberstleutnant Grant die Vorbereitungen für den Absprung zu besprechen. Er sagte mir, daß der Air Officer Commanding Befehl gegeben habe, alle weiteren Operationen einzustellen. Die letzten vier Halifax, die nach Sizilien flogen, sind nicht mehr zurückgekehrt.«
»Ja, das weiß ich«, erwiderte Eisenhower ruhig. »Aber die schriftliche Vollmacht, die Sie in Händen haben, erlaubt Ihnen, diesen Befehl umzustoßen.«
»Gewiß, nur hat, nach Grants Meinung, eine Halifax kaum Chancen, das Ziel zu erreichen.«
»Soll das heißen, er hält es für unmöglich?«
Carter erinnerte sich gut an Grants Worte und antwortete: »Sagen wir, er schlägt unsere Chancen nicht sehr hoch an.«
Eisenhower sagte: »Wollen Sie damit sagen, die Sache läuft nicht?«
»Nein, Sir, ich will nur realistisch bleiben.«
Eisenhower stand auf und ging zum Fenster. Während er in den Garten hinausblickte, sagte er: »Möchten Sie wissen, was ich über Kriegführung herausgefunden habe? Daß sogar Napoleon nur so gut war wie sein schlechtester Soldat. Egal, wie gut man plant, der Erfolg einer ganzen Schlacht kann von einem halben Dutzend tapferer Männer abhängen, die eine Brücke um keinen Preis dem Feind überlassen. Nach meiner persönlichen Theorie gilt das für jede Schlacht. Irgendwo inmitten der Kampfhand-

lungen kann, vielleicht ohne daß wir es je erfahren, ein isolierter Vorfall zum Zünglein an der Waage werden und den Ausschlag über Sieg und Niederlage geben.«
»Ja, da stimme ich zu, General«, sagte Carter.
Eisenhower wandte sich ihm wieder zu. »Komme, was mag, wir gehen nach Sizilien. Wir versuchen unser Glück. Vielleicht siegen wir unter schweren Verlusten, aber so, wie ich die Sache sehe, könnte dieser Luca besagtes Zünglein an der Waage sein. Der Unterschied zwischen Sieg und Niederlage.«
»Also gehen wir, General?«
Diesmal war das Lächeln von Trauer überschattet. »Schwere Entscheidungen waren schon immer das Vorrecht der Mächtigen, Colonel. Ja, gehen Sie und versuchen Sie Ihr Glück.« Er reichte Carter die Hand. »Ich kann Ihnen nur alles Gute wünschen.«

Harvey Grant saß an seinem Büroschreibtisch in Maison Blanche und las die beiden Vollmachten zu Ende, den Brief von General Eisenhower und den des Präsidenten. Dann gab er Carter die beiden Schreiben zurück.
»Das ist heller Wahnsinn. Eine sichere Methode, Selbstmord zu begehen. Wie schon gesagt, kann ich der Sache nicht einmal eine Chance von fünfzig zu fünfzig einräumen. Und noch etwas: Wir dürfen nicht nur wegen der Verluste nicht mehr aufsteigen. Ich weiß, daß die Invasion unmittelbar bevorsteht. Das wird man Ihnen in jedem Basar in Algier sagen, aber auch, daß es sich nur um einen Riesenschwindel handelt, mit dem der Feind irregeführt werden soll. Für Sizilien - sprich Sardinien. Was ich nicht seh, tut mir nicht weh.«
»Dazu kann ich nichts sagen«, wollte Carter gerade erwidern, als Grant plötzlich mit der Faust aufs Fensterbrett schlug.
»Mensch, Harry, ich glaube, jetzt hab ich's. Was ich nicht seh . . . und so weiter. Verbessere: Wenn ich sehe, was ich erwartet habe, guck ich gar nicht mehr genauer hin.«
»Ich weiß nicht, was Sie meinen.«
»Werden Sie gleich wissen. Los, ich zeig's Ihnen.«

Sie gingen die Stufen hinunter und hinüber zu den Hangars.
»Wie viele, sagten Sie, werden Sie sein?«
»Fünf. Vier Männer und eine Frau.«
»Eine Frau?« sagte Grant. »Mein Gott. Trotzdem, ich glaube, so könnte es klappen.«
»Wie denn?«
»So.«
Grant winkte und ging Carter bis in den hinteren Teil des Hangars voran, wo der schwarzlackierte Nachtjäger Ju 88 im Halbdunkel kauerte.

»Und Sie glauben wirklich, es könnte funktionieren?« meinte Carter.
»Wir müssen nur rasch einiges umspritzen. Anstatt der RAF-Kokarden wieder die Hoheitszeichen der deutschen Luftwaffe. Der springende Punkt ist, dieser Vogel hat ein Zusatz-System, das die Leistung bis auf etwa sechshundert hochbringt. Was bedeutet, daß Sie von hier aus in einer knappen Stunde über ihrem Absprungziel sind. Bloß rein und wieder raus, Harry, und für Gott und die Welt sind wir bloß ein gewöhnlicher deutscher Nachtjäger.«
Carter nickte bedächtig. »Sie könnten recht haben.«
Grant sagte ungeduldig: »Die Krauts haben das Ding für den genau gleichen Zweck benutzt, deshalb wurden die entsprechenden Zusätze angebracht, diese Spezialtür, die ein rasches Abspringen erlaubt. Mehr als bloßer Zufall, Harry. Die Götter sind uns hold.«
»All right«, erwiderte Carter. »Angenommen, es klappt, wie steht's dann mit dem Rückflug? Dieser Vogel wird jeden Abfangjäger der RAF anlocken, sobald er über See ist.«
»Kein Problem«, sagte Grant. »Natürlich werde ich dem Air Officer Commanding, das heißt Air Marshal Sloane, sagen müssen, daß ich aufsteige, aber da wird es keine Schwierigkeiten geben, nicht, wenn er Ihre Vollmacht zu Gesicht kriegt. Er wird für meinen freundlichen Empfang sorgen, wenn ich zurückkomme.«

Carter sagte: »Erinnern Sie sich, Harvey, Sie sind doch bei der Bodentruppe.«

»Nicht, was diesen Goldvogel angeht, mein Sohn.« Grant tätschelte die Flanke des Junkers. »Ich bin vielleicht nicht der einzige Pilot des Geschwaders, der diese Maschine fliegen kann, aber ich bin der einzige, mit dem dieses Unternehmen überhaupt eine Chance auf Erfolg hat. Ich nehme Joe Collinson mit, unseren erfahrensten Co-Piloten. Er hat in dieser Maschine ebenso viele Flugstunden absolviert wie ich und kennt sich mit sämtlichen Anlagen aus.«

Carter, dem jetzt keine Wahl mehr blieb, nickte zustimmend. »Also gut, Harvey.«

»Wann starten wir?«

»Morgen nacht, wenn Ihnen das paßt.«

»Die gleiche Absprungszone wie bei Ihrem letzten Besuch, außerhalb von Bellona?«

»Ja.«

»Wenn Sie jetzt mit mir zur Wetterstation kommen wollen, dann können wir erfahren, wie's aussieht, aber wenn alles einigermaßen ist, würde ich sagen, Sie können Ihren Leuten in Bellona melden, daß Sie so um elf Uhr herum eintreffen.«

»Ausgezeichnet.«

»Gut, dann ans Werk. Es gibt noch einiges zu erledigen.«

General Alfredo Guzzoni, Befehlshaber der Sechsten Italienischen Armee, hielt in seinem provisorischen Hauptquartier im Grand Hotel von Palermo eine Stabsbesprechung ab. Die meisten der Anwesenden waren italienische Offiziere, nur eine Handvoll Deutscher waren darunter, zu denen auch Meyer und Koenig gehörten.

Guzzoni, ein erstklassiger Soldat und Veteran zahlreicher Feldzüge, hatte bereits eine Stunde lang die strategische Lage im Mittelmeerraum erläutert.

»Also, meine Herren«, schloß er seinen Vortrag, »daß sie bald kommen, wissen wir. Ein Ablenkungsmanöver an irgendeiner Stelle der sizilianischen Küste und der Hauptangriff vermutlich auf Sardinien. Eines scheint sicher zu sein. Noch mindestens eine Woche lang ist mit keinerlei Bewegung zu rechnen. Die Meteorologen sagen sehr stürmisches Wetter vorher. Noch irgendwelche Fragen?«

Es gab noch welche, und nach einer kurzen Pause hob Meyer die Hand. »Herr General, ich möchte gern die Frage der Partisanentätigkeit in den Bergen anschneiden.«

Guzzoni sagte: »In welcher Hinsicht, Major Meyer?«

»In bezug auf die Zusammenarbeit, Herr General«, sagte Meyer. »Von diesen verdammten Bergbauern ist nichts zu erwarten, aber wenn ich von seiten italienischer Armee-Einheiten etwas erleben muß, was ich nur als völligen Mangel an Hilfsbereitschaft bezeichnen kann . . .«

Aus den Reihen der italienischen Offiziere stieg unwilliges Murren auf, und Koenig rettete die Situation, indem er aufstand und sagte: »Herr General, Sie müssen Major Meyer entschuldigen. Möglicherweise ist ihm nicht bekannt, daß italienische Gefallene auch in Rußland liegen, sogar in den Vororten Moskaus und in großer Zahl in Stalingrad. Mit meiner Einheit haben häufig Italiener Seite an Seite gekämpft, und ich war immer dankbar für ihre Unterstützung.«

Mehrere italienische Offiziere klatschten ihm spontan Beifall, Meyer blickte ihn gelassen an, nahm seine Aktenmappe und verließ den Raum. Guzzoni bahnte sich einen Weg durch die Menge und reichte Koenig die Hand. »Ich glaube, da haben Sie sich jemand zum Feind gemacht.«

»Damit werde ich mich abfinden müssen, Herr General.«

Guzzoni legte ihm die Hand auf die Schulter. »Ich hatte das Vergnügen, Ihren Vater kennenzulernen, als ich im vergangenen Monat an einer Besprechung des Oberkommandos der Wehrmacht teilnahm. Kommen Sie mit mir zum Lunch, dann berichte ich Ihnen von ihm.«

Die Villa, in der Carters Gruppe untergebracht war, lag an der Küste, acht Kilometer von Maison Blanche entfernt. Kein schönes Haus, arg abgewohnt und eines frischen Anstrichs dringend bedürftig, aber das Hinterland war überraschend malerisch. Sanddünen trennten den verwilderten Garten vom Meer. Dahinter erstreckte sich ein weißer Strand, so weit das Auge reichte.

Carter hatte die ganze Gruppe zu einer umfassenden Instruktion im Wohnraum versammelt. An der Wand hing eine Landkarte von Sizilien, mehrere große Umschläge lagen auf dem Tisch.

Im großen und ganzen ging er nur noch einmal durch, was bereits besprochen war. Als er geendet hatte, sagte er: »Noch irgendwelche Fragen?«

Detweiler meldete sich: »Wann soll die Invasion stattfinden, Colonel?«

»Nicht nötig, daß Sie das jetzt schon wissen«, erwiderte Carter. »Es ist ein bewährter Grundsatz, den Beteiligten an einem Unternehmen wie dem unsrigen so wenige Daten, Fakten und Namen von Verbündeten wie möglich bekanntzugeben. Was man nicht weiß, kann man auch unter Druck nicht preisgeben. Selbstverständlich liegen für jeden von Ihnen falsche Papiere bereit.«

Savage sagte: »Wenn aber irgend etwas mit der Landung schiefgeht? Wenn einer von uns von den übrigen getrennt werden sollte, wohin flüchtet er sich dann?«

»Hierher, zum Vorgebirge. Ins Franziskanerkloster der Dornenkrone Christi. Dort ist künftig unser Hauptquartier. Noch weitere Fragen?«

Alle schwiegen.

Maria saß in einer Kuhle in den Dünen, als Luciano sie fand. Er ließ sich neben ihr in den Sand fallen und zündete sich eine Zigarette an.

»Carter ist zurück. Er möchte uns alle in einer halben Stunde sehen.«

»Ist das Unternehmen angelaufen?« sagte sie.

»Scheint so.« Sie wandte sich von ihm ab, schlang die Arme um die Knie und blickte hinaus aufs Meer. Luciano sagte: »Wonach halten Sie Ausschau? Sizilien?«

»Das ist lange her.«
»Und Ihr Großvater - das ist auch schon lange her.«
»Ja«, sagte sie. »Vielleicht zu lange für ihn und für mich. Haben Sie einmal darüber nachgedacht?«
»Habe ich, aber der Professor vermutlich nicht.«
Sie schüttelte den Kopf. »Der allgewaltige Luciano. Ist denn für Sie nichts unmöglich?«
»Einiges schon. Sogar der Teufel hat seine Ruhetage.« Er streckte die Hand aus und zog sie hoch. »Kommen Sie, es ist Essenszeit.«
Seite an Seite machten sie sich auf den Rückweg und verschwanden hinter den Sanddünen. In einem dichten Büschel Strandhafer raschelte etwas, und Sergeant Detweiler tauchte auf. Eine Weile blieb er stehen, klopfte sich den Sand aus dem Drillichanzug und starrte wie betäubt ins Leere. Dann ging er hinter den beiden her.

9

Im Wohnzimmer seines Hauses, hinter dem Aufbahrungsraum, hielt Vito Barbera eine Versammlung des Bezirksausschusses ab. Pietro Mori, der Lehrer, war da, ein magerer, energischer Mann von sechsundvierzig Jahren, der eine Nickelbrille trug und in Spanien in der Internationalen Brigade mitgekämpft hatte. Genau wie Ettore Russo, womit allerdings die Gemeinsamkeit zwischen den beiden auch schon endete, denn Russo hatte die Schafzucht seines Vaters geerbt, was ihn in den Augen vieler Genossen zum Außenseiter machte.

Die Christdemokraten wurden durch Hochwürden Collura vertreten, den Priester der Gemeinde Bellona, die Separatisten durch den Gastwirt Berga. Und obwohl es niemals ausgesprochen worden war, wußte jeder, daß Vito Barbera die Ehrenwerte Gesellschaft repräsentierte - die Mafia.

Als Barbera seine Ausführungen beendet hatte, herrschte lange Zeit Schweigen.

Dann meldete sich als erster Mori zu Wort. »Und was wird jetzt von uns erwartet? Daß wir auf die Knie fallen, weil dieser Halsabschneider von der Mafia zu uns kommt?«

»Salvatore kommt als Retter«, spottete Ettore Russo. »Vor wem?«

»Vor den Deutschen«, sagte Barbera.

»Ja, aber nicht vor der Mafia.« Das war jetzt Berga, der Gastwirt. »Wir Separatisten wollen ein Sizilien, das wirklich frei ist, nicht nur frei von Italien, während die gleiche alte Mafia-Bande das Heft in der Hand behält.«

Hochwürden Collura sagte milde: »Sollten wir nicht unsere vordringlichste Aufgabe darin sehen, die amerikanische Invasion nach Kräften zu unterstützen? Die Frage, wer danach das Land

regiert, kann bis später warten. Bis zu freien demokratischen Wahlen.«
»Daß ich nicht lache«, sagte Mori. »Freie demokratische Wahlen mit einer Mafia-Hand um jede Kehle.«
Barbera sagte: »Man kann sagen, was man will, aber von der Politik hat die Mafia sich immer ferngehalten. Ich glaube, das kann niemand hier abstreiten.«
»Aber sie steckt hinter jedem, der Macht hat.«
Barbera seufzte. »Ich darf also annehmen, daß niemand im Augenblick für irgendeine kombinierte Aktion ist?«
»Wenn die Amerikaner kommen, dann machen wir einen Aufstand in den Bergen«, sagte Mori. »Aber Luciano, den soll der Teufel holen.«
»Und Don Antonio Lucas Enkelin? Soll sie auch der Teufel holen?«
Nachdem dieser Name gefallen war, trat Schweigen ein. Mori warf einen Seitenblick auf Russo und zwang sich zu einem Lächeln.
»Aber, aber, Vito, alter Freund, keinem von uns würde es einfallen, Don Antonio zu beleidigen.«
»Nein, das dachte ich mir.« Barbera sah auf die Uhr und stand auf. »Meine Freunde werden in ungefähr drei Stunden per Fallschirm landen, ihr müßt mich also entschuldigen. Ich weiß natürlich, daß keiner von euch etwas verlauten läßt. Es wäre nur zu klar, wo man suchen müßte, falls etwas schiefginge.« Lächelnd zuckte er die Achseln. »Aber was rede ich da.«
Sie traten hinaus in die Dunkelheit des Seitengäßchens, und jeder ging allein seines Wegs, nur Mori und Russo schritten noch ein Stück nebeneinanderher.
Mori sagte: »Ich weiß, wir sind nicht immer einer Ansicht, aber in dieser Sache da scheint doch fast allgemeine Übereinstimmung zu herrschen.«
»Wenn du meinst, wir müßten etwas wegen Luciano unternehmen, dann bin ich dabei«, erwiderte Russo.
Mori legte ihm einen Arm um die Schultern. »Komm zum Abendessen zu mir nach Hause. Dann können wir in Ruhe alles

besprechen, und außerdem habe ich eine Flasche vorzüglichen Chianti.«

In Maison Blanche rollte ein schwerer feuchter Nebel vom Mittelmeer landeinwärts, und die Sicht betrug kaum zweihundert Meter. Die Junkers, jetzt wieder mit den Hoheitszeichen der deutschen Luftwaffe, befand sich schon seit etwa einer halben Stunde auf der Startpiste. Carter und seine Gruppe drängten sich im engen Rumpf zusammen, unförmige Gestalten mit Fallschirmen und voller Sprungausrüstung.

Fliegerleutnant Collinson, der Co-Pilot, war ebenfalls bereits an Bord, damit seine Augen sich an den »Lichtensteiner« gewöhnen konnten, das Radargerät, das der Junkers ermöglichte, im Dunkeln zu sehen.

Draußen, vor dem Cockpit, standen Harvey Grant und Air Marshal Sloane, der eigens herübergekommen war, um sich von der Gruppe zu verabschieden.

»Sieht nicht gut aus, Harvey«, sagte er. »Könnte kaum mulmiger sein. Selbst wenn der Rückflug gelingen sollte, ist es fraglich, ob ihr landen könnt.«

Ein junger Fluglotse erschien und händigte Grant die neueste Wettermeldung aus.

»Regen und Gewitter in Aussicht«, sagte Grant vergnügt. »Ist ja prächtig. In ein paar Stunden bin ich wieder da, Sir. Inzwischen ist diese Erbsensuppe weggewaschen.«

Er salutierte und ging auf die Junkers zu. Unterwegs setzte er den Pilotenhelm auf. Sloane sah ihm nach, wie er die Leiter hinaufstieg und sie hinter sich hochzog. Kurz danach brüllen die bereits warmgelaufenen Motoren auf.

Als Grant Gas gab, setzte sich die Junkers in Bewegung und rollte immer schneller zwischen den Pistenfeuern dahin. Bald verschluckte sie der Nebel, und Sloane und die anderen standen vor dem Flugplatzgebäude und warteten mit angehaltenem Atem.

Was nicht nötig gewesen wäre, denn genau im richtigen Augenblick riß Grant die Steuersäule zurück, und die Junkers hob vom Boden ab und stieg aus dem Nebel hoch in die klare Luft. Grant gab Druck auf das rechte Ruder und kurvte hinaus über das Meer.

Nach einer Weile fragte er Carter über das eigens installierte Bordmikrophon: »Wie geht's dort hinten?«

»Alles in Ordnung«, sagte Carter.

»Gut. Geschätzte Flugdauer bis zum Zielgebiet fünfzig Minuten. Das Wetter dort ist nicht besonders gut. Es regnet, aber die Sicht sollte ausreichen. Gewitter vorhergesagt, es kann also ein bißchen wackeln.«

Er brachte die Junkers bei genau tausend Fuß auf Horizontalflug, lehnte sich zurück und bediente lässig die Steuerung. In vollen Zügen genoß er das Gefühl, über dem Nebel dahinzugleiten.

Zwanzig Minuten vom Ziel entfernt und neunzig Kilometer südlich von Kap Granitola auf Sizilien stieß Collinson, der über den »Lichtensteiner« gebeugt saß, plötzlich einen Schrei aus.

»Ich hab was, Sir, vermutlich einen Nachtjäger.«

Grant sagte ins Bordmikrophon: »Alarm, Harry. Wir haben Gesellschaft gekriegt.«

Carter, Luciano und die anderen, die im Rumpf der Junkers zusammengepfercht waren, konnten nichts sehen. Carter sagte: »Sind Sie sicher?«

»Und ob«, erwiderte Grant, als eine Junkers, das Zwillingsmodell seiner eigenen, steuerbords aus dem Nebel brach und mit ihm gleichzog. Grant hob die Hand und konnte sehen, daß der Pilot der anderen Maschine den Gruß erwiderte. Eine Weile blieb er bei ihnen, dann kippte er nach Steuerbord ab und verschwand in die Nacht.

»Hat prima geklappt«, sagte Grant vergnügt über die Bordsprechanlage zu Carter. »Ist glatt wieder verduftet. Wir haben noch genau fünfzehn Minuten, also haltet euch bereit, Leute.«

Auf einer Wiese am oberen Ende des Tals, hinter der Villa der Contessa di Bellona, warteten Vito Barbera und Rosa. Es regnete unaufhörlich, und sie stellten sich unter die Bäume am Rand

der Wiese. Rosa trug eine Tweedmütze und einen alten gegürteten Regenmantel.
»Geht's einigermaßen?« fragte Barbera besorgt. »Mit diesem Hundewetter habe ich nicht gerechnet.«
»Du solltest dir lieber über Wichtigeres Sorgen machen«, erwiderte sie. »Zum Beispiel über diese dreckigen Kommunisten Mori und Russo. Sie könnten uns jederzeit die Deutschen auf den Hals hetzen.«
»Nein«, sagte Barbera. »Das glaube ich nicht. Mori ist kein Narr. Er würde nicht so töricht den Kopf in die Schlinge stecken.«
Rosa packte ihn beim Arm. »Horch, sie kommen.«
In der Ferne hörte man Motorengebrumm. Er sagte: »Du weißt, was du tun mußt.«
Sie rannte ans andere Ende der Wiese, und Barbera hielt ein Streichholz an den benzingetränkten Reisighaufen, den sie vor einer Stunde aufgeschichtet hatten. Zischend sprangen die Flammen hoch, und am anderen Ende der Wiese leuchtete ebenfalls Feuer auf, als Rosa den ersten Teil ihrer Aufgabe ausgeführt hatte.
Barbera blickte zum Nachthimmel auf und wartete.

Die Junkers war auf tausend Fuß heruntergegangen, als Harvey Grant die beiden Feuer sah, die das Nord- und Südende der Wiese markierten.
»Hast du das gesehen, Joe?« sagte er zu Collinson.
»Hab ich, Sir.«
Grant ließ die Maschine über Steuerbord abkippen, zog sie dann über einen Hügelkamm, wendete und setzte zum Überflug an.
»Ihr habt zwei Minuten Zeit, Harry«, rief er ins Mikrophon nach hinten.
Carter sagte: »In Ordnung, Harvey, das genügt.«
Er nickte der Gruppe zu, und alle stellten sich, in mühsamer, gebückter Haltung wegen der im Rumpf herrschenden Enge, in einer Reihe auf und hakten die Reißleine, die den Fallschirm nach dem Absprung automatisch öffnet, an das Haltetau. Carter schritt die Reihe ab und prüfte alles nochmals persönlich. An

der Spitze stand Maria, dann folgte Savage, danach Luciano, und Detweiler bildete den Schluß.
Carter ging wieder nach vorn, hakte seine eigene Reißleine fest und schob dann die Spezialtür zurück. Regen und Kälte fegten herein, und gleich darauf leuchtete über der Tür das grüne Lämpchen auf. Carter, der die drunten lodernden Feuer bereits erblickt hatte, sprang ohne Zögern. Maria zauderte nur den Bruchteil einer Sekunde, und Savage schubste sie kurzerhand hinaus und sprang hinterher.
Was danach passierte, war in keiner Weise geplant. Es war eine Art Reflexhandlung, eine spontane Umsetzung des Hasses, der sich in Detweiler gegen Luciano angestaut hatte. Der Sergeant zog das rasierklingenscharfe Kampfmesser aus der Lederscheide, die um sein rechtes Bein geschnallt war. Luciano, der sprungbereit in der Tür kauerte und seinen Versorgungssack umklammert hielt, spürte, wie die Klinge durch die Reißleine über seinem Kopf schnitt, ehe der Sergeant ihn ins Leere stieß.
Collinson, der durch die offene Tür des Cockpits nach hinten schaute, sah von diesem Vorgang nichts; in der trüben Beleuchtung erkannte er nur, daß Detweiler noch immer an Bord war. Der Sergeant stand wie versteinert unter der Tür, zu Eis erstarrt, mit betäubten Sinnen, gelähmt von der Ungeheuerlichkeit dessen, was er getan hatte.
Grant war inzwischen schon ein ganzes Stück über das Zielgebiet hinaus. Er schob die Steuersäule zurück und setzte zum Steigflug über den vor ihnen liegenden Höhenzug an, als Collinson ihm auf die Schulter tippte.
»Wir haben noch einen Fahrgast an Bord.«
Und dann, als der Höhenzug schon bedrohlich nahe war, gab Grant Gas und zog die Maschine in eine Rechtskurve, und Detweiler verlor das Gleichgewicht und stürzte kopfüber in die Dunkelheit.

Aus vierhundert Fuß Höhe dauert es zwanzig Sekunden, bis man aufplumpst. Luciano, der bereits die halbe Strecke im freien Fall zurückgelegt hatte, erinnerte sich an Carters Worte in der Dakota in Ringway. Er überschlug sich einmal, zweimal, dann ließ er den Versorgungssack los, den er mit beiden Händen festgehalten hatte, und seine Finger zerrten am Überzug des Notfallschirms, der um seinen Bauch geschnallt war, fanden den Griff des Verschlusses und zogen.

Ein jäher Ruck, das Klatschen des Fallschirms, der sich höchstens dreißig bis vierzig Meter über dem Boden öffnete, und dann schwang er unter diesem dunkelkhakifarbenen Pilz in der Luft, und der Versorgungssack baumelte am Ende einer Leine, die an seinem Gurt befestigt war.

Und er würde genau im Ziel ankommen, denn als die Wiese zwischen den beiden Leuchtfeuern rasch näher kam, sah er, daß Carter und Maria bereits gelandet waren.

Er blickte hoch, aber von Detweilers Fallschirm war nichts zu sehen. Er selber schwebte über Savage, der soeben im Gras aufsetzte, und dann schienen die Feuer ihm entgegenzusausen, und er sah, daß jemand dort stand und zu ihm hinaufschaute, ein Junge mit einem alten Regenmantel und einer Stoffmütze.

Der Versorgungssack plumpste mit einem dumpfen Knall zu Boden, das Signal, daß er sich bereithalten müsse. Den Bruchteil einer Sekunde später war er selber unten, schlug aufs nasse Gras, daß ihm der Atem wegblieb. Dann kam der Junge in Regenmantel und Stoffmütze ihm zu Hilfe und bändigte die schwellenden Wogen aus Seidenstoff, und Luciano sah, daß der Junge ein Mädchen war.

Er rappelte sich auf, schnallte sich von den Gurten los, und das Mädchen stand dabei und musterte ihn im Feuerschein.

»Sind Sie Luciano?«

»Stimmt. Und Sie?«

»Rosa Barbera - Vitos Nichte.«

Sie begann, den Fallschirm zusammenzulegen, und Harry Carter kam angerannt und nicht weit hinter ihm Savage.

»Wo ist Detweiler? Vito sagt, Sie seien als letzter gesprungen, dann war das Flugzeug schon über dem nächsten Tal.«

Luciano entledigte sich des Hauptfallschirms, der sich nicht geöffnet hatte, und hielt die Reißleine hoch, so daß alle die Schnittstelle sehen konnten. »Ich hab gewußt, daß ich dem Kerl unsympathisch bin. Bloß war mir nicht klar, wie sehr.«

Detweiler trieb auf das nächste Tal zu, landete in einem Kiefernwald, und sein Fallschirm verfing sich in den Ästen, so daß er drei Meter über dem Boden schwebte. Er ließ die Halterung des Fallschirms aufschnappen, fiel auf den Waldboden und blieb eine Weile liegen.

Was, zum Teufel, sollte er jetzt tun? Er hatte es nicht mit Absicht getan, ganz und gar nicht. Ein Augenblick schieren Wahnsinns hatte ihn auf die falsche Seite des Gebirges, kilometerweit vom Ziel entfernt, verschlagen, wo er nun allein und allen Gefahren hilflos ausgesetzt war.

Eines war sicher. Er mußte sich schleunigst auf den Weg machen und versuchen, Bellona zu erreichen. Er schlüpfte aus der Fliegerkombination, in der er abgesprungen war. Darunter trug er einen flickenbesetzten Anzug aus grobem Stoff und ein kragenloses Hemd. In einer Jackentasche steckte eine Mütze. Er zog sie über, dann kauerte er nieder und öffnete den Versorgungssack. Er holte einen automatischen Colt vom Kaliber 45 und einen Karabiner heraus, steckte den Colt ein und schlang sich den Gewehrriemen über die Schulter.

Dann warf er den Versorgungssack ins Gestrüpp und zerrte an dem hängengebliebenen Fallschirm, um ihn herunterzuholen. Der Fallschirm rührte sich nicht. Also ließ er ihn hängen und begann den mühsamen Abstieg durch den Wald. Im Moment regnete es gerade nicht, und ein bleicher Mond schien durch einen Wolkenspalt. In seinem Licht sah er jenseits einer niedrigen Steinmauer einen Waldweg. Er kletterte über die Mauer und sah weiter unten ein Bauernhaus, roch ein Holzfeuer, sah ein Licht im Fenster.

Er blieb stehen und tastete mit der Hand unter die Jacke, um sich zu vergewissern, daß die Brieftasche mit den falschen Papieren, die Carter ihm in Maison Blanche gegeben hatte, darinnen war. Beruhigt marschierte er den Weg entlang und schwenkte zum Bauernhaus ein. Das Gewehr ließ er umgehängt, aber mit einer Hand umklammerte er den Kolben des Colt in seiner Tasche.

Im Haus fing ein Hund wie rasend zu bellen an, als Detweiler durch den Schmutz des Hofes zur Tür stapfte. Er klopfte. Drinnen entstand Bewegung, und dann öffnete sich die obere Hälfte der Tür.

Rauch wehte durch die kalte Luft, und im trüben Licht einer Petroleumlampe sah Detweiler einen Mann mit einer Flinte hinter der Tür stehen. Er war vielleicht sechzig Jahre alt, hatte ein hohlwangiges unrasiertes Gesicht und trug einen unglaublich geflickten Anzug. Neben ihm stand ein kleiner zerlumpter Junge, etwa zwölf Jahre alt. Hinter ihnen, am offenen Feuer, saß auf einem hölzernen Schaukelstuhl, in Decken verpackt, eine alte Frau. Ihr Gesicht war ausgedörrt wie das einer ägyptischen Mumie.

»Was willst du hier?« fragte der Mann barsch.

»Ich bin Hirte«, sagte Detweiler. »Ich komme aus dem nächsten Tal und habe mich verlaufen, und jetzt ist es dunkel. Kann ich über Nacht hierbleiben?«

Der Mann nickte. »Warum nicht. Du kannst in der Scheune schlafen. Morgen früh kann unser Giorgio dir dann den Weg zeigen.« Er tätschelte den Kopf des Jungen, der sich mit dem Jakkenärmel über die Nase fuhr, aber nichts sagte.

Der Mann musterte Detweiler abschätzend. »Jetzt sag mir die Wahrheit. Gehörst du nicht zu den Burschen in den Bergen?«

Detweiler wußte nicht, was er antworten sollte, und entschloß sich zu der Antwort: »Kann schon sein.«

»Ich hab's gewußt.« Der Alte grinste plötzlich, wobei er die schwärzlichen Zahnstummel enthüllte. »Hier bist du genau richtig, mein Sohn, glaub mir. Wir sind hier alles Patrioten.« Und er machte auch die untere Hälfte der Tür auf und zog Detweiler ins Haus.

Im Cockpit der Junkers herrschte freudige Erregung, als die Maschine durch die Nacht auf die sizilianische Küste zubrauste.

Collinson sagte: »Kap Granitola taucht auf. Wir haben's geschafft, Sir. Wir haben's geschafft. Ein perfekter Absprung.«
»Ausgenommen dieser Blödmann, der zum Schluß alles vermasselt hat«, erwiderte Grant. »Gott weiß, wo er gelandet ist. Bei seinem Absprung waren wir schon kilometerweit übers Ziel hinaus. Was hat der sich bloß gedacht?«
In diesem Moment sagte Collinson, der auf das Lichtenstein-Gerät starrte: »Wir kriegen Gesellschaft. Keine angenehme.«
Eine Junkers tauchte von Steuerbord auf. Eine Sekunde später zog eine zweite backbord mit ihnen gleich.
Collinson sagte: »Auf das Heck aufpassen. Hinten ist noch so ein Kerl. Was jetzt?«
»Das Mittel der Wahl wäre wohl, auf ihre Bordfrequenz zu schalten«, sagte Grant und tat es.
Es knisterte zunächst ein bißchen, dann sagte eine Stimme in leidlichem Englisch: »Großer schwarzer Vogel, ohne dich haben wir uns einsam gefühlt. Zuletzt vor einem Monat über Algerien gesehen. Hast dir Zeit gelassen mit dem Heimflug. Jetzt wollen wir mal alle nett und freundlich runtergehen, auf dem Stützpunkt Otranto landen und uns die Sache genauer ansehen.«
»Ach, leck mich doch!« sagte Grant und fuhr die Bremsklappen aus, wie bei dem denkwürdigen Flug in der Dakota auf dem Rückweg von Malta.
Der Pilot der verfolgenden Junkers schob mit aller Kraft die Steuersäule nach vorn, ging auf Sinkflug und tauchte unter Grant weg. Grant schaltete auf sein G-2-System um und nahm die Verfolgung auf, hielt aber, wie jeder wirklich gute Kampfflieger, mit dem Feuer zurück, bis er ganz nahe war. Erst dann drückte sein Daumen auf den Knopf, Bordkanone und Rauchspurgeschosse rissen große Fetzen aus dem Leitwerk des anderen Flugzeuges. Dann schoß eine Flammenzunge in die Nacht und breitete sich zu einem Feuerball aus, als die Junkers explodierte.
Im gleichen Augenblick schwankte seine eigene Maschine unter dem Beschuß, den eines der anderen Flugzeuge, das am Heck aufgetaucht war, eröffnet hatte. Er ließ sich sofort in eine Spi-

rale fallen, nach sieben Jahren als Kampfflieger eine reine Reflexhandlung, und war Sekunden später in den Wolken verschwunden.
»Alles okay?« rief er.
»Hinten sieht's bös aus«, erwiderte Collinson. »Ein Loch im Leitwerk, daß ein Morris-10 hindurchfahren könnte.«
Wieder schlingerte die Maschine unter einem weiteren Geschoßhagel, und Grant sagte: »Ich geh jetzt steil runter bis auf Meereshöhe. Festhalten, Joe, wir wollen mal sehen, ob diese Kerle wissen, wie man fliegt.«
Er brach bei tausend Fuß durch die lockere Wolkenschicht und blieb auf Sinkflug, erst im letzten Moment fing er die Maschine ab. Es war vermutlich das gefährlichste Flugmanöver, das er jemals versucht hatte, denn das einzige Licht kam vom Mond, der dann und wann durch die Wolken spähte, und der Wind war so stark, daß das Meer bereits zehn Meter hohe Wellen warf.
Die beiden Junkers blieben ihm verbissen auf den Fersen, sogar in dieser selbstmörderisch geringen Höhe, und feuerten, wann immer möglich, auf sein Heck. Immer wieder erbebte Grants Maschine unter dem Beschuß.
Eine halbe Stunde bei sechshundert Kilometern pro Stunde. Motoren heißgelaufen und die Stickstoffoxydul-Tanks, die sein G-2-System speisten, fast leer. Lang würden sie nicht mehr durchhalten können, das wußte er, und dann, während die Maschine wieder einen Luftsprung machte, diesmal unter dem Einschlag einer Maschinengewehrsalve, zersplitterte seine Windschutzscheibe, und er verspürte einen heftigen Schlag im linken Arm und einen weiteren im rechten Bein.
Die Hand, mit der er seine Gliedmaßen betastet hatte, war blutverschmiert, und der Steuerbordmotor begann zu rauchen. Er drosselte ihn sofort und schaltete die Feuerlöscher ein. Die Junkers wurde langsamer, die Nadel des Geschwindigkeitsmessers fiel rasch. Und dann sprach wieder diese Stimme über Funk: »Viel Glück, wer immer ihr seid. Ihr habt's verdient.«
Collinson rief: »Sie trollen sich, Skipper. Sie kehren um. Warum bloß?«

»Wir sind zweihundertfünfzig Kilometer von der Küste entfernt, die Grenze ihres Aktionsradius für eine Jagd über See. Schauen Sie mal nach, ob Sie im Erste-Hilfe-Kasten einen Notverband finden. Ich glaube, ich habe einen Schuß ins Bein erwischt.«

Collinson fand den Verbandskasten und schusselte zu Grant. »Es fehlt Ihnen doch nichts, Sir?«

Grant sagte: »Was sollte mir fehlen? Eine Kugel im Arm, eine im Bein und der Steuerbordmotor ausgebrannt. Mehr kann man ja gar nicht erwarten.« Trotz seiner Schmerzen grinste er. »Jetzt halten Sie die Daumen, sprechen ein Stoßgebet, und dann wollen wir mal sehen, ob ich diese Kiste noch immer fliegen kann.«

10

Vito öffnete die Klappe des Heizkessels im Keller der Villa der Contessa di Bellona. Er hatte das Feuer schon vor einiger Zeit angezündet, so daß es jetzt mit Rotglut brannte. Er winkte Luciano und Carter.

»Los, rein mit dem ganzen Zeug.«

Sie warfen die Sprungkombinationen ins Feuer, die zusammengelegten Fallschirme und die Versorgungssäcke, dann schloß Barbera die Klappe wieder. »Harry, freut mich, Sie zu sehen.«

»Ganz meinerseits, Vito. Wann treffen wir Luca?«

»Das weiß ich nicht, Harry, ich weiß nicht einmal, wo er sich aufhält. Padre Giovanni ist meine einzige Verbindung zu ihm.«

»Wer ist das?« fragte Luciano.

»Der Prior des Franziskanerklosters von der Dornenkrone Christi.«

»Die Mafia-Connection?«

»Na klar«, sagte Barbera. »Wir haben sogar Gott auf unserer Seite.«

»Übrigens, Sie sind der Wahrheit näher, als Sie denken, Vito«, erklärte Carter. »Wissen Sie, wo wir Lucas Enkelin gefunden haben?«

»Erst, wenn Sie mir's sagen.«

»In einem Kloster in Liverpool in England. Bei den Barmherzigen Schwestern.«

Barbera blieb vor Überraschung der Mund offen. »Machen Sie Witze?«

Luciano sagte: »Der alte Mann sollte sich freuen. Wünscht sich nicht jeder, einen Priester in der Familie zu haben? Maria ist das weibliche Gegenstück.«

Sie gingen nach oben, und Barbera führte sie durch den rück-

wärtigen Korridor in die riesige Küche an der Hinterseite des Hauses. In dem gewaltigen Herd brannte ein Feuer, das Savage mit Holzscheiten fütterte.
Maria stand am Tisch und schnitt Brot und Salami auf. Sie trug ein Kopftuch, eine Wolljacke über dem schwarzen Baumwollkleid und schien sich völlig zu Hause zu fühlen. Rosa hatte Regenmantel und Mütze abgelegt, kauerte vor dem Feuer und rührte in einem Topf mit Suppe.
Als die drei Männer eintraten, stand Savage auf. Wie sie war er mit Stoffmütze, einem geflickten, schäbigen Anzug und Ledergamaschen bekleidet, der typischen Gewandung der Berghirten und Jäger.
Luciano schüttelte den Kopf. »Nützt alles nichts, Junge. Sogar in dieser Aufmachung sehen Sie noch aus wie eine Whisky-Reklame.«
Savage hatte Mühe zu lächeln, denn das, was Detweiler getan hatte, lag ihm schwer auf der Seele. Er sagte zu Carter: »Hören Sie, Colonel. Die Sache mit Detweiler -«
»Kein Wort darüber«, gebot Carter allen Anwesenden. »Zuerst müssen wir die genauen Fakten kennen.«
»Sobald ich wieder zu Hause in Bellona bin, funke ich nach Maison Blanche«, sagte Barbera. »Dann erfahren wir, ob er mit dem Flugzeug zurückgekommen ist.« Er legte Luciano den Arm um die Schultern. »Und jetzt, Don Salvatore, wollen wir zur Feier Ihrer glücklichen Ankunft ein Glas trinken.«
Die Doppeltüren der Terrasse zum Hintergarten standen offen. Savage trat hinaus, und Carter folgte ihm.
»Es war nicht Ihre Schuld.«
Savage schüttelte den Kopf. »Das genügt nicht, Sir. Falsche Einschätzung meinerseits. Glaubte, daß ich ihn kenne.«
Carter gab ihm eine Zigarette, und Savage drehte sich um und schaute durch die Tür nach Rosa, die am Feuer kauerte.
»Das Mädchen - wie alt ist sie?«
»Rosa? Sechzehn oder siebzehn. Sie ist Barberas Nichte.«
»Ziemlich jung, um bei dieser Art Spiel mitzumachen.«
»Im Gegenteil, sie ist großartig. Kein Wunder, schon mit drei-

zehn mußte sie sich allein durchschlagen. Als Vito sie aufspürte, hatte sie schon drei Jahre lang in Palermo das Pflaster getreten.«
Savage, das Produkt einer erzkonventionellen Erziehung, war schockiert. »Heißt das, sie war ein Straßenmädchen?«
»Scheint so.«
Savage ging hinein, setzte sich in die Nähe des Feuers und beobachtete Rosa. Sie wußte genau, daß er da war, tat jedoch, als bemerkte sie nichts, und kratzte sich ungeniert den Rücken. Als sie nach einem Schöpflöffel griff, der über dem Herd hing, sah Savage, daß ihr Kleid unter dem Arm einen Riß hatte, aus dem ein dunkles Haarbüschel hervorlugte.
»Hungrig?« sagte sie, ohne ihn anzusehen.
»Ich könnte ein Pferd aufessen.«
»Es gefällt mir, wie Sie sprechen.« Sie drehte sich um. »Römisches Italienisch, wie ein richtiger Gentleman.«
»Ich habe vor dem Krieg ein paar Jahre lang in Rom gewohnt.«
»Aber Sie sind Amerikaner? Ein echter Amerikaner?« Sie schöpfte Suppe in einen Napf und gab sie ihm.
»Ja, ich glaube, das kann man sagen.«
»Aus New York?«
»Boston.«
Sie zog enttäuscht die Nase kraus. »Schade. New York muß toll sein. Die Freiheitsstatue, das Empire State Building. Onkel Vito hat mir alles erzählt. Eines Tages wandere ich dorthin aus.«
»Wirklich?«
»Vielleicht nach dem Krieg.«
Die Suppe war ausgezeichnet, aber sehr heiß, und er verbrannte sich ein bißchen den Mund.
»Gut?« sagte sie.
»Sehr gut.«
»Essen Sie mehr.«
Sie füllte den Napf nochmals auf, dann ging sie zum Tisch, um die anderen zu bedienen. Beim Gehen bewegte sich ihr ganzer Körper, was Savage verwirrte. Das schwarze Baumwollkleid war um eine Nummer zu eng, und als sie sich über den Tisch beugte,

zeichnete ihr Popo sich deutlich ab. Savage bemerkte, daß Luciano ihn ironisch beobachtete, und widmete sich eiligst wieder seiner Suppe.
Die drei anderen Männer setzten sich, und Maria brachte ihnen Kaffee.
Barbera sagte: »Und jetzt zum Geschäft. Die paar Tage, bis ich von Padre Giovanni höre, sind Sie hier sicher. Wie ich schon sagte, kann ich nur über ihn Nachricht von Don Antonio bekommen.«
»Die Zeit drängt, Vito«, sagte Carter. »Wie lange werden wir warten müssen?«
»Ich weiß es nicht, Harry, das hängt ganz von Luca ab. Ich verspreche Ihnen, daß ich mich voll einsetzen werde, und ich lasse Rosa hier, damit sie für Sie sorgt.«
»Ein paar Tage«, sagte Carter. »Mehr Zeit haben wir gar nicht.«
Maria beugte den Kopf und sprach leise ein Gebet, ehe sie zu essen anfing. Als sie aufblickte, sagte Barbera verlegen: »Schwester, Harry hat mir alles erzählt. Verzeihen Sie, ich habe es nicht gewußt.«
»Hat nichts zu sagen, Signor Barbera.«
Rosa fragte: »Stimmt das, was er gesagt hat? Sind Sie wirklich Nonne?«
»Ja, Rosa«, erwiderte Maria. »Ich bin Pflegerin in einem Krankenhaus.«
»Ah, so eine Nonne. Wie im städtischen Krankenhaus von Palermo. Da war ich einmal. Alle Pflegerinnen waren Nonnen.«
»Sie waren im Krankenhaus?«
»Ja, als ich mein Baby verlor«, sagte Rosa und fuhr fort, rings um den Tisch die Suppe auszuteilen.

In Maison Blanche hatte sich der Nebel verzogen, und es regnete nicht mehr. Air Marshal Sloane saß am Schreibtisch in der Flugleitung und arbeitete an den Papieren, die er in seiner Aktenmappe mitgebracht hatte. Schreibtischarbeit der stumpfsinnigsten Art, wie man sie sich bis zuletzt aufhebt in der Hoffnung, sie werde sich von selbst erledigen.

Die Tür ging auf, und der diensthabende Offizier trat ein. »Er hat's geschafft, Sir. Ist schon im Landeanflug.«
Sloane ging hinaus, über das Flugfeld zum Kontrollturm und stieg die Treppe hinauf. Er schnalzte mit den Fingern, und ein Sergeant reichte ihm ein Zeiss-Nachtglas. Im bleichen Mondlicht konnte er die noch etwa drei Kilometer entfernte Junkers erkennen.
Aus dem Funkgerät kam Harvey Grants völlig erschöpfte Stimme. »Keine Zeit für Formalitäten. Ich bringe einen sehr müden Vogel stracks heim ins Nestchen.«
Sloane ließ das Glas sinken. »Klingt nicht gut. Volle Alarmbereitschaft. Alles für Notlandung vorbereiten.«
Die Junkers kam in fünfhundert Fuß Höhe auf die Küste zu. Der Wind pfiff durch die zersplitterte Frontscheibe. Collinsons Gesicht war blau vor Kälte. Er kauerte hinter Grant und hatte dem Piloten beide Hände auf die Schultern gelegt, wie um ihn zu stützen.
Grant hielt krampfhaft die Steuersäule fest, ein leichtes Lächeln schien auf seinem Gesicht eingefroren zu sein. Nach dem Treibstoffmesser war der Sprit schon vor einer Viertelstunde ausgegangen.
Als der Flugplatz in Sicht kam, die von zwei parallelen Reihen funkelnder Pistenfeuer deutlich markierte Landebahn, begann der Backbordmotor zu spucken.
»Jetzt ist's soweit«, sagte Grant. »Festhalten und beten, Joe.«
Er fegte über die Palmwipfel am Nordende der Piste und sah den Fahrzeug-Konvoi, der sich von rechts, vom Kontrollgebäude her, zur Landebahn bewegte. Die Junkers sackte fast durch. Er gab noch ein letztes Mal heftig Gas, um sie abzufangen, und wie durch ein Wunder erwachte die Maschine für kurze Zeit aufbrüllend zum Leben.
Er machte die miserabelste Landung seines Pilotendaseins. Zwei heftige Landestöße, ehe sie kreiselnd zum Stehen kamen, Sand sprühte in einer gewaltigen Wolke hoch, als das Heck herumschwang, einen vollen Kreis beschrieb.
Dieser Vogel hatte jetzt ganz entschieden den Geist aufgegeben.

Grant hörte das Kreischen der Bremsen, als die Rettungsfahrzeuge hielten, er fühlte, daß Collinson ihn entsetzt an beiden Schultern rüttelte. Stimmen waren ringsum, viele Stimmen, ein wirres Geschrei, und dann schlug er die Augen wieder auf und sah, daß Sloane sich über ihn beugte.
Grant lächelte. »Nicht wettern, Sir, diesmal nicht. Ich bin ausnahmsweise richtig stolz auf mich.«

Luciano und Barbera gingen hinaus auf die Terrasse. Luciano hörte Wasser in den Abflüssen gurgeln, aus zahlreichen Springbrunnen plätschern. Früher hatte es geheißen, wer das knappe Wasser auf Sizilien in Besitz hat, der hat die ganze Insel, und die Mafia hatte das beherzigt.
Im Licht, das aus den rückwärtigen Fenstern fiel, sah er die üppige, subtropische Vegetation sich um das Haus drängen. Den Orangenhain und die Mandelbäume konnte er zwar nicht sehen, aber er roch ihren Duft. Palmen wiegten sich in einer leichten Brise, und von den Dachrinnen der Veranda tröpfelte der Regen.
Er holte tief Atem. »Ich hatte vergessen, wie es sein könnte.«
»Das wirkliche Sizilien?« fragte Barbera.
»Das kommt ganz darauf an.«
Unterhalb der Veranda und fünf Meter jenseits des Gartenpfads zitterten ein paar Blätter, und ein Gewehrlauf kam zum Vorschein. Luciano schickte mit dem ausgestreckten linken Arm Barbera zu Boden und faßte unter dem Jackett nach dem Revolver, den er im rückwärtigen Hosenbund stecken hatte. Er zog die Waffe und feuerte, beides in einem Zug. Eine Maschinenpistole wirbelte durch die Luft, man hörte einen erstickten Laut, und ein Mann fiel aus dem Gebüsch und rollte auf den Rücken.
Luciano kauerte sich nieder. »Er war bestimmt nicht allein«, flüsterte Barbera.
Savage kam mit einem M 1 in der Hand durch die offene Tür herausgerannt. Ein Schuß ertönte aus dem Gebüsch zur Rechten, zu weit entfernt, um Schaden anzurichten.

Luciano setzte mit einem gewaltigen Sprung über die Brüstung, stürzte auf den Rasen, überschlug sich und kam ungefähr zwei Meter von dem zweiten Schützen zum Stehen. Der Mann umklammerte mit beiden Händen eine Flinte mit abgesägtem Lauf.
Luciano feuerte und traf ihn in den rechten Arm. Der Mann ließ mit einem Aufschrei die *lupara* fallen, und Savage leerte das ganze Magazin seines M 1 in den Mann und schleuderte ihn rücklings ins Gebüsch.
Luciano sagte:
»Er hätte am Leben bleiben sollen, damit er uns hätte sagen können, was das alles zu bedeuten hat.«
Savage starrte ihn benommen an, während Barbera und Carter zu Luciano liefen, der auf die Leiche eines etwa siebzehnjährigen Jungen blickte.
Barbera hob die Flinte auf. Die *lupara,* die klassische Waffe für einen Ritualmord der Mafia. Er wandte sich an Luciano: »Die beiden waren hinter Ihnen her.«
»Hinter mir?« Luciano war verblüfft. »Die Mafia? Wie reimt sich denn das zusammen?«
»Nicht die Mafia. Kommen Sie.« Er ging zu dem anderen Mann hinüber, der auf dem Gesicht lag. Barbera drehte ihn mit dem Fuß um.
Carter sagte: »Den kenne ich. Das ist Ettore Russo.«
»Wer ist er?« fragte Luciano.
»Ein Kommunist«, sagte Barbera, »und kein Freund der Mafia. Mitglied des Bezirksausschusses, der die Arbeit der verschiedenen Gruppen, aus denen die Widerstandsbewegung gebildet werden soll, zu koordinieren hat. Ich war erst heute abend mit ihnen zusammen, um Ihr Eintreffen zu besprechen und was wir hoffentlich bewerkstelligen könnten. Er war keineswegs begeistert.«
»Also beschloß er, mich umzulegen?«
»Nicht unbedingt«, sagte Barbera. »Ich glaube, er wurde von einem weit schlaueren Mann vorgeschoben. Betrachten Sie es einmal so. Wenn er und sein Sohn Sie töten, dann sieht es aus, als

stecke die Mafia dahinter. Sie sind aus dem Weg geräumt, und jeder fragt sich, was das bedeuten soll.«

»Und so, wie es jetzt ausging?« sagte Carter.

»Haben Lucky Luciano und seine Freunde einen der führenden Kommunisten im Bezirk abgeschlachtet, was seinen Genossen gar nicht passen wird, also begraben wir diese beiden am besten so bald wie möglich.«

Maria ging an ihnen vorbei, fiel neben Russo auf die Knie und begann zu beten. Barbera blickte verlegen auf sie herab. Luciano beugte den Kopf, dann gingen sie alle auf die Veranda zurück.

»Und Sie glauben zu wissen, wer ihn angestiftet hat?«

»Na klar«, sagte Barbera. »Keine Sorge. Wir werden uns um ihn kümmern.«

»Und was machen wir jetzt?« fragte Luciano.

Barbera wandte sich an Carter. »Ich glaube, Sie und ich sollten nach Bellona hinuntergehen und nachsehen, wie die Lage dort ist.«

»Und wir anderen bleiben hier?«

»Nein.« Barbera schüttelte den Kopf. »Ich kann nicht sicher sein, daß nicht jemand anderer das gleiche nochmals probiert, nicht ehe ich diesen gemeinen Hund, diesen Mori, unschädlich gemacht habe. Am besten führt Rosa Sie hinauf zu den Franziskanern. Padre Giovanni wird sich um Sie kümmern. Dort droben wagt sich keiner an Sie heran.« Er wandte sich an Carter. »Okay, Harry?«

Carter sah die anderen der Reihe nach an, dann nickte er. »Sieht nicht aus, als hätten wir viel Auswahl.«

»Gut«, sagte Barbera. »Dann versorgen wir die beiden Toten und machen uns auf den Weg.«

Luciano saß am Tisch und lud den Revolver nach. Es war die kurzläufige Smith and Wesson .32, die er im Schießstand von Bransby Abbey benutzt hatte.

Carter trat hinter ihn. »Wo haben Sie das Ding her?«

»Hab mit dem Waffenmeister einen Handel abgeschlossen.« Luciano zog einen Schalldämpfer aus der Tasche. »Er war äußerst entgegenkommend.« Er ließ die Smith and Wesson wieder in seinem Hosenbund verschwinden.

Savage schlüpfte in die Riemen seines Rucksacks und nahm sein M 1 auf. Rosa kam aus dem Schlafzimmer. Sie trug jetzt wieder den alten Regenmantel und die Stoffmütze. Maria hatte einen wasserdichten Poncho um die Schultern und schlang sich einen Schal um den Kopf.

Barbera sagte: »Gut, dann gehen wir jetzt. Ihr seid in drei Stunden im Kloster. Kein Problem. Wir kommen irgendwann morgen im Lauf des Tages zu euch hinauf.«

Er löschte das Licht, und alle gingen auf die Veranda hinaus. Barbera und Carter blieben dort, bis die anderen unter Rosas Führung in der Dunkelheit verschwunden waren. Dann sagte Barbera zu Carter: »Okay, Harry, jetzt kaufen wir uns Mori«, und ging die Stufen hinunter.

11

Pietro Mori hatte seine Frau früh zu Bett geschickt und wartete auf Russos Rückkehr. Er hatte es sich in dem alten Lehnstuhl am Feuer mit einer Flasche Schnaps bequem gemacht und sorgte sich nicht besonders. Schließlich trug Russo das Risiko, und es konnte nicht schiefgehen, egal, was passierte. Das war das Raffinierte an diesem Plan.

Er döste ein und erwachte, als es ans Fenster klopfte. Er stand auf und öffnete den Flügel einen Spalt weit.

»Wer ist da?«

»Ich bin's, Vito«, sagte Barbera. »Ich muß mit dir sprechen.«

»Moment. Ich mache dir auf«, sagte Mori.

Er schob den Riegel an der Tür zurück, und Barbera schlüpfte ins Haus. »Was gibt's?« fragte Mori.

»Ich komme direkt von Russo, du Scheißkerl«, eröffnete Barbera ihm. »Er sagt, er wartet in der Hölle auf dich.«

Barberas linke Hand ergriff Mori im Nacken, zog sein Gesicht nah heran und küßte ihn voll auf die Lippen. Der Todeskuß der Mafia. Gleichzeitig bohrte sich die nadelscharfe Spitze des Stiletts in seiner anderen Hand zwischen Moris Rippen und fuhr auf das Herz zu.

Pietro Mori ächzte nur einmal, dann starb er, und Barbera ließ den Toten behutsam wieder in den Sessel gleiten. Da saß er nun am Feuer, den Kopf zurückgekippt, und die Augen starrten in die Ewigkeit.

Zur gleichen Zeit marschierten die anderen unter Rosas Führung über eine abschüssige Wiese an der Talflanke hinunter zu den Bäumen. Luciano trug, wie Savage, einen Rucksack und hatte einen M 1-Karabiner um die Schulter hängen.

Es regnete wieder. Als sie die Bäume erreicht hatten, sagte er zu Maria: »Alles okay?«
»Ja.«
Rosa bedeutete ihnen, stehenzubleiben, und sie kauerten sich nieder. Luciano konnte gerade noch eine niedrige Mauer und dahinter eine Straße sehen, dann wieder Bäume.
»Wir gehen hier rüber«, sagte das Mädchen, »dann klettern wir auf den Berg dort hinten. Das Kloster steht auf dem Felsvorsprung am anderen Talende, jenseits von Bellona.«
»Okay«, sagte Luciano. »Dann los.«
Rosa klomm über die Mauer, dann folgte Savage, der sich umdrehte, um Maria zu helfen. Sie wollten gerade die Straße überqueren, als plötzlich ein Suchlicht und Autoscheinwerfer angeschaltet wurden.
Eine Stimme bellte in schlechtem Italienisch: »Stehenbleiben!«
Rosa rannte schon, kletterte über eine zweite Mauer, Savage hinterher, und schon waren beide außer Sicht. Luciano zog seine Smith and Wesson, feuerte zweimal in Richtung der Scheinwerfer und zerschoß einen davon, dann folgte er Maria, die auf die Mauer zurannte.
Als er hinter ihr hinüberkletterte, riß eine Maschinengewehrsalve Brocken aus dem Mauerwerk. Luciano packte Maria bei der Hand, und gemeinsam rannten sie durch die Dunkelheit auf die Bäume zu.
Kaum hatten sie das schützende Gehölz erreicht, als wiederum ein Maschinengewehr zu rattern begann und über ihren Köpfen Äste splitterten.
Sie konnten Stimmen rufen hören, als ihre Verfolger über die Mauer kamen und ihnen nachsetzten, wobei sie blindlings ins Dunkel feuerten.
Luciano duckte sich, als eine Kugel seine Mütze streifte, und riß Maria zu Boden.
Er hörte, daß Rosa und Savage ein Stück über ihnen ihren Weg fortsetzten; dann schienen die Stimmen der Soldaten sehr nah zu sein, und Luciano zog Maria auf die Füße.

»Hier rüber!« sagte er und rannte mit ihr seitlich durch eine Kiefernschonung, einen Arm hielt er schützend vors Gesicht. Nach einer Weile verklangen die Stimmen der Verfolger, und er machte halt.
Maria sagte: »Was ist mit Rosa und Captain Savage?«
»Die müssen sehen, wie sie am besten durchkommen.«
»Und wir?«
»Wir klettern. Rosa sagte, das Kloster stehe auf dem Felsvorsprung am anderen Ende des Tals, das stimmt doch?«
Er nahm Maria bei der Hand. Als sie einen Bach durchwateten und das andere Ufer erklommen, fing es wieder an zu schütten.

Detweiler hatte ein reichliches Abendessen aus gekochtem Hammelfleisch und Ziegenkäse verzehrt und mit einer Flasche Rotwein nachgespült. Besonders der Wein bewirkte, daß er die Dinge jetzt in weitaus günstigerem Licht sah. Er war todmüde. Der alte Mann gab ihm ein paar Decken und führte ihn hinaus in die Scheune. Detweiler legte sich nieder, das Gewehr griffbereit neben sich, und war im nächsten Moment eingeschlafen.
Fünf Minuten später, als er friedlich schnarchend dalag, öffnete sich die Scheunentür leise knarrend, und der alte Mann kam mit dem Jungen herein. Er hielt eine Laterne hoch, spähte in Detweilers Gesicht, ging dann zusammen mit dem Jungen wieder hinaus und machte die Tür zu.
Er versetzte dem Jungen einen Stoß. »Geh jetzt. Du weißt, was du zu tun hast.«
Der Junge ging über den Hof und durch das Tor. Als er auf der Straße war, fing er an zu laufen. Der alte Mann sah ihm eine Weile nach, dann machte er kehrt und ging zurück ins Haus.

In dem Verschlag neben der Sargkammer über dem Aufbahrungsraum saß Vito Barbera am Funkgerät. Carter marschierte ungeduldig auf und ab und rauchte.
Endlich nahm Barbera die Kopfhörer ab und drehte sich zu ihm um. »Er ist heil zurückgekommen.«

»Und Detweiler?«
»Das werden Sie gar nicht gern hören. Offenbar ist er doch noch gesprungen, aber viel zu spät. Ist vermutlich im nächsten Tal gelandet.«
Carter explodierte. »Das fehlt uns gerade noch. Detweiler latscht kreuz und quer durch die Gegend! Der Mann muß verrückt geworden sein. Ich meine, was passiert, wenn er geschnappt wird?«
»Das kommt alles wieder ins Lot, Harry, Sie werden sehen«, beruhigte Barbera ihn. »Ich verständige meine Leute. Den haben wir bald aufgefischt.« Er grinste und legte Carter die Hand auf die Schulter. »Wie ich Ihnen schon früher sagte, es kommt nur darauf an, daß man richtig lebt.«

Im vergangenen Jahr war Jack Savage, damals Kurier der OSS im besetzten Frankreich, in einem Café in Tours eingekehrt, einer Relaisstation auf dem Weg nach Spanien. Er war prompt festgenommen und ins Hauptquartier des deutschen Sicherheitsdienstes gebracht worden, wo man ihn drei Tage lang brutal verhörte, ehe er unter Bewachung in einen Zug nach Paris gesetzt wurde. Die Endstation hieß Gestapo-Hauptquartier in der Rue des Saussaies. Er tötete einen Wachposten, der dumm genug gewesen war, ihm den Rücken zu kehren, und sprang kurz vor Orléans aus dem Zug.
Danach folgte ein fünftägiger abenteuerlicher Fußmarsch, der ihn schließlich über die Pyrenäen und nach Spanien brachte.
Es war ein seltsames Gefühl, wieder das gejagte Wild zu sein, ein Gefühl, dem kein anderes gleichkam, und er empfand die wohlvertraute nervöse Erregung, die alle Sinne schärfte, als er am Rand eines kleinen Plateaus stehenblieb und zurückblickte.
Es war nichts zu sehen, aber er konnte, nur noch schwach und weit entfernt, die Rufe der Soldaten hören.
Rosa sagte: »Sie können uns nicht fangen, nicht in diesen Hügeln.«
»Aber Maria?« fragte er. »Und Luciano?«

»Wir können nichts für sie tun«, erwiderte sie bedrückt. »Die beiden müssen sich selber helfen. Jetzt müssen wir weiter.«
Der Regen hatte wieder nachgelassen, dafür begann ein heftiger Wind durch die Bäume zu fegen, und die Wolken rasten sturmgepeitscht über den Himmel, so daß der Mond nur dann und wann zwischen ihnen aufschien.
Rosa wählte nicht den Weg quer zum Hang, sondern strebte direkt bergan. Der Aufstieg wurde immer steiler und schließlich fast lotrecht; aus dem nackten Fels wuchsen grobe Grasbüschel. Dann gelangten sie an den Fuß einer Halde aus losem Geröll und Tonschiefer. Rosa kletterte hinauf, und Savage folgte ihr. Einmal versuchte er, sich an einem Felsbrocken hochzuziehen, doch der Stein löste sich und polterte in großen Sprüngen die Bergflanke hinab. Das Echo verhallte in der Nacht.
Rosa wandte sich zu Savage um. »Alles in Ordnung?«
»Klar. Gehen Sie nur weiter.«
Bald darauf flachte das Gelände ab, und Savage stand am Rand eines breiten Plateaus. Er drehte sich um und spähte hinunter in das dunkle Tal, konnte jedoch nichts sehen. Nur Leere war da, und der immer stärker auffrischende Wind blies ihm eisig ins Gesicht.
Rosa trat zu ihm. Er sagte: »Was jetzt?«
Sie wies über das Plateau, und im spärlichen Mondlicht sah er, daß drüben eine hohe Felswand aufragte. Er sagte leise: »Ist das denn wirklich zu schaffen?«
»Aber ja. Sie werden sehen.«
Zwischen verstreuten Felsbrocken hindurch ging sie ihm quer über das Plateau voran. Als sie am Fuß der Felswand anlangten, sah Savage, daß die Fläche nicht senkrecht, sondern in terrassenförmig geschichtete, gigantische Blöcke gegliedert war, die meisten rissig und zerklüftet.
Rosa sagte: »Kleine Jungen weiden hier oben Ziegen.«
Savage fuhr sich mit der Hand über den Mund, seine Kehle war ausgetrocknet, Furcht wühlte in seinen Eingeweiden. Niemand wußte, daß er an Höhenangst litt. Er war ein tapferer Mann und hatte sich mehrmals in höchste Lebensgefahr begeben, hatte

Gegner im Nahkampf getötet und war dennoch nie mit offenen Augen aus einem Flugzeug gesprungen und hatte Höllenqualen durchgemacht, als er sich beim Einsatztraining in Achnacarry in Schottland von Felswänden hatte abseilen müssen.
Rosa begann mit dem Aufstieg. Er schluckte tapfer und zwang sich, ihr zu folgen. Der Wind fuhr durch seine alte Tweedjacke. Wetterleuchten zuckte über die Berggipfel, und es fing wieder an zu regnen.
Wenigstens konnte er nichts sehen, wenn er hinunterblickte. Er machte halt, holte mit geschlossenen Augen tief Atem, um sich zu beruhigen. Als er die Augen wieder öffnete, kauerte Rosa neben ihm.
»Alles in Ordnung?«
Er nickte. »Prima.«
Aber sie wußte, was los war, das fühlte er. Sie streckte die Hand aus und berührte mit den Fingern kurz sein Gesicht. Dann wandte sie sich wieder ab, um den Aufstieg fortzusetzen, und Savage tat nochmals einen tiefen zitternden Atemzug und kletterte ihr nach.

Suslow von der ukrainischen Einsatzgruppe schlich zusammen mit einem Gefreiten und zwei mit Maschinenpistolen bewaffneten Männern über den Hof des Bauernhauses. Der alte Mann und Giorgio, der Junge, der sie benachrichtigt hatte, warteten an der Scheunentür.
Der alte Mann öffnete die Tür. Drinnen hörte man Detweilers schweren Atem. Suslow nickte dem Gefreiten zu, der daraufhin mit den beiden SS-Männern die Scheune betrat.
Ein erstickter Aufschrei, das Klatschen von Schlägen, und schon tauchten sie wieder auf und zerrten Detweiler mit sich. Sie ließen ihn in den Schmutz fallen, wo er stöhnend liegenblieb.
Suslow kniete nieder und durchsuchte ihn. Er fand den Colt Automatic und die falschen Papiere, die Carter der Gruppe in Maison Blanche ausgehändigt hatte. Er prüfte die Papiere flüchtig, dann zog er eine Trillerpfeife aus der Tasche und blies einen einzigen langgezogenen Ton. Man hörte Motoren anspringen, und

kurz darauf fuhren fünf Kübelwagen in den Hof ein. In den beiden ersten saßen nur die Fahrer, aber die drei anderen waren mit schweren Maschinengewehren bestückt und hatten je drei Mann Besatzung.
Der Gefreite brachte Detweilers Rucksack und das M 1-Gewehr aus der Scheune. Suslow musterte es interessiert, dann stieß er Detweiler mit der Fußspitze an.
»Amerikanische Waffe, brandneu.« Er hielt den Colt hoch. »Amerikanischer Revolver. Scheint, daß Sie interessante Freunde haben. Major Meyer wird sich freuen, Sie kennenzulernen.« Er nickte dem Gefreiten zu. »Rein mit ihm in den Wagen.«
»Zu Befehl, Untersturmführer«, antwortete der Gefreite auf deutsch, denn auf Meyers Anordnung mußten alle Männer seiner Einsatzgruppe deutsch sprechen, und sei es auch noch so miserabel.
Sie zogen Detweilers Arme nach hinten und legten ihm Handschellen an, dann warfen sie ihn wie ein Kleiderbündel auf den Rücksitz des zweiten Kübelwagens. Der Gefreite und die zwei SS-Posten stiegen ebenfalls ein. Suslow ging zu den drei hinteren Wagen und sagte zu den Besatzungen: »Sieht ganz so aus, als hätten wir da einen hübschen Fang gemacht. Ein Partisan mit brandneuen amerikanischen Waffen. Das bedeutet, daß sie unlängst in dieser Gegend Nachschub aus der Luft bekommen haben. Ihr fahrt Streife durch die hochgelegenen Dörfer. Wer euch nur im geringsten verdächtig vorkommt, der wird mitgenommen.«
Er trat zurück, und die drei Wagen fuhren in kurzen Abständen los. Als er wieder zu seinem Kübelwagen ging, zog der alte Mann die Mütze und tätschelte den Kopf des Jungen.
»Wir haben unsere Sache gut gemacht, Herr Leutnant, Giorgio und ich, was?«
Suslow zündete sich eine Zigarette an und musterte den Alten verächtlich von Kopf bis Fuß. »Du bist doch wirklich ein widerliches altes Scheusal, aber, wie man so schön sagt, einem jeden Hund seinen Knochen.«

Er zog ein paar Banknoten aus der Tasche und warf sie in den Schmutz, dem Alten vor die Füße. Dann stieg er in den vordersten Kübelwagen, nickte, und der Fahrer startete augenblicklich.
Der Alte sammelte das Geld auf und blieb stehen, einen Arm um Giorgios Schultern. Er lauschte, bis der Motorenlärm in der Ferne verklungen war. Dann tätschelte er nochmals den Kopf des Jungen, und beide machten kehrt und verschwanden im Haus.

Savage war durchnäßt bis auf die Haut und fror erbärmlich, als er sich über den letzten Felsbrocken hochzog. Rosa streckte den Arm aus und nahm ihn bei der Hand.
»Hier hinüber«, sagte sie. »Nicht mehr weit.«
Er folgte ihr, stemmt sich gebückt gegen den heulenden Wind, der sie hier oben von den Füßen zu reißen drohte. Sie krochen über grobes Gras, und wieder sah er vor sich eine Felswand aufragen. Dann schien der Wind sich plötzlich gelegt zu haben.
»Bücken«, sagte Rosa. Er streckte eine Hand in die pechschwarze Finsternis und fühlte rauhen Stein.
Ein Zündholz flammte auf, und er sah Rosa ein paar Meter entfernt stehen. Sie hielt das Zündholz in die Höhe und blickte suchend um sich. Sie befanden sich in einer niedrigen Höhle, die ganz offensichtlich als Wohnung diente. Auf einer primitiven steinernen Feuerstelle lag Brennholz bereit, Savage sah einen Holztisch, Schaffelle, Decken und ein paar Kochtöpfe. Das Zündholz erlosch, und Rosa strich ein neues an und zündete eine alte Petroleumlampe an, die auf dem Tisch stand.
»Wo sind wir hier?« fragte Savage.
»Hier wohnen die Hirten zur Zeit der Lammung. Sie bleiben wochenlang hier oben.«
Er stellte sein M 1-Gewehr in die Ecke und nahm den Rucksack ab. Er zitterte vor Kälte und kreuzte die Arme vor der Brust, als wolle er sich zusammenhalten. Rosa legte ihm die Hand an die Wange, und ihre Miene zeigte eine Besorgnis, wie eine Mutter sie für ihr Kind hegt.

»Zu kalt, Savage. Das ist kein Land für Sie, kein Leben.« Sie nahm eine Decke und faltete sie auseinander. »Sie müssen sich ausziehen und trockenreiben. Ich zünde ein Feuer an.«
Sie kniete vor der Feuerstelle nieder, hielt ein Streichholz an die trockenen Zweige, und schon sprangen die Flammen auf. Sie zog den Regenmantel aus, bückte sich und legte Holzscheite auf das brennende Reisig. Der Regen hatte auch noch das Baumwollkleid durchnäßt, so daß es wie eine zweite Haut an ihr klebte.
Savage arbeitete sich mühsam aus der nassen Jacke. »Und was ist mit Ihnen?«
»Ich bin daran gewöhnt.« An einem dünnen Rinnsal, das von einer der Steinwände sickerte, füllte sie einen Wassertopf und stellte ihn aufs Feuer.
»Ich dachte, Sie kämen aus Palermo?«
Rosa stutzte und drehte sich um. »Wer hat Ihnen das gesagt?«
»Colonel Carter. Er hat gesagt ...« Savage stockte einen Augenblick. »Er hat gesagt, Ihr Onkel Vito habe Sie letztes Jahr aus Palermo zu sich hierher geholt.«
In ihre Augen trat ein prüfender Ausdruck, als versuchte sie abzuschätzen, wieviel er über sie wußte. Savage war verwirrt und verlegen. Rosa bemerkte es sofort. Sie lächelte ein wenig und wandte sich wieder dem Feuer zu, um noch mehr Holz nachzulegen.
»Ich bin jetzt schon seit neun Monaten bei Onkel Vito in Bellona. Zum Glück kommen wir gut miteinander aus.«
Unter einigen Verrenkungen schälte er sich aus dem Hemd. »Gefällt es Ihnen dort besser?«
»Als in Palermo? Ja, klar. Ich helfe Vito in seinem Bestattungsgeschäft. Und wenn er einen Läufer braucht, dann mache ich das auch.«
»Einen Läufer?«
Sie nahm die Decke und fing an, ihm energisch Rücken und Schultern zu rubbeln. »Läufer tragen Botschaften zwischen den verschiedenen Widerstandsgruppen hin und her. Meist sind es Jungen, aber Vito nimmt lieber mich dafür.«

»Warum?«
»Schon weil ich schlauer bin. Und außerdem wollte ich es selber. Ich mag die Berge. Ich mag die Luft hier oben, und ich bin gern allein.« Sie machte Anstalten, seine Gürtelschließe zu lösen. »Sie sollten Ihre Hose ausziehen.«
Ihre Brüste, die sich gegen den feuchten Stoff des Kleides preßten, waren stark und fest, zeichneten sich so deutlich ab, daß er die Spitzen sehen konnte. Er geriet in leichte Panik, wurde so tödlich verlegen wie ein grüner Junge.
Seine Hände griffen nach dem Gürtel und schoben sie weg. »Schon in Ordnung, das kann ich allein.«
Sie lächelte, ging zu einem steinernen Sims und rumorte zwischen verschiedenen Gerätschaften herum, die dort aufbewahrt waren. Sie hielt eine Blechdose hoch. »Kaffee. Alt, aber besser als gar nichts.«
Wieder kauerte sie vor dem Feuer nieder und löffelte Kaffee in das summende Wasser. Savage, der bereits die Stiefel ausgezogen hatte, brachte schließlich auch die durchnäßte Hose herunter und wickelte sich rasch in die Decke ein.
Rosa legte ein Schaffell neben die Feuerstelle. »Sie müssen herkommen und sich wärmen«, befahl sie.
Er zögerte, dann gehorchte er. Sie legte eine Decke über ihn und noch ein paar Schaffelle obenauf. Sie waren alt, bestimmt schmutzig und höchstwahrscheinlich voller Flöhe, aber Savage stellte plötzlich fest, daß ihm das völlig egal war. Sie waren weich und warm und rochen nach Holzrauch.
Rosa nahm aus einer alten Tabaksdose eine Zigarette, zündete sie mit einem brennenden Span an und reichte sie ihm wortlos. Er hielt sie in zitternden Fingern, dankbar für den Genuß des billigen, starken Tabaks, den er in tiefen Zügen rauchte.
Aus irgendeinem Grund fiel ihm die Dinner-Party ein, die seine Mutter während seines letzten Urlaubs in Boston für ihn veranstaltet hatte. Männer im Smoking, Männer in Uniform, schöne Frauen, das Familiensilber der Savage funkelnd im Schein der Kerzen, gutgeschultes Personal. Und dann natürlich Joanna, Joanna Van der Boegart, Joanna, die, seit er denken

konnte, immer irgendwo in der Nähe gewesen war. Joanna, die er eines Tages, zu jedermanns größter Zufriedenheit, heiraten würde.
Eigens zu dieser Party war sie übers Wochenende aus Vassar herübergekommen. Er dachte daran, wie er sie zum letztenmal auf der Terrasse umarmt hatte. Eine kühle, elegante Erscheinung mit festen und vollen Lippen, die sich jedoch nie für ihn öffneten, auch nicht bei jenem Fest, das möglicherweise sein letztes war.
Ganz anders als hier - völlig anders. Er beobachtete Rosa, wie sie sich über die Feuerstelle beugte und vorsichtig Kaffee in einen alten blechernen Becher goß. Das feuchte Baumwollkleid war so eng, daß sich sogar das Höschen darunter abzeichnete.
Er empfand ein jähes sexuelles Begehren, wie schon seit geraumer Zeit nicht mehr, und er bewegte sich unruhig unter seinen Decken. Seit mehr als einem Jahr hatte er nun schon Enthaltsamkeit geübt. Das Leben, das er geführt hatte, die langen Ausbildungszeiten, nur unterbrochen von Blitztouren nach Europa, hatte ihm wenig Zeit für Beziehungen zu Frauen übriggelassen. Er hatte längst beschlossen, das alles völlig aus seinem Dasein zu streichen, zumindest bis auf weiteres.
Er hatte sich ohnehin nie als Weiberheld betrachtet. Die Sorte von Oberschicht-Mädchen, mit denen er aufgewachsen war, wie Joanna, benutzten ihre Unberührtheit als Handelsware. Die College-Liebschaften mit anderen Mädchen waren, gelinde gesagt, unerquicklich gewesen.
Sogar der Zauber des Montmartre hatte jede Wirkung auf den Malstudenten verfehlt. Dort gab es zwar haufenweise Mädchen, die sich für den begüterten und gutaussehenden amerikanischen Maler interessierten, aber was immer sie erwartet haben mochten, er hatte sie enttäuscht. Zu diesem bedauerlichen Schluß war er schon vor langer Zeit gekommen.
Rosa gab ihm die Blechtasse mit dem heißen schwarzen Kaffee, den er so gierig trank, daß er sich den Mund verbrannte. Rosa blieb neben ihm stehen, eine Hand in die Hüfte gestemmt, aus ihrem nassen Kleid stieg Dampf auf. Mein Gott, er fror so ent-

setzlich, zitterte so stark, daß ihm Kaffee übers Kinn rann. Rosa nahm ihm die Tasse ab.

»Ich glaube, Sie haben Fieber«, sagte sie. »Dagegen hilft nur Schwitzen.«

Sie häufte noch ein paar Schaffelle auf ihn, dann fing sie an, ihr Kleid aufzuknöpfen. Als sie es abstreifte, sah er die festen Brüste im Feuerschein glänzen. Er kniff die Augen zu, sah nur noch, daß das Höschen zu Boden glitt, dunkles Haar zwischen ihren Schenkeln, und dann war sie auch schon unter die Felle geschlüpft und lag neben ihm.

Das Ganze war völlig unwirklich, ein Traumgespinst, wie aus einem Halbschlaf.

Ihre Lippen knabberten an seinem Ohr, dann fühlte er ihre forschende Zunge in seinem Mund. Ihre Hand glitt unter die Decke, über den flachen, muskulösen Bauch und berührte ihn.

Sie lachte und hauchte ihm ins Ohr: »Du nimmst mich mit nach New York, sag? Du nimmst mich mit nach New York, Savage, und dafür mache ich dich ein kleines bißchen verrückt.«

Und dann rollte sie sich auf ihn, öffnete die Schenkel und wies ihm den Weg.

Später, als er halb im Schlaf und noch immer fiebernd dalag, hörte er sie flüstern: »Savage, bist du wach?«

Er antwortete nicht, blieb ganz still liegen und überdachte, was geschehen war. Noch nie hatte er dergleichen oder ihresgleichen erlebt. Die Wärme, die Ursprünglichkeit, der völlige Mangel an Scham.

Ihr Kopf verschwand unter der Decke, ihre Zunge beschrieb eine feuchte Bahn über seinen Bauch, und dann schloß ihr Mund sich über seinem Glied. Er stöhnte auf und regte sich.

Sie hielt inne und sah zu ihm auf. »Ah, du bist also doch wach.«

»Ja«, sagte er und rollte sie auf den Rücken. »Und ob ich wach bin!«

Sie lachte und küßte ihn, als er in sie eindrang, noch immer halb im Fieberwahn, und zu einem Höhepunkt gelangte, der endlos schien. Nur ein paar Dinge drangen in sein Bewußtsein: wie ihr Körper sich bewegte, der jähe Atemzug, die Hände, die sich in sein Fleisch krallten, ihre erdrückten Schreie.

Danach blieb er auf ihr liegen, und während sie sanft sein Gesicht streichelte, glitt er in den Schlaf.

12

Luciano und Maria folgten fast zwei Stunden lang dem selben rauhen Pfad. Die meiste Zeit ging es durch Kiefernwald, und sie waren vor dem schlimmsten Wetter geschützt. Als die Bäume endeten und sie einen steilen und felsigen Hang hinaufklettern mußten, peitschte der Wind ihnen den Regen ins Gesicht, so daß sie nur gebückt weitergehen konnten und Maria sich an Luciano klammern mußte.

Unter einem überhängenden Felsen machten sie halt, und Luciano rief:

»Wir müssen uns verirrt haben!«

Maria hob die Hand. »Moment. Ich glaube, ich rieche Holzrauch.«

Es stimmte. Luciano trat unter dem schützenden Felsen hervor in das Wüten des Sturms. Sogleich witterte auch er den starken, beizenden Geruch, und sie kämpften sich weiter.

Als sie über der Anhöhe waren, sahen sie ein Licht in einer Senke zwischen den Bäumen. Hunde begannen zu bellen, sie kamen zu einem Zaun, und dahinter, über einen schmutzigen Hof, lag eine Hütte. Luciano nahm sein M 1 von der Schulter, entsicherte, und dann überquerten sie den Hof. Die obere Hälfte der Tür öffnete sich, Licht flutete heraus, und ein Mann mit einer Flinte erschien.

»Wer da?« rief er.

»Wanderer, wir wurden von der Nacht überrascht«, antwortete Luciano. »Wir suchen Unterkunft.«

»Hier gibt's keine. Wir haben schon genug Scherereien.«

Der Mann war etwa dreißig Jahre alt, ein typischer Bergbewohner mit einem dichten schwarzen Schnurrbart. Unter der Mütze hing langes, wirres Haar hervor.

Er wollte die Tür wieder schließen, aber Luciano sagte: »Ich habe eine Frau dabei. Was für ein Mensch sind Sie überhaupt?«
Er trat einen Schritt auf die Tür zu, und der Mann legte die Flinte auf ihn an. »Ich habe gesagt, nein. Noch einen Schritt, und ich leg dich um.«
»Und rechtfertigst dich bei der Mafia«, sagte Luciano. »Bei Luca persönlich.«
Der Mann erstarrte, dann ließ er langsam die Flinte sinken. »Was hat Don Antonio mit euch zu tun?«
Luciano zog Maria in den Lichtschein. »Das ist seine Enkelin. Wir sind auf dem Weg zu den Franziskanern im Kloster der Dornenkrone Christi.«
Die Flinte verschwand. Der Mann zögerte noch immer. Dann schrie eine Frau drinnen qualvoll auf, und er wandte sich rasch um.
Luciano und Maria blieben an der Tür stehen und spähten hinein. Das Innere der Hütte war unglaublich primitiv. Nackte Steinwände, ein gestampfter Boden, eine offene Feuerstelle mit einem so unzulänglichen Abzug, daß der Raum voller Rauch war. In der Ecke waren zwei Ziegen angepflockt, und ein paar kleine Kinder spähten unter einer Decke hervor und beobachteten mit weitaufgerissenen Augen, was am anderen Ende des Raumes vorging.
Dort lag eine junge Frau auf einem rohen Holzbett, ihr Gesicht war schweißüberströmt und von Schmerzen verzerrt. Ein altes Weib saß auf einem Schemel am Feuer und rührte in einem eisernen Topf herum. Ihr Gesicht war wie runzliges Leder, und sie trug ein schwarzes Kopftuch, ein schwarzes Kleid und schadhafte Stiefel.
Wieder begann die junge Frau zu wimmern. Ihre Knie unter der Decke waren gespreizt, der Leib geschwollen. Maria hakte die untere Hälfte der Tür auf, ging hinein, und Luciano folgte ihr.
Sie beugte sich über die junge Frau und legte ihr die Hand auf die Stirn. Der Mann sagte: »Sie liegt schon seit gestern in den Wehen. Deshalb hab ich die *strega* geholt.«
Stregas waren eher Hexen als weise Frauen. Es gab fast in jedem

Dorf eine, die Tränke und Zaubermittel verkaufte, in Wahrheit einfache Kräuterprodukte. In den abgelegenen Dörfern ersetzten die *stregas* einen Arzt.

Maria wollte die Decke zurückschlagen, um die junge Frau zu untersuchen, doch die Alte fuhr unwirsch auf dem Schemel herum.

»Infamita!«

Der Mann packte Marias Handgelenk und drehte es um. »Was machst du da? Glaubst du, ich will meine Frau vor fremden Leuten entehren?«

Luciano packte ein Büschel Haare, zog den Kopf des Mannes in den Nacken und rammte ihm die Mündung des M 1 unters Kinn.

»Wie heißt du?«

Der Mann stöhnte. »Solazzo.«

»Also, jetzt hör mir mal zu. Du solltest Gott danken, denn diese Frau hier ist Krankenschwester. Eine richtige Krankenschwester aus einem richtigen Krankenhaus. Verzieh dich in die Ecke und stör sie nicht, sonst hat sie bald zwei Patienten zu versorgen.«

Die Alte am Feuer wollte protestieren, aber Solazzo gebot ihr Schweigen. Er blickte Luciano prüfend an, dann wandte er sich an Maria.

»Stimmt das, was er sagt?«

»Ja«, antwortete sie.

Er nahm die Mütze ab und fuhr sich mit dem Handrücken übers Gesicht. Maria wandte sich wieder der jungen Frau im Bett zu, die jetzt weinte und den Kopf von einer Seite zur anderen warf. Maria schlug die Decke zurück und schob das schmutzige Hemd hoch, so daß der aufgeschwollene Leib zu sehen war.

»Wie lang, sagen Sie, hat sie schon Wehen?«

»Seit gestern nachmittag.«

Maria beugte sich über die junge Frau, untersuchte sie flüchtig und drehte sich dann mit ernster Miene wieder um. »Signor Solazzo, das ist ein ernster Fall. Der Grund für die langen Wehen ist klar. Ein Kind kommt normalerweise mit dem Kopf voran zur Welt. Dieses da hat aber die umgekehrte Lage.«

»Gott im Himmel!« sagte Solazzo verzweifelt und bekreuzigte sich.
»Eine sogenannte Steißlage, oder?« fragte Luciano.
»Stimmt.«
Die Frau stieß einen schrillen Schrei aus und bäumte sich im Bett auf, und Solazzo sagte: »Helfen Sie ihr, Schwester, um Gottes willen.«
»Genau«, sagte sie. »Um seinetwillen und um ihretwillen. Und jetzt bringen Sie mir heißes Wasser und Tücher. Zerreißen Sie ein Laken, ein Hemd, irgend etwas. Und so sauber wie möglich.«
Solazzo lief ans Feuer. Luciano sagte: »Das kann doch nicht Ihr Ernst sein. Sauber? In diesem Schweinestall?«
»Wir wollen unser möglichstes tun, wir alle«, sagte sie. »Auch Sie, Mister Luciano. Jetzt hören Sie mir gut zu, ich will Ihnen sagen, was Sie zu tun haben.«
Maria beugte sich über die junge Frau. »Elena, es geht bestimmt gut. Ich möchte, daß Sie mir vertrauen. Vertrauen Sie mir?«
Elena Solazzo nickte müde, und Maria wischte ihr den Schweiß vom Gesicht. »Wenn ich sage pressen, dann pressen Sie mit aller Kraft. Haben Sie verstanden?«
Luciano wartete am Bettende mit einer Schüssel voll heißem Wasser und einem Armvoll zerrissener Laken. Solazzo und das alte Weib standen am Feuer. Eines der Kinder in der Ecke fing an zu weinen, und Solazzo flüsterte der Alten etwas zu. Sie ging zu den Kindern und beruhigte sie.
Maria machte sich an die Arbeit. Behutsam griff sie in Elenas Leib, denn das Wichtigste war jetzt, daß die Beine des Kindes zum Vorschein kamen. Sie tastete nach der Kniekehle und stupste ein wenig, und das Bein beugte sich sofort. Dann wendete sie beim zweiten den gleichen Trick an.
»Und jetzt pressen, Elena«, sagte sie. »So fest es geht.«
Sie streckte die Hände aus, und Luciano wusch und trocknete sie. Dann faßte sie das Kind fest an den Beinen und zog, bis die Schultern zum Vorschein kamen, aber die gestreckten Ärmchen waren noch immer im Leib der Mutter.

Während Luciano zusah, tastete sie sich nochmals vor, schob die Hand nach links, hakte einen Finger in den linken Ellbogen und holte den Arm hervor. Sekunden später war auch der andere Arm frei.

Elena keuchte wie ein Tier, das von Qual entstellte Gesicht starrte zur Decke.

»Wie geht es?« fragte Luciano leise.

»Bisher ging es gut, aber jetzt kommt der gefährlichste Teil, der Kopf. Wenn das nicht richtig gemacht wird . . .«

Sie schwieg, und Luciano sprach den Satz zu Ende. »Dann könnte sie ein schwachsinniges Kind am Hals haben.«

Maria holte tief Atem und versuchte, sich an alles zu erinnern, was sie während ihrer Ausbildung gelernt hatte. Das Wichtigste war, den Kopf langsam und stetig hervorzubringen. Sie schob den rechten Arm unter den Körper des Kindes, und es gelang ihr, ihm einen Finger in den Mund zu stecken, so daß sie den Kopf stützen konnte.

Ihre andere Hand lag mit gespreizten Fingern um den Nacken, und sie begann zu ziehen. Es war erstaunlich, wieviel Kraft sie aufwenden mußte; dann lag das Neugeborene plötzlich ganz und sicher in ihren Händen.

Das Kind atmete nicht und war über und über dunkelrot. Mit Stoffstückchen reinigte sie Nasenlöcher und Mund vom Schleim und legte ihm eine Hand auf die Brust.

»Ist es in Ordnung?«

»O ja, kräftiger Herzschlag.«

Sehr, sehr vorsichtig blies sie in den winzigen Mund. Ganz plötzlich dehnte sich der Brustkorb, und das Baby fing an zu schreien. Solazzos Aufschrei klang wie ein Echo.

Maria band die Nabelschnur ab, dann durchschnitt sie dieses letzte und wichtigste Band zwischen Mutter und Kind. »Eine Tochter, Signor Solazzo. Eine gesunde, muntere Tochter.«

Elena weinte jetzt, die Tränen mischten sich mit dem Schweiß auf ihrem Gesicht, und während Maria das Kind in Leinenstreifen wickelte, beugte Solazzo sich über das Bett.

»Eine richtige kleine Schönheit. Wir wollen sie nach Ihnen tau-

fen, Schwester.« Dann machte sich die angestaute Spannung in einem lauten Lachen Luft.
Sogar die Alte grinste und kam herbei, und die Kinder in ihrer Decke schlurften hinterher. In der dunklen Ecke meckerten die beiden Ziegen.
Maria wusch sich die blutigen Hände in der Schüssel. Luciano sagte: »Das haben Sie prima gemacht.«
»Oh, vielen Dank, Mister Luciano.« Sie lächelte ihm zu. »Könnte ich noch heißes Wasser haben?«
Sie wandte sich wieder zum Bett, um Elenas Leib und Schenkel zu säubern. Luciano trug die Schüssel zur Tür und goß das Wasser in den Hof. Er zündete sich eine Zigarette an, lehnte sich an die Tür und blickte hinaus in den Regen. Seit Jahren hatte er sich nicht mehr so lebendig gefühlt.
Solazzo trat mit einer Flasche in der Hand auf ihn zu: »Einen Schluck, Signor?«
Luciano trank aus der Flasche. Es war billiger sizilianischer Schnaps und brannte bis hinunter in den Magen. Er hustete und gab die Flasche zurück.
Solazzo nahm gleichfalls einen Zug. »Stimmt das, was Sie über die gute Schwester gesagt haben, Signor? Daß sie die Enkelin von Don Antonio ist?«
»Gehören Sie zur Organisation?« fragte Luciano.
»Seit ich siebzehn war. Und Sie auch, Signor.« Er zuckte die Achsel. »Da muß ich nicht erst fragen. Dürfte ich erfahren, wie Sie heißen?«
»Luciano.«
Solazzo riß vor Staunen den Mund auf. »Sie - Sie sind Luciano, Signor?«
»Stimmt.«
Solazzo ergriff seine rechte Hand und küßte sie. »Don Salvatore - der Retter. Gott hat Sie heute nacht aus diesem Sturm in unser Haus geschickt.«
»Schon möglich«, erwiderte Luciano und blickte auf. Aus dem elenden Raum lächelte Maria ihm traurig zu.

Fünfundzwanzig Kilometer weiter nördlich, in einem abgelegenen engen Tal hoch über Cammarata, saß Antonio Luca allein beim Abendessen. Vor den geöffneten Terrassenfenstern des alten, wirr angelegten Gehöfts lag die Nacht. Das Holzfeuer im offenen Kamin in der Ecke machte den großen Raum wohnlich, obwohl die Wände nur weiß getüncht und der Fußboden mit Steinplatten ausgelegt war.

Don Antoni saß am Ende des langen dunklen Eichentisches und aß mäßig von den aufgetragenen Gerichten. *Narbe di San Paolo,* Ravioli, mit Zucker und Richotta-Käse gefüllt und überbacken, und *cannolo,* die berühmteste sizilianische Süßspeise. Er griff nach der Weinflasche, fand sie leer und schwang eine Tischglocke.

Die Frau, die daraufhin eintrat, war nicht älter als dreißig, eine üppige Bäuerin, deren breite Hüften das landesübliche schwarze Baumwollkleid zu sprengen drohten. Ihr Haar war nachtschwarz und im Nacken zu einem festen Knoten geschlungen. Ihre olivbraune Haut zeigte die ersten Fältchen, die Augen blickten freundlich.

»Noch eine Flasche, Caterina«, sagte er.

Sie ging wortlos hinaus, und er zündete sich eine Zigarre an, stand auf, ging zum Kamin und schürte das Feuer. Er war fünfundsechzig, das Haar und der sorgfältig gestutzte Bart waren eisengrau, und die Jahre hatten die große Gestalt kaum gebeugt.

Das Gesicht war das Bemerkenswerteste an ihm. Es verriet Härte, Stolz und Arroganz, aber auch auffallende Intelligenz. Wie die Bergbauern trug er Kordhosen, Weste, ein rotes Flanellhemd, und dennoch wirkte er seltsam elegant, wie ein Aristokrat in der Kleidung eines Wildhüters, erstaunlich, wenn man wußte, daß er als Sohn eines armen Pächters zur Welt gekommen war und eine elende Kindheit durchleben mußte.

Caterina kam mit einer vollen Flasche Wein zurück. »Mario ist da.«

»Gut. Schick ihn herein und bring uns Kaffee.«

Er stieß die Holzscheite mit dem Fuß zurecht und drehte sich um, als die Tür wiederum aufging.

Der Eintretende war Mitte Fünfzig und sah aus wie ein furchtloser Gladiator, der die Arena überlebt hatte. Der kleine ergrauende Mann mit dem liebenswürdigen Auftreten konnte lächelnd töten, und er hatte auf Befehl seines *capo* häufig getötet. Mario Sciara, Antonio Lucas starker rechter Arm.
»Nun?« sagte Luca.
Wieder ging die Tür auf, und Caterina kam mit dem Kaffee herein.
Sciara sagte: »Sie sind da, Don Antonio.«
»Luciano?«
»Ja.«
»Und meine Enkelin? Wo sind sie jetzt?«
»Ich weiß es nicht genau. Sie waren in der Villa der Contessa di Bellona, aber da gab's einen Zwischenfall.«
»Was für einen Zwischenfall?«
Caterina blieb mit der Kaffeekanne in der Hand wartend stehen.
Sciara sagte: »Don Antonio, Sie wissen, daß die Kommunisten über den wachsenden Einfluß der Mafia auf die Widerstandsbewegung erbost sind. Als sie erfuhren, daß Luciano kommt, war ihnen das gar nicht recht. Also haben sie versucht, ihn aus dem Weg zu räumen.«
»Wer hat das getan?«
»Dieser Schafzüchter aus Bellona, Russo, und irgendein Junge. Luciano hat sich um sie gekümmert, wie ich höre. Sie sind beide tot.«
»Also hat er noch immer seine sichere Hand. Und meine Enkelin? War sie auch dort?«
»Ja, *capo.*«
Lucas Augen loderten, und als er die Flasche Marsala vom Tisch nahm, zitterte seine Hand. »*Infamita!* Eine Gemeinheit. Luciano kann machen, was er will, aber meine Enkelin einer solchen Gefahr auszusetzen!« Er leerte das Glas in einem Zug. »Waren noch andere daran beteiligt?«
»Mori, der Lehrer.«
»Dieser Hund. Auch ein Roter. Das wird er mir bezahlen, Mario.«

»Schon geschehen, *capo.* Vito Barbera hat die Sache für Sie erledigt.«

»Gut.« Luca nickte. »Auf Vito kann man sich immer verlassen. Und jetzt zu der anderen Sache. Ist der Engländer, Carter, auch dabei?«

»Ja, *capo.*«

»Sehr gut - ich mag Carter.« Er sagte zu Caterina: »Wenn er kommt, können wir wieder Bridge spielen, wenn auch ohne vierten Mann, aber besser als gar nichts.«

»Darf ich ihnen sagen, daß Sie mit ihnen sprechen wollen?«

»Natürlich. Sie können hierher kommen. Sprich alles Nötige mit Padre Giovanni ab. Jetzt trink deinen Kaffee und erzähl mir, was der Krieg macht.«

Als er später in seinem dunklen Schlafzimmer vor dem geöffneten Fenster zur Terrasse stand, beobachtete er das Wetterleuchten über den Bergen. Caterina kam aus dem angrenzenden Zimmer und stellte sich neben ihn. Sie trug ein Hauskleid aus schwerer Seide, und als er den Arm um sie legte, wölbte seine Hand sich über ihrer linken Brust, und seine Finger streichelten die Spitze, bis sie sich aufrichtete.

»Du bist unglücklich, Antonio.«

»Weißt du das immer so genau?«

»Natürlich. Ich glaube, es ist wegen Maria. Du willst nicht, daß sie kommt? Warum nicht? Sie ist von deinem eigenen Fleisch. Deine einzige lebende Blutsverwandte. Es ist nicht natürlich.«

Er seufzte. »Wie kann ich dir das erklären? Als sie ein Kind war, habe ich sie vergöttert, und sie hat mich über alles geliebt. Ihren Vater, Gott gebe ihm die ewige Ruhe, hat sie nie gekannt. Ich war der einzige Mann in ihrem Leben. Bis zu diesem Tag, als sie mit ihrer Mutter ins Auto stieg . . .« Die Stimme versagte ihm.

»Mein armer Antonio.« Caterina legte ihm die Hand auf die Schulter.

»Sie hat sich von mir abgewandt, mit Worten des Hasses auf den Lippen.« Er schüttelte den Kopf. »Nein, mein Herz, wenn sie jetzt kommt, so ist es, als drehten wir einen alten Stein um und legten alle Fäulnis frei, die darunter verborgen lag.«

»Nein, Antonio. Ich bin überzeugt, daß sie voller Liebe kommt.«

Er lachte bitter. »Ist Antonio Luca ein Narr? Hat er deshalb all die Jahre überlebt? Maria kommt, weil ich mich geweigert habe, den Amerikanern bei der bevorstehenden Invasion zu helfen. Sie kommt, weil man hofft, sie könne mich umstimmen. Ohne diesen Anlaß wäre sie nie und nimmer gekommen.«

Aus seiner Stimme klang tiefe Verzweiflung, und Caterina schmiegte sich dicht an ihn und hielt ihn fest. »Komm zu Bett, Antonio.«

»Gleich, *cara,* ich komme gleich.« Er küßte ihr Haar und schob sie sanft von sich.

Als er auf die Terrasse hinaustrat, konnte er den Mimosenduft riechen, der schwer und klebrig in der feuchten Luft hing. Die ganze elektrisch geladene Welt wartete auf ein Zeichen. Es kam. Der Himmel öffnete seine Schleusen, und es fing an zu regnen.

13

Koenig stand am Fenster seines Büros in der Polizeikaserne von Agrigento, als Suslow und seine Ukrainer in den Hof einfuhren. Während Koenig hinunterschaute, öffnete sich hinter ihm die Tür, und Rudi Brandt kam mit einer Tasse Kaffee herein. Koenig wies mit einer Kopfbewegung in den Hof, wo Detweiler gerade aus dem Kübelwagen gezerrt wurde. Er fiel auf die Knie, und einer der Ukrainer versetzte ihm einen Fußtritt. Dann schleiften ihn zwei andere über den Hof zum Eingang der ehemaligen Kommandantur, wo Meyer sein Hauptquartier aufgeschlagen hatte.

»Der Leichenbestatter bekommt neue Arbeit«, sagte Koenig.

»Sieht ganz so aus, Herr Oberst.«

»Erkundige dich, wer er ist, und mach mir Meldung.«

Brandt ging sofort hinaus, und Koenig öffnete das Fenster. Es war kurz nach Sonnenuntergang. Der Sturm der vergangenen Nacht schien sich ausgetobt zu haben, aber immer noch sprühte ein feiner Nieselregen herein. Koenig fühlte sich um Jahre gealtert, unendlich deprimiert, als er langsam seinen Kaffee trank und zusah, wie Rudi Brandt drunten über den Hof ging.

Detweiler stand vor Meyers Schreibtisch und wartete in angstvoller Spannung. Der Major übersah ihn völlig, seine Aufmerksamkeit galt dem Inhalt des Rucksacks, den Suslow vor ihm ausbreitete: Reservemunition, ein paar Handgranaten, amerikanische Notverpflegung. Dazu das M 1-Gewehr und der Colt Automatic.

»Und?« sagte Meyer.

»Die Waffen sehen brandneu aus, Herr Major.«

Meyer nahm Detweilers falsche Papiere zur Hand.

»Mal sehen, wen wir hier haben.« Ohne aufzublicken, las er: »Mario Brazzi, geboren in Palermo 1917. Hier steht, Sie sind von Beruf Hirte.«

»Ja, Signor«, sagte Detweiler und hielt den Kopf gesenkt.

»Bei wem beschäftigt?«

Detweiler hielt sich an die Legende, die Carter ihm eingetrichtert hatte. »Die Zeiten sind schlecht. Ich ziehe von Ort zu Ort. Ein paar Tage hier, ein paar Tage dort.«

»Im Februar aus der Fünfzehnten Infanteriebrigade entlassen aufgrund einer in Nordafrika erlittenen Brustverletzung.«

»Ja, das stimmt, Signor.«

Meyer nickte, und Suslow legte das M 1 nieder, streckte die Hand aus und riß Detweilers Hemd auf. Die große, wulstige Narbe einer Schußverletzung auf der linken Seite von Detweilers Brustkorb war deutlich sichtbar, eine Erinnerung an die unselige Landung bei Dieppe.

Meyer lehnte sich zurück. »Hier paßt einiges nicht recht zusammen. Mario Brazzi, verwundeter Veteran und ehrlicher Schafhirte, wird in den Bergen aufgegriffen und ist im Besitz brandneuer amerikanischer Waffen, amerikanischer Schokolade und amerikanischer Notrationen.« Er wandte sich an Suslow. »Was würden Sie dazu sagen, Untersturmführer?«

»Partisanenversorgung aus der Luft in der betreffenden Gegend, vermutlich erst unlängst, Herr Major, nach dem Gewehr und den anderen Gegenständen zu schließen.«

Detweiler zog alle Register, um seiner Rolle treu zu bleiben. »Ich bin ein ehrlicher Mann, ich schwöre es. Ich habe in einer Schäferhütte hoch in den Bergen hinter Viterba übernachtet. Das ganze Zeug habe ich dort gefunden, es war unter dem Stroh versteckt.«

Meyer verzog das Gesicht, und Suslow nahm das Gewehr und stieß Detweiler den Kolben mit aller Kraft in die Magengrube. Detweiler stürzte aufs Gesicht und erbrach sich.

Meyer sagte: »Jetzt das Ganze noch mal.«

Sie zerrten ihn auf die Füße, und in diesem Augenblick öffnete sich die Tür, und Koenig trat ein. Über der Uniform trug er eine

Sprungjacke in Tarnfarben, die alte Feldmütze saß über dem linken Auge.
»Ah, da sind Sie ja, Meyer«, sagte er. »Ich habe gerade Dienstschluß.« Er hielt inne und zeigte sich angemessen erstaunt. »Was ist denn hier los?«
Meyer hatte längst gelernt, in Koenigs Anwesenheit seinen Zorn zu beherrschen. Er sprang auf.
»Ein Partisan, vermuten wir wenigstens, Herr Oberst. Suslow hat ihn mit verschiedenen amerikanischen Ausrüstungsgegenständen in den Bergen geschnappt.«
Koenig nahm den Colt, wog ihn in der Handfläche und legte ihn wieder auf den Schreibtisch. »Und was hat er dazu zu sagen?«
»Daß er das alles unter dem Stroh in einer Schäferhütte versteckt gefunden hat.«
Koenig musterte Detweiler von oben bis unten, und der Sergeant, den die beiden Ukrainer aufrecht hielten, stand mit gesenktem Kopf da und wagte kaum zu atmen.
Koenig sagte: »Das könnte vielleicht sogar stimmen.«
Meyer war überrascht. »Herr Oberst?«
»Bringen Sie ihn in eine Zelle, geben Sie ihm zu essen und vierundzwanzig Stunden Zeit, damit er über seine Lage nachdenken kann. Ich muß zum Stab nach Palermo, aber im Lauf des morgigen Tages bin ich wieder zurück. Dann möchte ich ihn sehen.«
Meyer lächelte leicht. »Ganz wie Sie wünschen, Herr Oberst.«
Koenig ging zur Tür und öffnete sie, dann drehte er sich nochmals um. »Und ich möchte ihn unversehrt vorfinden. Schärfen Sie das bitte Ihren Leuten ein. Sie sind bei solchen Gelegenheiten gern ein bißchen übereifrig, und das würde mir ganz und gar nicht gefallen.«
»Gewiß, Herr Oberst, das versteht sich von selbst.«
Die Tür schloß sich, und Suslow sagte: »Das ist doch verrückt, Herr Major. Lassen Sie mich den Kerl in die Mangel nehmen.«
Meyer schüttelte den Kopf. »Wenn der rechte Augenblick da ist, dann breche ich Koenig den Hals, glauben Sie mir, aber ich habe nicht die Absicht, durch einen Streit in dieser Sache irgend etwas zu riskieren. Dazu ist sie nicht wichtig genug.«

»Was machen wir also mit dem Burschen?«

Da Detweiler nicht Deutsch konnte, hatte er nicht verstanden, was gesprochen wurde. Er wartete voller Angst, in der Haltung des demütigen Bauern, während er versuchte, aus Meyers Gesichtsausdruck zu entnehmen, was vor sich ging.

Meyer sagte nachdenklich: »Vierundzwanzig Stunden zum Nachdenken, sagte der Oberst. Sehr schön, die soll er haben. Bringen Sie ihn hinunter in zweiundzwanzig.«

»Zu Befehl, Sturmbannführer.« Suslow machte seinen Männern ein Zeichen, und sie schleppten Detweiler hinaus.

Sie stiegen eine Steintreppe hinunter, Suslow voran, hinter ihm die beiden Ukrainer mit Detweiler in der Mitte.

Detweilers Hirn arbeitete fieberhaft, er erwog sämtliche Möglichkeiten. Natürlich war er während des Trainings auf eine derartige Situation vorbereitet worden. Einzelhaft, damit fing es gewöhnlich an, in einer Dunkelzelle. Er erinnerte sich, was der Psychiater in seinem Vortrag gesagt hatte. Aussperrung aller sinnlichen Wahrnehmungen, die zu totaler Geistesgestörtheit führt. Okay, aber er würde nur die Ohren steifhalten müssen, denn er wußte etwas, was diese Hunde nicht wußten: daß die Invasion unmittelbar bevorstand.

Vor einer Zellentür machten sie halt, und Suslow schloß auf. Der Gestank war entsetzlich. Als Detweiler zur Tür gestoßen wurde, sah er im einfallenden Licht, daß sich drinnen ein Dutzend oder mehr verdreckte und zerlumpte Menschen auf engstem Raum zusammendrängten.

Suslow nickte, und die beiden Ukrainer begannen, Detweiler die Kleider vom Leib zu reißen. Als er nackt war, wurden ihm die Hände auf dem Rücken gefesselt. Detweiler hatte sich noch nie so ausgesetzt gefühlt wie jetzt, als Meyer die Treppe herabkam und den Korridor entlangging. Er betrachtete Detweiler ruhig, dann trat er in die Türöffnung der Zelle.

»Jetzt hört mir gut zu«, sagte er in seinem schlechten Italienisch. »Dieser Mann wird sich nicht niederlegen, er wird nicht sitzen, er wird überhaupt nicht ausruhen. Und er darf auch nicht im Stehen schlafen. Ihr löst einander ab und sorgt dafür, daß meine

Befehle ausgeführt werden. Wenn ihr nicht spurt, eine Woche lang kein Wasser und nichts zu essen. Ihr könnt euch dann gegenseitig auffressen.«

Er gab Suslow ein Zeichen, der Detweiler in die Zelle hinunterstieß und die Tür ins Schloß warf. Detweiler fiel über einen hingestreckten Körper, der pestilenzische Gestank in der Zelle überwältigte ihn, und er schlug wie wahnsinnig um sich.

Schon waren Hände überall, Hände krochen über seinen ganzen Körper und zogen ihn auf die Füße. Eine heisere Stimme sagte: »Ich weiß nicht, wer du bist, Freund, und es ist uns auch egal. Hier drinnen heißt's: mein Leben oder deins. Das bedeutet, daß wir tun, was dieser Gestapo-Hund will, und du tust, was wir wollen.«

Detweiler stand im Dunkeln und hatte plötzlich furchtbare Angst. »So hört doch, um Gottes willen«, begann er.

Die gleiche heisere Stimme sagte: »Gott hat hier nichts zu suchen, also sei vernünftig und tu genau, was man dir sagt.«

Im späten Frühling und zu Beginn des Sommers, wenn die erste wirkliche Hitze einsetzt, sind heftige Unwetter im sizilianischen Hochland keine Seltenheit. Als Savage und Rosa einen schmalen Grat zwischen zwei Berggipfeln entlanggingen, fing es wieder an zu regnen.

Savage sagte: »Regnet es auf Sizilien immer so viel?«

Sie lachte. »Nein, im allgemeinen nicht.«

Savage störte der Regen nicht. Manche Menschen gehen besonders gern bei schlechtem Wetter ins Freie. Dann sind sie so recht in ihrem Element. Auch auf Savage übte der Gewitterregen, der an diesem Morgen über der Gegend von Cammarata niederging, den gewohnten Zauber aus. Die Erde wurde lebendig, und alles war frisch und rein.

Rosa hängte sich bei ihm ein. »Eines verstehe ich nicht. Gestern nacht, als du mit mir geschlafen hast.«

»Das wievielte Mal meinst du?« Er bemühte sich, keine Miene zu verziehen. »Das dritte oder das vierte?«

»Nein, heute früh, als du aufgewacht bist. Du hast dich dauernd dafür entschuldigt, daß du nicht gut bist. Du hast gesagt, im Leutetotschießen wärst du besser.«

»Kann mich nicht erinnern«, log er.

»Aber du bist ein wundervoller Liebhaber. Du hast mich immer wieder kommen lassen.«

Er war schrecklich verlegen. »So solltest du nicht sprechen.«

»Warum?« fragte sie. »Was habe ich Unanständiges gesagt?«

»Laß gut sein«, sagte er. »Bitte, laß gut sein.«

Sie drehte ihn herum, so daß sie ihm ins Gesicht sehen konnte. Ihr Blick unter dem Schild der alten Stoffmütze war ernst. »Ich weiß nicht, was sie dir die ganzen Jahre hindurch eingeredet haben, aber du bist nicht der Mann, für den sie dich halten.« Sie hob die Hand und berührte zärtlich sein Gesicht. »Oder der Mann, zu dem sie dich erziehen wollten.«

Er legte den Arm um sie und zog sie an sich. »Wie kann ein so junges Ding schon so weise sein?«

»Weil ich eine Hure war«, sagte sie hart. »In Palermo. Aber ich glaube, das hast du schon gewußt.«

In einer Aufwallung überwältigender Zärtlichkeit beugte er sich zu ihr und küßte sie sanft.

»Los jetzt«, sagte er. »Wir müssen zusehen, daß wir das Kloster erreichen und erfahren, was aus den anderen geworden ist.«

Luciano und Maria gingen schweigend nebeneinander durch den morgendlichen Regen. Nach einer Weile sagte sie: »Wenn ich nur dieses Kind nicht hätte zurücklassen müssen.«

»Sie haben ohnehin ein Wunder fertiggebracht«, sagte er. »Das Kind wird am Leben bleiben.«

Als sie aus dem Wald heraustraten, sahen sie drunten im Tal ein kleines Dorf.

»Das muß der Ort sein, den Solazzo uns genannt hat«, sagte sie. »Viterba.«

Luciano nickte. »Okay, gehen wir runter und sehen wir's uns an. Hoffentlich finde ich diesen Verda, von dem Solazzo gesprochen hat.«

Es war eine armselige Ansiedlung. Ein paar Gassen fielen steil zu

einem Dorfplatz ab, Kanalisation gab es keine, nach dem Geruch zu schließen. Magere Kinder spielten lustlos im Schmutz und hielten kurz inne, um Luciano und Maria apathisch anzustarren. Dann kamen sie zu einer Weinschenke, vor der ein paar Tische standen. Von dem Zeltdach, das darüber ausgespannt war, troff der Regen.
Luciano sagte zu Maria: »Warten Sie hier, ich will nachsehen, ob er drinnen ist.«
Sie setzte sich an einen der Tische, und Luciano ging in die Schenke. Der dunkle Raum enthielt nur wenige Tische und eine Theke mit geborstener Marmorplatte, dahinter waren Flaschen aufgereiht. Es waren keine Gäste da, nur ein kurzbeiniger, gedrungener Mann mit offenem Hemd und schmutziger Schürze lehnte an der Theke und las in einer Zeitschrift.
Er blickte mißtrauisch auf. »Ja?«
»Mario Solazzo schickt mich.«
»Und?«
»Ich möchte ins Franziskanerkloster zur Dornenkrone Christi. Solazzo sagt, Sie könnten uns den Weg zeigen.«
»Uns?«
»Ich habe eine Frau dabei.« Der andere schwieg, und Luciano sagte geduldig: »Sie sind Verda, ja? Und Sie gehören zur Organisation?«
Verda starrte ihn ausdruckslos an. Seine Hand war jetzt unter der Theke. »Und?«
Luciano sagte: »Ich will nur etwas aus meiner rechten Tasche nehmen, schießen Sie nicht auf mich. Es ist keine Kanone.«
Er brachte ein gelbes Seidentuch zum Vorschein und entfaltete es. Verda sah das schwarze L und riß die Augen auf. Seine Hand kam wieder zum Vorschein, sie hielt eine Beretta Automatic des Typs, wie sie die italienischen Offiziere tragen. Er legte die Waffe behutsam auf die Theke.
»L für Luciano.« Langsam hob er den Blick. Luciano stand vor ihm, den Kopf zurückgeworfen, eine Hand auf der rechten Hüfte. Verda flüsterte: »Dann sind Sie also gekommen, genau wie angekündigt.«

Er ging um die Theke herum und hob Lucianos Hand an seine Lippen, und im gleichen Augenblick stieß Maria einen Schmerzensschrei aus. Luciano drehte sich um und rannte zur Tür.

Zwei junge Männer hatten sie gegen einen der Tische gedrängt, zwei typische Gebirgsburschen mit schäbiger Kleidung, abgetragenen Stiefeln, die Gesichter brutal und verroht von einem Leben voll Not und Plackerei.

Der eine hatte die Arme um Maria geschlungen, seine Hände strichen über ihr Gesäß, er lächelte grausam. Er flüsterte ihr unflätige Worte ins Ohr, und sie versetzte ihm einen Schlag ins Gesicht. Für einen Sizilianer sind Frauen da, damit man sich ihrer bedient, sie haben zu gehorchen. Von einer Frau öffentlich gedemütigt zu werden, ist undenkbar. Der junge Mann holte gleichfalls zum Schlag aus.

Luciano packte sein Handgelenk und wirbelte ihn herum. Auge in Auge starrten sie einander an. Langsam wandelte sich der Gesichtsausdruck des Jüngeren, zuerst in Bestürzung, dann in nackte Furcht. Nicht, daß er Luciano erkannt hätte, aber er las in diesem gnadenlosen Gesicht deutlich die Selbstherrlichkeit, die gelassene Arroganz, die Macht des *mafioso,* die keinen Widerspruch duldete.

Luciano ohrfeigte ihn. Der junge Mann sagte kein Wort, stand einfach da. Sein Freund stupste ihn an, und sie machten ein paar Schritte rückwärts, dann drehten sie sich um und rannten weg.

Verda sagte: »Don Salvatore, es tut mir leid. Besonders für Sie, Signorina.«

»Die Signorina gehört dem Orden der Barmherzigen Schwestern an«, erklärte ihm Luciano. »Diese Kleider trägt sie aus bestimmten Gründen. Außerdem ist sie Antonio Lucas Enkelin.«

Verda wandte sich ihr erstaunt zu, blickte sie eine Weile an, ergriff ihre Hand und küßte sie, ehe sie ihn daran hindern konnte. »Bitte kommen Sie herein. Essen Sie bei mir, und dann zeige ich Ihnen den Weg zum Kloster.«

Savage und Rosa rasteten auf einer Anhöhe. Ungefähr einen Kilometer entfernt lag rechts unter ihnen ein Dorf.
»Was ist das für ein Ort?« fragte er.
»Viterba, aber wir gehen hier weiter, wo der Pfad an der Kirche vorbei bis zum Bergkamm ansteigt. Das Kloster ist acht Kilometer weiter auf der anderen Seite.«
Als sie sich wieder auf den Weg machten, sagte er: »Ein seltsamer Platz für eine Kirche, so weit entfernt von jeder Behausung.«
»Nicht eigentlich seltsam. Die hochgelegenen Dörfer sind nicht groß genug für eine Kirche und einen eigenen Priester. Die Leute kommen von vielen Dörfern hierher. Die Franziskaner halten die Messe und hören Beichte.«
Als sie näher kamen, hörte Savage Motorengeräusch, nicht weit entfernt. Er drehte sich um und sah drunten im Tal einen Kübelwagen aus dem Wald kommen. Drei Männer saßen darin, einer von ihnen hockte hinter einem schweren Maschinengewehr.
Savage hob seinen Feldstecher an die Augen und stellte ihn auf den Wagen ein. »Deutsche.«
»Nein«, sagte Rosa. »Ukrainer - gehören zu einer Sondereinheit der SS unter dem Befehl eines Mannes namens Meyer. Er ist Sturmbannführer der Gestapo in Agrigento.«
Sie packte Savage beim Arm und zerrte ihn mit sich. »He«, rief er. »Was soll das?«
»Die Kirche - wir verstecken uns in der Kirche.«
Natürlich hatte sie recht. Es blieb ihnen auch gar keine Wahl, denn der Weg zog sich noch ein paar hundert Meter weit über die kahle Bergflanke. Ehe sie irgendwohin gelangen konnten, hätte man sie bestimmt entdeckt.
Vor der Kirche war ein Maulesel angebunden. Sie gingen an dem Tier vorbei, und Rosa öffnete die Kirchentür und trat ein. Es war sehr still, nur ein paar Kerzen brannten, Weihrauch hing schwer in der feuchten Morgenluft. Die Heilige Jungfrau vorne am Altar schien über dem Dunkel zu schweben, auf ihrem Gesicht lag ein starres Lächeln.

Vor einem Beichtstuhl warteten drei Leute, ein Junge, ein alter Mann und eine noch ältere Frau, die das übliche schwarze Kopftuch trug und einen zerfledderten Schaffellmantel gegen die Kälte. Sie schaute Rosa und Savage neugierig an.
Savage spähte durch den Türspalt, als draußen der Kübelwagen vorfuhr und hielt. Die Ukrainer stiegen aus und stellten sich neben den Wagen. Sie zündeten sich Zigaretten an und unterhielten sich eine Weile, dann gingen sie alle drei auf die Kirche zu.
Ihre zwanglose Haltung bewies, daß sie sich völlig sicher fühlten. Der Gefreite, der voranging, hatte einen Revolver im Gürtel stecken, die beiden anderen trugen Maschinenpistolen. Savage nahm sein M 1 von der Schulter und erwog seine Chancen, alle drei zu erwischen, ehe sie wüßten, wie ihnen geschah.
Rosa sagte leise: »Du könntest den Gefreiten erschießen, aber nicht auch die beiden anderen.«
»Was sollen wir denn machen?«
»Gib her!« Sie nahm ihm das M 1 aus der Hand. »Und den Rucksack.«
Savage gab ihr auch den Rucksack, und sie versteckte alles hinter dem Beichtstuhl. Die beiden alten Leute und der Junge sahen ihr gleichgültig zu.
»Wir sind hier, weil wir mit dem Pfarrer wegen unserer Trauung sprechen wollen.« Sie zog ihn in eine dunkle Kirchenbank. »Keine Sorge. Mit denen werde ich fertig.«
»Wie früher?«
»Klar«, sagte sie. »Sie sind auch nur Männer, oder? Deutsche, Russen, was ist der Unterschied?«
»Ich bin der Unterschied, verdammt noch mal! Ich bin der Unterschied!«
Savage nahm die Mütze ab und zog aus seiner rechten Jackentasche einen Browning. Er legte die Waffe auf seinen Schoß, deckte die Mütze darüber und wartete. Rosa hatte nichts bemerkt.
Es war still in der Kirche, bis auf die murmelnden Stimmen des Priesters und des reuigen Sünders im Beichtstuhl. Dann ging die

Tür auf, und Schritte näherten sich, Stiefel hallten auf den Steinfliesen.
»Na, was haben wir denn da?« sagte der Gefreite in schlechtem Italienisch.
Er blieb zunächst bei den alten Leuten stehen, ehe er zu der Kirchenbank ging, wo Rosa und Savage saßen. Er blickte auf das Paar herunter, und die beiden anderen Männer stellten sich neben ihn. Abgebrühte, brutale Kerle, die aussahen, als hätten sie bereits alles gesehen und fast alles getan.
»Was macht ihr hier?« fragte der Gefreite.
»Wir warten auf den Pfarrer«, sagte Rosa.
»Warum? Wollt ihr eure Sünden beichten?« Das Gelächter hatte einen obszönen Klang.
Rosa lächelte freundlich. »Wir heiraten nächste Woche und müssen mit dem Herrn Pfarrer wegen der Trauung sprechen.«
»Heiraten, so, so?« Er trat hinter sie. »Hübsch, was?« wandte er sich an die beiden anderen, und schon glitt seine Hand in Rosas Halsausschnitt und schloß sich um ihre linke Brust. »Jungfrau bist du doch, wie?«
»Ja.«
»Dem müssen wir unbedingt abhelfen.« Er riß Rosa aus der Bank, und gleichzeitig packte er Savage bei den Haaren und zog ihm den Kopf in den Nacken. »Ich tu dir eine Ehre an, mein Junge, ist dir das klar?«
Er nahm Rosa am Arm, und sie drehte sich in seinem Griff zu Savage um und flehte: »Bitte, bleib ruhig. Es ist nichts. Ich werde damit fertig.«
Als der Gefreite sie den Mittelgang entlangzerrte, riefen die anderen: »Vergiß deine Freunde nicht!« Er drehte sich grinsend um. »Wie ich ihn kenne, nimmt er sie auf dem Altar«, sagte der eine.
Der andere stellte einen Fuß neben Savage auf die Bank und beugte sich zu ihm. »Du hast doch nichts dagegen, oder? Wie der Gefreite sagt, er erweist dir eine Ehre. Ja, wir sind heute so leutselig, daß wir beschlossen haben, dir alle drei diese Ehre anzutun.«

Savage schoß durch die Mütze, traf den Mann direkt ins Herz und tötete ihn auf der Stelle. Er schob den Toten zur Seite und richtete die Waffe auf den zweiten Mann, der in wilder Hast versuchte, seine Schmeisser in Anschlag zu bringen. Savages zweite Kugel traf ihn in die linke Schulter und riß ihn herum. Die dritte zerschmetterte ihm die Wirbelsäule und warf ihn, Kopf voraus, über die Rückenlehne eines Kirchenstuhls.
Als Savage sich nach vorn wandte, hatte der Gefreite bereits Rosa vor sich geschoben und riß die Walther aus dem Gürtel. Er rammte Rosa die Mündung in die Rippen.
»Laß deine Waffe fallen, oder sie stirbt.«
Aber genau diese Situation hatte beim OSS-Training eine große Rolle gespielt. Savages Arm fuhr hoch, und zugleich knallte der Schuß, der den Gefreiten in den Kopf traf und ihn rücklings gegen das Altargeländer schleuderte, daß der Schädelknochen splitterte.
Savage stürzte zu Rosa, packte sie bei der Hand und zog sie mit sich.
Als er sich umdrehte, sah er die beiden Alten und den Jungen bereits auf die Tür zustreben, und eine weitere alte Frau, die zugleich mit dem Priester aus dem Beichtstuhl gekommen war, eilte hinterher.
Der Priester war etwa fünfzig Jahre alt, er trug einen Vollbart und die braune Kutte der Franziskaner. Mit erstaunlich ruhiger Miene trat er zu Rosa und Savage. Wortlos blickte er auf die drei Ukrainer.
»Alle tot. Wer seid ihr?«
»Wir waren unterwegs zu Padre Giovanni im Kloster der Dornenkrone Christi«, sagte Rosa. »Ich bin Vito Barberas Nichte, und das ist ein amerikanischer Offizier, Captain Savage.«
»Ich bin Padre Lucio«, sagte der Mönch.
Savage holte seinen Rucksack und das Gewehr hinter dem Beichtstuhl hervor und lief zur Tür. »Der Esel steht noch immer da.«
»Er gehört mir«, sagte Lucio.
»Die Leute, die in der Kirche waren? Was werden sie tun?«

»Sie wollen nichts, als nach Hause und vergessen, daß das alles hier geschehen ist. Sie sind alt und verängstigt, sie wollen nicht in die Sache hineingezogen werden.« Nochmals blickte er auf die Toten.
»Aber wir müssen uns etwas einfallen lassen.«
»Wie meinen Sie das?« fragte Savage.
»Wenn die Leichen hier gefunden werden, so bedeutet das schwere Repressalien für Viterba. Deshalb müssen sie alle zusammen verschwinden. Helfen Sie mir, wir wollen sie zu ihrem Wagen hinausschaffen.«
»Ich mache inzwischen hier sauber«, sagte Rosa.
In der Sakristei fand sie einen Eimer, füllte ihn am Brunnen vor der Tür, ging wieder hinein und begann, mit einem Lappen das Blut von den Steinfliesen zu wischen, während Savage und Lucio zwei Leichen hinausschafften. Als sie wieder in die Kirche kamen, um den Gefreiten zu holen, reinigte Rosa die Altarstufen, auf denen er lag.
Savage sagte: »Schaffst du es?«
»Glaubst du, ich heule um ein solches Schwein?«
Sie stieß den Toten mit der Schuhspitze an, und Savage sagte: »Okay, übertreiben mußt du's trotzdem nicht. Wir kommen gleich wieder.«
Er und Lucio legten den Gefreiten zu den beiden anderen auf den Rücksitz des Kübelwagens, dann stiegen Savage und der Franziskaner vorne ein, und Savage fuhr, während der Mönch ihm den Weg wies.
Sie folgten der Straße hügelab bis kurz vor das Dorf, dann bogen sie in den Wald ein und rumpelten über den unebenen Boden zwischen den Bäumen hindurch. Endlich tippte Lucio Savage auf die Schulter, und sie hielten an einer Böschung über einem dunklen und brackigen Teich.
»Hier, glaube ich.«
Sie stiegen aus und schoben den Kübelwagen gemeinsam an. Der Wagen setzte sich in Bewegung, beschleunigte, pflügte sich durch einen jungen Föhrenbestand und plumpste in den Teich. Einer der Toten rollte heraus, und der umkippende Wagen be-

grub ihn unter sich, die beiden anderen blieben im Inneren. Es dauerte nicht lange, und der ganze Spuk war verschwunden.
»Erledigt«, sagte Savage.
»Bitte noch einen Augenblick, Captain.«
Lucio faltete die Hände und sprach mit fester Stimme die Segensgebete für die Verstorbenen. Als er endete, hatte sich auch der aufgewirbelte Schlamm des Teiches wieder gesetzt.
Er schlug das Kreuz und sagte ernst: »Jetzt können wir gehen.«
Sie hasteten die Böschung hinauf, durch die Bäume und den Weg zurück zur Kirche. Vor der Tür wartete Rosa mit dem Esel.
Padre Lucio sagte: »Haben Sie alles gründlich saubergemacht?«
»Selbstverständlich.«
Er schwang sich auf den Esel, ordnete seine Kutte und ritt los. Savage und Rosa gingen hinterher.
»Alles in Ordnung?« fragte er.
»Klar.« Sie zog ihre alte Tabaksdose hervor, zündete eine Zigarette an, inhalierte ein paarmal und gab sie dann Savage. »Es war ganz unnötig. Ich wäre schon damit fertig geworden.«
»Nein«, erwiderte er heftig. »Nie wieder. Hast du mich verstanden?«
»Klar hab ich dich verstanden. Ich glaube, du hast mich gern, Savage.«
»Ich glaube, du hast recht.«
»Gut«, sagte sie ruhig. »Vielleicht mache ich dich heute nacht wieder ein kleines bißchen verrückt.«
Savage, der zum erstenmal im Leben hoffnungslos und aufrichtig verliebt war, zog sie in die Arme und küßte sie, dann mußten sie laufen, um Padre Lucio wieder einzuholen.

Maria kniete betend vor dem Altar der Kapelle im Kloster. Zum erstenmal seit Tagen hatte sie wieder Frieden gefunden, war wieder Teil einer ruhigen und geordneten Welt, die sie begriff. Luciano und Padre Giovanni standen in der dunklen Türnische.
»Haben Sie schon Nachricht von Don Antonio?« fragte Luciano.

»Kein Wort.«

»Wie, glauben Sie, wird er mit ihr zurechtkommen?« Luciano wies mit einer Kopfbewegung auf Maria.

Der alte Mann lächelte schwach. »Eine sehr bemerkenswerte junge Frau. Ein Hauch von Frömmigkeit könnte in Don Antonios Leben nicht schaden, aber offen gestanden, ich glaube nicht, daß die Tatsache, daß Maria Nonne ist, ihn sehr beeindruckt. Er ist ein seltsamer, hartköpfiger Mann. Einzigartig. Nur er selber.«

Die Tür der Kapelle ging auf, ein junger Klosterbruder erschien und flüsterte Padre Giovanni etwas ins Ohr. Der Prior sagte zu Luciano: »Es scheint, daß Ihre Freunde jetzt eingetroffen sind.«

Er wandte sich zum Gehen und schritt Luciano zu den terrassenförmig angelegten Klostergebäuden voran.

Luciano blickte über die Einfriedung und sah Savage und Rosa den Hof durchqueren.

»He, ihr zwei«, rief er. »Wo wart ihr denn so lange?«

14

Padre Giovanni führte sie die steinerne Wendeltreppe zur Krypta des Klosters hinab. Vor ihm her ging ein junger Mönch, der ein paar Laternen an einer Stange trug. Savage und Luciano bildeten den Schluß.

»Diese Keller haben mehr als alles andere unser Kloster in ganz Sizilien berühmt gemacht«, erklärte Padre Giovanni.

Der junge Mönch hob die Stange höher, und Savage sah, daß sie sich in einem Beinhaus befanden, denn ringsum waren Menschenknochen zu sehen. Rippen, Beckenknochen, Hände, Füße, Schenkel, Schienbeine, alle in das Gewölbe einzementiert. Überall türmten sich Totenschädel.

Den gräßlichsten Anblick boten die vollständigen Skelette, sie saßen oder lagen, einige hingen auch an Haken. Viele waren nur noch Gerippe, aber an manchen hafteten noch Haut und Haar, sogar Augen und Kleiderfetzen.

»Was, zum Teufel, soll das hier?« fragte Savage entsetzt. »Wer waren diese Leute?«

»Nur die Besten, Captain Savage, das kann ich Ihnen versichern«, erwiderte Padre Giovanni. »Seit jeher betrachteten es sizilianische Aristokraten als eine Ehre, hier zur letzten Ruhe gebettet zu werden. Etwas ganz Ähnliches können Sie in den Katakomben der Kapuzinerkirche von Sankt Zita in Palermo finden.«

Die sterblichen Reste eines Kindes, bekleidet mit den Überbleibseln eines Samtanzugs, hingen direkt neben Savage von einem Haken, und der Captain wandte sich schaudernd ab.

Luciano sagte: »Für den Sizilianer ist der Tod allgegenwärtig und immer wichtig. In einigen Dörfern pilgern die Familien am Allerseelentag zu den Gräbern ihrer verstorbenen Angehörigen

und nehmen deren Lieblingsgerichte mit. Man setzt sich um Mitternacht bei Kerzenschein rings um die Gräber. In der Kirche läßt man Geschenke für die Toten zurück.«
»Warum auch nicht?« meinte Padre Giovanni. »Es gemahnt uns daran, daß wir alle sterblich sind. Aber ich habe Sie nicht hier herunter geführt, um Ihnen in passendem Rahmen eine Predigt zu halten. Kommen Sie hier herüber, meine Herren.«
In einer Ecke der Krypta stand ein antiker Fürstensessel aus schwarzem Eichenholz, im romanischen Stil gearbeitet und in den Fels eingebaut. Darauf thronte eine modernde Gestalt, mit der Kutte der Franziskaner angetan. Die Kapuze war über den Totenschädel gezogen.
»Padre Leonardo, Prior des Klosters Ende des vergangenen Jahrhunderts.«
Giovanni drehte an einer geschnitzten Rose in der rechten oberen Ecke, drückte sie in die Füllung, und der Thron mitsamt seiner makabren Bürde schwang zur Seite und gab den Zugang zu einem dunklen Tunnel frei.
»Das stammt noch aus der Sarazenenzeit«, sagte Padre Giovanni. »Ein Fluchtweg für die Mönche, wenn die Lage aussichtslos wurde. Vielleicht auch für Sie, deshalb schien es mir angebracht, Ihnen die Krypta zu zeigen.«
»Haben die Deutschen auch Sie hier im Kloster heimgesucht, Padre?« fragte Savage.
»Gelegentlich. Oberst Koenig und seine Fallschirmjäger waren vor drei Wochen hier. Sie haben das Kloster sehr gründlich inspiziert.«
»Suchten sie jemanden?«
»Nein, ich glaube, Koenig wollte sich nur mit der Örtlichkeit vertraut machen. Ein seltsamer junger Mann. Äußerst höflich und wohlerzogen. Nicht wie diese Ukrainer von diesem Major Meyer. Die hatten wir auch hier.«
Luciano sagte: »Dieser Tunnel mündet also irgendwo außerhalb der Mauern?«
»Ungefähr vierhundert Meter bergab. Zu weit für meine alten Beine, aber Filippo wird Ihnen den Weg zeigen.« Er nahm sich

eine der Laternen, die auf der Stange hingen. »Wir sehen uns dann später.«
Er machte kehrt und ging durch die Krypta wieder zurück. Bruder Filippo trat in den Tunnel. Savage warf einen scheuen Seitenblick auf das Gespenst, das in Kutte und Kapuze auf dem hölzernen Thron saß, und zögerte, daran vorbeizugehen.
Luciano sagte munter: »Er erinnert mich an einen Richter, den ich gekannt habe, aber das ist eine andere Geschichte. Los, gehen wir.«
Er schubste Savage vorwärts, und sie folgten Bruder Filippo in den Tunnel.

Detweiler stand, bewacht von einem der ukrainischen Posten, unter der warmen Dusche und wusch sich. Vom Korridor aus spähten Meyer und Suslow durch das kleine Glasfenster in der Tür.
Meyer sagte: »Ich erhielt soeben Meldung, daß Koenig noch länger bei General Guzzoni in Palermo zu tun hat. Er wird nicht vor morgen zurück sein.«
»Eine interessante Situation«, sagte Suslow. »Voller Möglichkeiten, zumal, was unseren Freund dort drinnen angeht.«
»Stimmt genau.«
Meyer öffnete die Tür des Duschraums und trat ein, hinter ihm Suslow. Detweiler wandte sich um und bedeckte instinktiv seine Geschlechtsteile mit beiden Händen.
Meyer sagte: »Ich habe über Ihren Fall nachgedacht und bin zu dem Schluß gekommen, daß Sie gehen dürfen.«
Detweiler sagte blöde: »Gehen?«
Meyer schenkte ihm keine Beachtung und sagte zu Suslow: »Geben Sie ihm seine Kleider, sehen Sie zu, daß er etwas zu essen bekommt, und dann raus mit ihm.«
Er ging. Suslow sagte: »Du hast verdammtes Glück, Freundchen. Wenn es nach mir ginge . . . Na ja.« Er winkte den Posten heran. »Er soll sich anziehen, dann führen Sie ihn in die Kantine.«
Suslow ging hinaus, und der Posten warf Detweiler ein Handtuch zu. Detweiler trocknete sich hastig ab, dann zog er seine

Kleider an, die ordentlich auf der Bank bereitlagen. Es war unfaßbar. Seine Geschichte hatte tatsächlich Glauben gefunden. Diese Hunde wollten ihn laufenlassen.
In der Kantine verschlang er eine Riesenschüssel Spaghetti. Er bekam Schwarzbrot, reichlich Käse, echten Kaffee. Langsam fühlte er sich fast wieder wie ein menschliches Wesen.
Außer ihm und dem Posten war niemand in der Kantine. Der Posten sagte: »Satt?«
»Klar«, sagte Detweiler.
»Gut, dann komm mit.«
Sie verließen die Kantine, gingen einen Korridor entlang, und dann öffnete der Posten die Tür einer kleinen, weißgetünchten Zelle, die nur eine Pritsche nebst Matratze enthielt. Er gab Detweiler eine Zigarette und Feuer.
»Moment noch. Ich sage nur Leutnant Suslow, daß wir fertig sind.«
Er ging hinaus und verschloß hinter sich die Tür. Detweiler setzte sich auf die Pritsche und rauchte in tiefen Zügen. Jetzt kam alles auf den nächsten Schachzug an. Wie er mit Carter und den übrigen Kontakt aufnehmen könnte. Jetzt, da Suslow nicht mehr hinter ihm her war . . .
Schrille Töne schreckten ihn auf. Er blickte hoch und sah, daß über der Tür eine elektrische Glocke anschlug. Gleich darauf flog die Tür auf, und sie stürzten herein, vier Mann, und warfen sich auf ihn.
Auf dem ganzen Weg durch den Korridor wurde er geschlagen und getreten, dann an den Fußknöcheln eine Steintreppe hinuntergeschleift, und schließlich lag er in einer Ecke, die Arme schützend gegen die auf ihn eindreschenden Gummiknüppel vors Gesicht gehoben. Als sie zu prügeln aufhörten, blickte er hoch und sah Meyer und Suslow vor sich stehen.
Meyer sagte:
»Jetzt weißt du, wieviel es geschlagen hat. Hast du mir irgend etwas zu sagen?«
Trotz seines jämmerlichen Zustands war Detweiler eines völlig klar: Der geringste Hinweis auf seine wahre Identität, und Gott

allein wußte, was sie ihm antun würden. Also blieb er seiner Rolle treu.

»Bitte, Herr Major, ich bin ein armer Mann«, winselte er. »Ich weiß nichts.«

Meyer wandte sich an Suslow:

»Er gehört Ihnen.«

Als sie gingen, gab Suslow seinen Leuten ein Zeichen. Sie rissen Detweiler auf die Füße, dann mußte er sich mit dem Gesicht zur Wand stellen, die Beine spreizen und sich nur mit den Fingerspitzen abstützen. Einer der Männer zog ihm einen schwarzen Sack über den Kopf, so daß er nichts mehr sehen konnte. Schon wurde der Schmerz in seinen Fingern fast unerträglich. Er stöhnte und bewegte sich ein wenig, und ein Gummiknüppel knallte ihm über die Nieren.

Maria beugte sich über die Mauerkrone und blickte übers Gebirge zum Monte Cammarate hinüber, der fast zweitausend Meter in den Himmel ragte. Der Hang war mit Blumen übersät, die der Regen erfrischt hatte. Ein Teppich aus rotem Mohn, Windröschen und blauen Iris erstreckte sich, so weit das Auge reichte.

Padre Giovanni kam die Stufen herauf und stellte sich neben sie. »Ah, hier sind Sie ja.« Er wies mit einer Kopfbewegung hinaus ins Land. »Nun, woran denken Sie?«

»Nichts ändert sich«, sagte Maria.

Er nickte. »Dort droben gibt es Höhlen, in denen sich schon vor zweitausend Jahren geflüchtete römische Sklaven versteckten.« Er setzte sich. »Freuen Sie sich, daß Sie wieder zu Hause sind?«

»Zu Hause?« sagte sie. »Ich bin hier nicht zu Hause, Padre. Nicht mehr. Wir lernen, daß Haß eine Todsünde sei, und doch glaube ich aus tiefstem Herzen, daß ich diese Gegend hasse.«

»Und Ihren Großvater?«

»Antonio Luca«, sagte sie. »*Capomafia* von ganz Sizilien. Herr über Leben und Tod. Erlaubt die Kirche mir, einen solchen Menschen zu lieben?«

»Mein liebes Kind«, sagte Padre Giovanni, »nicht Ihr Großvater hat Ihre Mutter getötet. Das taten böse Menschen, die seinen Tod geplant hatten.«

»Aber er gab den Anstoß«, sagte sie, »durch das, was er war. Wenn Sie ihn in Schutz nehmen, dann nehmen Sie die Mafia in Schutz. Wie können Sie, ein Priester, diese Organisation in Schutz nehmen?«

»Das tue ich nicht«, erwiderte er gelassen. »Ich nehme niemanden in Schutz. Ich nehme mich nur der menschlichen Seelen an, wie es unser Herr Jesus Christus in den Evangelien befohlen hat.«

Ehe Maria antworten konnte, ging drunten im Hof das Tor auf, und Carter und Barbera ritten auf Mauleseln herein.

Barbera sagte: »Soviel wir wissen, wurde Detweiler festgenommen und in die Kaserne von Agrigento gebracht.«

»Wie haben sie ihn aufgestöbert?« fragte Savage.

»Ein Denunziant. Wir werden uns um ihn kümmern.«

Sie saßen an einem der Tische im Refektorium, wo die Mahlzeiten eingenommen wurden; Savage, Rosa und Barbera auf der einen Seite, Luciano, Carter und Maria auf der anderen, Padre Giovanni am Kopfende. Er goß Rotwein in sein Glas und reichte die Flasche an Luciano weiter.

»Selbst wenn Major Meyer nicht bereits weiß, wer Detweiler in Wahrheit ist, so befürchte ich doch, daß der Sergeant brutalsten Verhören unterworfen wird«, sagte der Prior. Er wandte sich an Savage. »Für wie widerstandsfähig würden Sie ihn halten, Captain?«

»Er ist ganz schön zäh«, erwiderte Savage. »Einmal ist er bei einem Spezialeinsatz in Frankreich dreißig Kilometer mit einer Kugel im Rücken bis zu unserem Treff marschiert.«

Barbera sagte: »Bei den meisten Menschen kommt einmal der Moment, in dem sie zusammenbrechen. Sobald Detweiler den Mund aufmacht, läuft die Suche nach uns an.«

»Das bedeutet, daß wir Luca so bald wie möglich sprechen müssen«, sagte Carter.

Bruder Filippo trat ein. In der Hand hielt er eine Taube. Er strei-

chelte den Vogel beruhigend, während Padre Giovanni die winzige, am linken Bein befestigte Kapsel abnahm. Er brach sie mit dem Fingernagel auf, nahm das Papier heraus, das darinsteckte, und entrollte es. Er warf einen Blick darauf und lächelte.
»Morgen früh, meine Freunde«, verkündete er. »Er will Sie morgen früh empfangen.«

Anstelle von Mori und Russo waren zwei andere Männer in den Bezirksausschuß gewählt worden. Sie warteten im Wohnzimmer hinter dem Aufbahrungsraum, als Barbera mit Harry Carter und Luciano hereinkam. Barbera besorgte die Vorstellung.
»Harry, das ist Hochwürden Collura, er vertritt, wie Sie wissen, die Christdemokraten. Mario Verga, unser Gastwirt, spricht für die Separatistenbewegung.«
»Hochwürden.« Carter schüttelte ihm und Verga die Hand. »Signor Verga, ich freue mich, Sie wiederzusehen.« Er trat zu den beiden Neuen. »Und diese Herren?«
»Zizzo und Valachi«, sagte Barbera, »von der Kommunistischen Partei. Hier hat ein Wechsel stattgefunden.«
Zizzo, ein kleiner dunkler Mann mit Jägergamaschen und Kordanzug, sagte ärgerlich: »Laß die Schönrederei, Barbera. Pietro Mori wurde in seinem eigenen Haus ermordet, und Ettore Russo, unser Obmann, ist wie vom Erdboden verschwunden. Ein direkter Angriff auf die ganze kommunistische Bewegung, und wir kennen den Schuldigen.«
»Ihr geht mir auf die Nerven«, sagte Carter. »Einer wie der andere. Es ist jetzt fast zwei Jahre her, seit ich zum erstenmal nach Sizilien kam, und keiner hat sich geändert, kleine Jungen, die einander auf dem Nachhauseweg von der Schule mit Steinen bewerfen und selber nicht wissen, warum. Mir ist es völlig egal, wer nach dem Krieg auf Sizilien regiert. Das könnt ihr untereinander ausmachen. Im Augenblick geht es nicht darum, ob ihr Mussolini und die Faschistische Partei loswerden wollt. Es geht darum, ob ihr die Deutschen loswerden wollt.«
Hochwürden Collura sagte milde: »Ich stimme Colonel Carter

zu. Zuerst müssen wir unsere Feinde loswerden. Danach, wenn Sizilien wieder frei ist, wollen wir unter uns, auf demokratische Weise, über unsere Zukunft entscheiden.«

Die beiden Kommunisten gerieten in Harnisch. »Schöne Worte, die nichts bedeuten«, sagte Valachi. »Warum sollen wir überhaupt auf Carter hören? Ist er einer der Unseren? Nein - ein Fremder, den nur das interessiert, was seinem eigenen Volk nützt. Die Engländer und Amerikaner geben keinen Pfifferling für Sizilien und seine Bevölkerung. Wir sind bloß Bauern auf dem Schachbrett der Kapitalisten und Imperialisten.«

Carter war müde. Die Schmerzen in der Lunge meldeten sich wieder. Es tat weh, wenn er atmete. Er war müde und der ganzen Sache überdrüssig. Überdrüssig der Intrigen, der Fehden, der persönlichen Rachgier. Er war drauf und dran, sich angewidert zu entfernen, als plötzlich Luciano neben ihm stand.

»Warum ihr auf ihn hören sollt? Ich will euch sagen, warum, ihr blöden Kerle.« Er riß mit einer blitzschnellen Bewegung Carters Hemd auf, so daß die bleichen, wulstigen Narben der Brustschüsse sichtbar wurden. »Der Professor hat sein Leben aufs Spiel gesetzt. Vor zwei Monaten ist er mit einem Lungenschuß in einem Sarg von hier fortgeschafft worden. Um wieviel wird das sein Leben verkürzen? Was glaubt ihr, warum er zurückgekommen ist - weil die Luft hier so gesund ist?«

Carter sagte:

»Das ist alles in den Wind gesprochen, mein Freund, schade um jedes Wort.«

Er ging hinaus. Im Raum herrschte bedrücktes Schweigen. Dann sagte Zizzo:

»Was, zum Teufel, geht das überhaupt Sie an?« Er wandte sich an Barbera: »Wer ist denn dieses Großmaul?«

Luciano zündete sich in aller Ruhe eine Zigarette an. Erst nach einer Weile sagte er: »Eine interessante Frage. Für den Priester, der mich getauft hat, bin ich Salvatore Lucania, aber die meisten Leute nennen mich einfach Luciano.« Sein Lächeln war drohend. »Lucky Luciano. Soll ich euch erzählen, warum?«

Zizzo und Valachi wichen entsetzt zurück, und Hochwürden

Collura legte sich schleunigst ins Mittel. »Bitte, Don Salvatore, es war nicht böse gemeint, niemand wollte Sie beleidigen, ganz bestimmt nicht.«

Im Hintergrund des Zimmers hing eine hölzerne handgemalte Ikone Unserer Lieben Frau und des Jesuskinds. Luciano hielt plötzlich die elfenbeinerne Madonna in der Hand, ein Klicken, eine knappe Bewegung des Unterarms, und die Spitze des Stiletts bohrte sich in das Bild.

»Sehen Sie, Hochwürden: das Messer im Herzen der Heiligen Jungfrau, etwas, das jeder Sizilianer versteht.«

Die Anwesenden schwiegen wie vom Donner gerührt, Luciano beherrschte jetzt die Szene. »Karten auf den Tisch. Kommt mit, alle zusammen.«

Er nickte Barbera zu, der ihnen durch den Aufbahrungsraum in den Präparierungsraum voranging. Unter weißen Laken lagen dort zwei Tote Seite an Seite. Barbera schlug das erste Laken zurück, und das magere, gutgeschnittene Gesicht Pietro Moris kam zum Vorschein. Es war sorgfältig hergerichtet, die Lippen mit einer Spur Rouge bedeckt. Sogar die Brille fehlte nicht.

»Und hier . . .« Barbera deckte den zweiten Toten auf - Ettore Russo.

»Wir sind unter größten persönlichen Gefahren hierhergekommen, um der *cosa nostra* zu helfen«, sagte Luciano, »aber diese beiden wollten die Gelegenheit nutzen, um aus privaten Gründen mit der Mafia abzurechnen. Russo war das Werkzeug. Er und der irregeleitete Junge, der bei ihm war, fanden dabei den Tod. Aber der Anstifter der Tat war Mori. Er machte den schlimmsten Fehler seines Lebens, als er nicht nur mich angriff, sondern seinen Anschlag auch gegen meine Begleiterin richtete, die Enkelin Antonio Lucas, die sich mit mir zusammen in der Villa Bellona aufhielt.«

»Heilige Mutter Gottes«, flüsterte Zizzo.

»Bitte, Don Salvatore.« Valachi hatte jetzt die Mütze abgenommen. »Was da geschehen ist, war *infamita* und niemals so geplant. Das müssen Sie mir glauben.«

Er wandte sich an Barbera. »Vito, du kannst doch sicherlich dem

guten Don Antonio erklären, daß nicht wir das ausgeheckt haben.«
»Natürlich«, sagte Barbera. »Allerdings sprechen für Don Antonios Ohren Taten lauter als alle Worte. Die Tatsache, daß der Bezirksausschuß in Zukunft mit einer einzigen Stimme spricht, daß wir bei der bevorstehenden Invasion gegen den gemeinsamen Feind zusammenarbeiten, würde er sicherlich als Beweis für eure redlichen Absichten gelten lassen.«
Zizzo sagte eifrig: »Auf uns von der Kommunistischen Partei könnt ihr euch verlassen.«
»Politik ist Politik«, sagte Valachi. »Aber wir alle sind in erster Linie Sizilianer.«
Luciano trat ans Fenster und zündet sich eine frische Zigarette an. Barbera sagte: »Also, die Invasion wird stattfinden, und zwar schon sehr bald. Ihr müßt euch mit euren Leuten und sämtlichen Waffen, die ihr auftreiben könnt, bereithalten, und wenn es soweit ist, dann befolgt ihr die Befehle von Colonel Carter. Habt ihr mich verstanden?«
»Ja«, sagte Zizzo.
Hochwürden Collura sagte: »Daß wir von der Christlich-Demokratischen Partei uns anschließen, muß ich wohl nicht eigens betonen.«
Luciano wandte sich vom Fenster ab. »Ist jetzt alles in Ordnung?«
Barbera nickte: »Scheint so.«
»Gut. Hauptsache, wir verstehen einander.«
Hochaufgerichtet blieb er stehen, die linke Hand in die Hüfte gestemmt, den Kopf zurückgeworfen. Zizzo und Valachi schoben sich hintereinander heran und küßten ihm im Vorbeigehen die rechte Hand.

Savage konnte nicht schlafen. In dem Bett, das er mit Rosa teilte, war wenig Platz. Das alte Hemd, das sie anstelle eines Nachtgewands trug, hatte sich verschoben, so daß ihre Brüste sich warm an ihn drängten; ihr Arm lag über seinem Magen. Im Schlaf sah sie jung und schutzbedürftig aus.

Es schien die natürlichste Sache der Welt zu sein, daß er hier lag und Rosa im Arm hielt. Er fühlte sich geborgen, warm und zufrieden. Mit einigen Verrenkungen gelang es ihm, die Lampe höher zu schrauben, er zündete sich eine Zigarette an und griff nach einem zerlesenen Büchlein auf dem Nachtkästchen. Es war eine Gedicht-Anthologie, die sein Großvater ihm zum dreizehnten Geburtstag geschenkt hatte. Er hatte sie schon tausendmal gelesen, und der Inhalt langweilte ihn nie.
Rosa regte sich und schlug die Augen auf. Schläfrig sagte sie: »Was machst du denn?«
»Ich lese.«
»Was liest du?«
»Gedichte.«
Sie berührte sein Ohr mit der Zunge, und ihre Hand glitt vom Magen abwärts und hielt ihn fest. »Sind sie besser als ich, diese Gedichte?«
»Das kann man nicht vergleichen.«
»So?« schmollte sie. »Soweit ist es her mit deiner Liebe!«
»Nein«, erwiderte er. »Manchmal kann nur ein Gedicht das ausdrücken, viel besser als ich.«
»Sag mir eines auf.«
Leise und langsam rezitierte er auf englisch ein Liebesgedicht und drückte sie fest an sich, dachte an Boston und an seine Mutter und den ganzen Savage-Clan. Plötzlich fühlte er sich unerklärlich heiter. Wenn es ihnen nicht paßt, dachte er, nun, dann geht es auch anders. Rosa war wieder eingeschlafen, und er hielt sie in seinen Armen und lauschte auf den Regen vor dem geöffneten Fenster.
In dem Verschlag hinter der Sargkammer saß Barbera am Funkgerät, während Carter und Luciano warteten und Kaffee tranken. Endlich nahm Barbera die Kopfhörer ab und drehte sich um. Sein Gesicht glühte vor Erregung.
»Sie kommen«, sagte er. »Übermorgen.«
Carter sprang auf und marschierte nervös auf und ab. »Dann bleibt uns nicht mehr viel Zeit.«
»Aber Harry«, sagte Luciano. »Morgen suchen wir Luca auf.

Mehr als eine Unterredung ist nicht nötig. Danach alarmiert er ganz Westsizilien, und wie lange wird das dauern? Nur ein paar Stunden.«

Barbera hatte eine Flasche und drei Gläser aus dem Schrank geholt. Er goß schnell ein.

»Ich glaube, jetzt ist ein Schluck fällig.« Er ging ans Radio und drehte an der Skala. »Mal sehen, was der britische Militärsender in Kairo zu bieten hat.«

Die Musik klang fern und undeutlich, und die Stimme des Sängers war faszinierend, wie vom Zauber der Nacht erfüllt.

»Das gefällt mir«, sagte Luciano. »Wer ist das?«

»Al Bowlly«, sagte Carter. »Eine meiner Schwächen. Habe ich Ihnen je erzählt, daß ich ein ganz leidlicher Jazzpianist bin? Bowlly war ein englischer Jazzsänger südafrikanischer Herkunft. Jahrelang die Nummer eins in der Hit-Parade. Er kam 1941 in London bei einem Fliegerangriff um. Das hier ist ›Moonlight on the Highway‹, wohl das Beste, was er je gemacht hat. Aufgenommen mit dem Lew-Stone-Orchester im März 1938.«

Die fesselnde Melodie erfüllte den Raum. Luciano sagte: »Daß er ausgerechnet auf diese Weise sterben mußte.«

»Sein freier Wille. Er ging einmal durch die Brewer Street, als eine Bombe fiel und die Druckwelle nach der anderen Seite verlief. Seitdem glaubte er an sein Glück, und wenn die Sirenen heulten und alle Leute die Schutzräume aufsuchten, blieb er im Bett.«

»Und bezahlte dafür mit seinem Leben?« sagte Barbera.

»Stimmt.« Carter lächelte. »Aber diese Unterhaltung wird allmählich morbid. Einen Toast, meine Herren. Worauf wollen wir trinken?«

»Auf uns drei natürlich«, schlug Luciano vor. »Und auf Lucianos Glück. Möge es ihm lange treu bleiben.«

15

Am nächsten Morgen, kurz nach neun Uhr, fuhren sie in Barberas altem Lieferwagen los; Luciano, Carter und Savage hinten im Laderaum, Maria vorn neben Barbera.
Es regnete nicht mehr, und man sah schon jetzt, daß der Tag heiß werden würde. Der Lieferwagen kletterte die staubige Straße in die Berge hinauf, fuhr durch eine mittelalterliche Landschaft, passierte ein elendes Dorf nach dem anderen; viele Häuser hatten überhaupt keine Fenster, hinter den Türen lagen dunkle Höhlen, in denen zumeist Vieh und Menschen gemeinsam hausten.
Luciano sagte: »Ein gottverdammtes Land. So war's schon 1907, als meine Leute nach Amerika auswanderten, um von hier wegzukommen, und noch heute, sechsunddreißig Jahre später, hat sich nichts geändert.«
»War die New Yorker East Side denn besser?« fragte Carter.
Sie überholten eine lange Reihe hagerer Frauen, die alle schwarz gekleidet waren, als betrauerten sie ihr trübseliges Dasein. Auf den Köpfen trugen sie Körbe, und die Schultern waren gebeugt, als sie sich die steile Straße hinaufmühten.
»Professor«, sagte Luciano mit absoluter Überzeugung, »überall wäre es besser als hier, sogar im Arsch der Hölle.«
Nach eineinhalbstündiger Fahrt erreichten sie ein kleines, halbverfallenes Dorf, und Barbera hielt vor der Weinschenke an. Er kletterte vom Wagen, und aus der Schenke kam ein kleiner dikker Mann und wischte sich die Hände an einer schmutzigen weißen Schürze.
»He, Rafaele!« rief Vito Barbera ihn an. »Wie steht's?«
»Gut, Vito - alles für euch vorbereitet. Laß den Wagen hier. Ich kümmere mich darum.«

»Prima!« rief Barbera. »Alles aussteigen!«
Er ging zusammen mit Rafaele hinter die Weinschenke. Dort warteten in einem kleinen Pferch sechs Maulesel, gesattelt und aufgezäumt, und am Zaun lehnte ein dunkelhaariger Junge, der eine Flinte auf dem Rücken trug.
»Das ist Nino. Er bringt euch hinauf. Nur ein Ritt von ein paar Stunden ins Gebirge. Kleinigkeit.«
Luciano sagte zu Carter: »Sie denken aber auch an alles, wie, Professor?«
»Immer noch besser, als zu Fuß zu gehen«, erwiderte Carter.
Luciano half Maria in den breiten hölzernen Sattel des vordersten Maulesels. Sie wollte im Damensitz reiten, und Luciano zog höchst umständlich den Steigbügel zurecht.
»Sind Sie aufgeregt?« sagte er. »Wegen der Begegnung mit Ihrem Großvater?«
»Sollte ich das sein?«
Er hatte die Frage aus echter Besorgnis gestellt, und die Kälte ihrer Antwort ärgerte ihn.
»Was ist mit Ihnen los?« sagte er. »Wo ist die christliche Nächstenliebe geblieben, das Mitgefühl? Haben Sie das alles zugleich mit der Ordenstracht abgestreift?«
Nino, der junge Eselstreiber, hatte ihr eine Reitgerte gegeben, und in einer jähen Aufwallung fuhr ihr Arm hoch, als wolle sie Luciano einen Peitschenhieb ins Gesicht versetzen.
»Jetzt bekennen Sie Farbe«, sagte er. »Jetzt weiß ich, daß Lucas Blut in Ihren Adern fließt.«
»Gehen Sie zum Teufel!« sagte sie leise.
»Harte Worte«, sagte er. »Drei Ave Maria und zwei Vaterunser.«
Sie zog dem Maulesel die Gerte übers Hinterteil, und er zockelte los.

Detweiler war fast von Sinnen. Die Qual in Fingern und Armen war jetzt nicht mehr so unerträglich, denn er hatte eine Schmerzschwelle überschritten, doch die Ukrainer lösten einander ab, um in kurzen Abständen den Eimer, den sie ihm über den Kopf gestülpt hatten, mit Gummiknüppeln zu bearbeiten. Es war eine Technik, die Suslow von seiner Dienstzeit im Konzentrationslager Auschwitz mitgebracht hatte. Das sich ständig wiederholende Dröhnen wirkte so verheerend auf Gehirn und Trommelfelle, daß es zumeist innerhalb von Stunden zum Wahnsinn führte.

Detweiler konnte das Wasser nicht mehr halten, und seine Hose war völlig durchnäßt. Suslow, der beobachtend neben ihm stand, sagte ruhig zu seinen Leuten: »Abspritzen, und dann in eine Zelle mit ihm. Sobald ich gegessen habe, nehme ich ihn mir vor.«

Sie nahmen Detweiler in die Mitte und führten ihn ab. Seine Füße schleiften auf dem Boden. Suslow ging hinterher.

Maria lenkte ihren Maulesel hinter Nino durch einen Bach. Als sie die jenseitige Böschung hinaufritt, holte Luciano sie ein. Jetzt ging es durch einen Wald aus Korkeichen und Stecheichen, und auf dem Kamm über ihnen standen vereinzelte Nadelbäume.

Luciano sagte: »Ich habe beschlossen, Ihnen zu verzeihen.«

Sie lächelte unwillkürlich. »Sie sind ein unverschämter Teufel, Signor Luciano.«

»Oh, der Teufel ist gar nicht so ohne«, erwiderte er. »Schließlich ist er ein gefallener Engel.«

»Ein strittiger Punkt.«

»Stimmt, aber wenn man der Bibel glauben darf, so ist er immerhin eine Kraft, mit der man rechnen muß. Ist Ihnen je der Gedanke gekommen, daß die Menschen sich vielleicht Gott zuwenden, wenn der Teufel keine Verwendung mehr für sie hat?«

»Nein«, sagte sie gequält. »Damit kann ich mich nicht abfinden. Ich könnte mich niemals mit einem solchen Gedanken abfinden.«

Sie hatten die Nadelbäume erreicht, und auf dem Gebirgskamm zügelte Nino sein Reittier. Drunten, auf der anderen Seite, sah man zwischen Olivenbäumen ein altes, unregelmäßg angelegtes

Gehöft. An einem Tisch auf der Terrasse des Hauses saß ein Mann, und als Nino pfiff, erhob er sich und blickte nach oben. Er war ein großer, breitschultriger Mann mit grauem Haar.
»Don Antonio«, sagte der Junge schlicht.
Luciano wartete, aber Maria sagte nichts, sie saß nur schweigend und mit sehr ruhiger Miene eine Weile da, dann trieb sie ihren Maulesel bergab.
Luciano wandte sich zu Carter und Savage um, die hinter ihm herangekommen waren.
»Professor«, sagte er. »Wissen Sie, wie Luciano so viele Jahre überleben konnte?«
»Nein, aber Sie werden's mir bestimmt gleich sagen«, erwiderte Carter.
»Ganz einfach.« Luciano schlug sich auf den Bauch. »Ich kriege ein ganz bestimmtes Gefühl in der Magengegend, und es täuscht sich nie.«
»Und was sagt es Ihnen jetzt?«
»Daß diese Geschichte hier nur eine kolossale Zeitverschwendung ist. Ich wette mit Ihnen fünf zu zehn, daß der alte Uhu dort unten nicht mitspielen wird.«

Im Stabsquartier in Palermo hielt General Guzzoni gerade eine Besprechung mit seinen Offizieren ab, als Koenig an die Tür klopfte und eintrat.
Der General sagte: »Ah, da sind Sie ja. Der Wetterbericht könnte nicht schlimmer sein, aber unsere Aufklärer haben eine ganze Armada alliierter Schiffe südlich von Pantelleria gesichtet.«
»Das Ablenkungsmanöver, das der Geheimdienst erwartet?« sagte Koenig.
»Es scheint so. Die Masse der Seestreitkräfte dürfte sich in Richtung Sardinien bewegen.« Er nickte den italienischen Stabsoffizieren zu. »Das wäre zunächst alles für heute, meine Herren. Falls ich Sie brauche, lasse ich Sie rufen.«
Er wartete, bis der letzte hinausgegangen war, ehe er Koenig eine Zigarette anbot und dann zwei Gläser mit Cognac füllte.
»Plötzlich ist die alliierte Luftstreitmacht wieder massiv in Ak-

tion. Messina zweimal innerhalb von vierundzwanzig Stunden bombardiert. Die Hafenanlagen und Flugplätze erneut unter Beschuß. Das gefällt mir nicht und General Kesselring ebensowenig. Ich habe ihn soeben in Rom angerufen.«
»Herr General?« Koenig war auf der Hut.
»Der Feldmarschall hat nie wirklich daran geglaubt, daß Sizilien nur eine Finte sein sollte und Sardinien das wahre Ziel. Und außerdem, bei diesem Wetter!«
»Ich muß zugeben, das habe ich mich auch gefragt. Ausgerechnet jetzt.«
»Die Vorhersage für morgen ist vernichtend, und für übermorgen auch. Gewitter, Sturmböen, Regen. Bei einem solchen Wetter könnten sie allenfalls kommen, weil sie hoffen, daß kein Mensch sie erwartet.«
»Und warum sollten sie alle diese Unbilden auf sich nehmen, wenn der Angriff auf die sizilianische Küste nur eine Finte ist? Sind das Ihre Überlegungen, Herr General?«
»Genau.«
Koenig nippte nachdenklich an seinem Cognac. »Und wenn es keine Finte sein sollte . . . Wenn es doch das eigentliche Unternehmen ist, dann wäre verständlich, warum sie trotz dieser Wetterprognose kommen.«
Guzzoni setzte sein Glas ab. »Wollen Sie noch heute nachmittag nach Agrigento zurück?«
»Ja, Herr General.«
»Ich glaube, ich komme mit. Mir die Lage an der Küste mit eigenen Augen ansehen.«

Luca saß am Tisch auf der Terrasse, die Hände auf den Stock gestützt, eine stolze Erscheinung, ein wahrer Don, und erwartete die Ankömmlinge, die bereits von ihren Mauleseln abgestiegen waren und jetzt die Stufen zur Terrasse heraufkamen. Aber er hatte nur Augen für Maria. Caterina, die hinter ihm stand und deren beide Hände leicht auf seinen Schultern ruhten, konnte spüren, daß er ein wenig zitterte.
Barbera küßte Luca die Hand. »Don Antonio, das ist Colonel

Carter, von dem ich Ihnen schon erzählt habe, und Captain Savage, ein amerikanischer Offizier. Don Salvatore kennen Sie.«
Luca beachtete ihn nicht, beachtete keinen von ihnen. »Laßt uns allein«, sagte er heiser. »Alle. Caterina, sorge dafür, daß sie zu essen kriegen.«
Caterinas Hände schlossen sich einen Augenblick fest um seine Schulter, dann lächelte sie den Männern zu. »Bitte, *signori*, kommen Sie mit.«
Carter zögerte, aber Barbera zog ihn am Ärmel, und alle folgten Caterina ins Haus.
Maria blieb mit gefalteten Händen stehen.
Sie war todmüde, ihr Kleid war staubbedeckt, und sie nahm das Kopftuch ab und fuhr sich mit den Fingern durch das kurzgeschorene Haar.
»Es stimmt also«, sagte Luca. »Du bist wirklich Nonne.«
»Schon seit vier Jahren.«
»Streifst durchs Gebirge wie eine verirrte Seele, hilfst Kindern auf die Welt, die normalerweise hätten sterben müssen. Für Solazzo und seine Freunde bist du bereits eine Heilige.«
»Gibt es irgend etwas, das du nicht erfährst?«
»Nichts, was in diesen Bergen vorgeht«, sagte er fest.
Auf dem Tisch stand ein Krug mit Zitronenlimonade, und Maria goß sich ein Glas ein und setzte sich. »Nichts ändert sich. Antonio Luca ist noch immer Herr über Leben und Tod in ganz Sizilien.«
»Ich gehöre der Organisation an«, sagte er. »Ich schäme mich dessen nicht. Die Mafia hat mich zu dem gemacht, was ich bin. Was sie ist, das bin auch ich.«
»Und sie hat meine Mutter getötet.«
»Der Anschlag war auf mich gemünzt. Die Schuldigen haben bezahlt.«
»Macht das die Toten wieder lebendig?«
Lucas Miene hatte sich verfinstert, er faßte den Stock fester. »Für eine Dienerin Gottes fehlt es dir auffallend an Nachsicht. Ich weiß, was ich bin, aber was bist du, Maria? Die Nonne in weißen Gewändern, die sich mit den Kranken im Spital abmüht

oder bei Kerzenschein auf den Knien liegt und zur Heiligen Jungfrau betet, um Antonio Lucas Seele zu retten?«
Ihr Gesicht war blaß, die Hände umklammerten die Lehnen des Sessels so krampfhaft, daß die Knöchel weiß schimmerten.
Er sagte leise: »Oder könnte dein Gebet vielleicht an den Teufel gerichtet sein, damit er mich stracks zu sich in die Hölle holt?«
Sie sprang so heftig auf, daß der Limonadenkrug umfiel, drehte sich um und lief die Stufen hinunter in den Garten. Caterina kam durch die offene Fenstertür und trat zu Luca.
»Befriedigt dich das, was du da tust? Bist du jetzt glücklich?«
»Nein«, sagte Luca. »Aber das habe ich auch nie erwartet.«
Er ging die Stufen hinunter und einen Pfad entlang, der ihn schließlich zu einem Olivenhain über dem Tal führte, wo Maria auf einer niedrigen Steinmauer saß.
Er setzte sich neben sie und zog eine Zigarre aus der Tasche. »Erinnerst du dich noch an das Sommerhaus in Trevese? Glückliche Zeiten haben wir dort verlebt. Wie alt warst du, als ich dir dein erstes Pony kaufte? Neun?«
»Ich habe mir den linken Arm an zwei Stellen gebrochen, als ich über die Umfassungsmauer springen wollte«, sagte sie.
»Und das Pony mußten wir erschießen.« Er seufzte. »Alles Leben geht auf den Tod zu. Menschenlos.« Eine Weile schwiegen beide, dann sagte er: »Bist du glücklich? Ich meine, in deinem Kloster?«
»Vollständig. Ich bin ausgebildete Pflegerin. Die meiste Zeit verbringe ich im Krankenhaus.«
»Ein seltsames Leben«, sagte er. »Zum Beispiel die Ehelosigkeit. Das habe ich nie begriffen.«
Sie lachte unwillkürlich. »Das Gelübde der Keuschheit ist ein Vertrag mit Gott, den man freiwillig eingeht. Wenn ich auch jeder sexuellen Beziehung abgeschworen habe, so bedeutet das nicht, daß ich keine Wünsche hätte. Wir sind auch nur Menschen aus Fleisch und Blut wie alle anderen.«
»Stimmt, zumal du meine Enkelin bist«, sagte er. »Hiermit endet also unser Stamm. Kein Luca mehr, wenn ich einmal tot und begraben bin.«

»Vermutlich.«
Und dann begriff er oder glaubte zu begreifen. »War *das* der Grund, Mädchen? Hast du *das* im Sinn gehabt? Das schuldbeladene Blut für immer zum Versiegen zu bringen?«
»Vielleicht. Ich weiß es nicht.« Sie war verwirrt und kämpfte dagegen an. »Diese Frau?«
»Caterina? Was ist mit ihr?«
»Bist du mit ihr verheiratet?«
»Nein.«
Wieder schwieg sie befangen. Luca sagte: »Heraus mit der Wahrheit! Du solltest mir doch etwas Bestimmtes sagen. Du hast nicht aus Liebe zu deinem Großvater eine so weite Reise gemacht.«
Sie faltete die Hände im Schoß. »Es ist schnell gesagt. Die Invasion wird jetzt bald stattfinden, und die Amerikaner brauchen deine Hilfe. Ein Wort von dir, und in ganz Sizilien -«
»Nein«, sagte er. »Ich werde es nicht tun.«
»Weil du die Amerikaner haßt?«
»Ich werde es nicht tun, weil *du* mich darum gebeten hast.« Er stand auf. »Sogar Christus mußte sein Kreuz nur eine bestimmte Strecke weit tragen«, und er wandte sich ab und ging unter den Olivenbäumen zum Haus zurück.

Meyer arbeitete in seinem Büro am Schreibtisch, als es klopfte und Suslow eintrat.
»Was gibt's denn?« fragte Meyer ungehalten. »Ich habe zu tun.«
»Neue Entwicklungen im Zusammenhang mit unserem Gefangenen«, sagte Suslow. »Ich dachte, es könnte Sie interessieren.«
Meyer lehnte sich zurück. »Berichten Sie.«
»Also, der alte Lump, der ihn an uns verraten hat, wurde heute morgen auf einem Misthaufen vor seinem Dorf aufgefunden.«
»Tot?«
»Und die Zunge war herausgeschnitten.«
»Die traditionelle Strafe der Mafia für einen Denunzianten«, sagte Meyer.
»Und eine unserer Streifen fand, keinen Kilometer von dem

Haus entfernt, wo wir gestern unseren Freund geschnappt haben, in einem Baum einen Fallschirm, der sich verfangen hat.«
»Einen Versorgungsfallschirm?«
Suslow schüttelte den Kopf. »Nein, ganz eindeutig nicht. Britisches Modell. Wie es ihre Fallschirmjäger benutzen.«
Meyers Augen funkelten. »Es könnte wichtig sein, Suslow. Er muß zum Reden gebracht werden. Er muß.«
»Was würde der Herr Major vorschlagen?«
»Einmal dürfen Sie es noch auf Ihre Art versuchen. Wenn das nichts nützt, dann wenden wir Scopolamin an.«
»Zu Befehl.« Suslow ging zur Tür und machte dort nochmals kehrt. »Noch etwas, Herr Major. Eine unserer Streifen ist längst überfällig.«
»Im gleichen Gebiet?«
»Ja.«
Meyer nickte. »Dann machen Sie sich an die Arbeit. Mir scheint, es gibt eine ganze Menge Fragen zu beantworten, und vielleicht ist unser Freund doch der richtige Mann dazu.«

Luca saß am Tisch auf der Terrasse und trank Zibibbo, einen nach Anis schmeckenden Wein von der Insel Pantelleria, den er besonders gern mochte. Carter saß ihm gegenüber, und Luciano und Savage beobachteten die beiden vom anderen Ende der Terrasse aus.
Carter sagte: »Die Invasion erfolgt morgen oder übermorgen, je nach Wetterlage. Ich mache kein Geheimnis daraus. Ich vertraue Ihnen als einem Ehrenmann.«
»Colonel, ich achte Sie als Soldat und Gelehrten, aber Sie sind ein miserabler Verkäufer.«
»Don Antonio, wenn Sie die Parole ausgeben, wird die ganze Gegend um Cammarata aufstehen wie ein Mann. Wir dürfen annehmen, daß sich der Großteil der italienischen Truppen ergeben wird, ohne einen Schuß abzufeuern. Es sind tapfere Männer, aber sie haben jetzt genug von Mussolini.«
»Mir geht es nicht um Italien, nur um Sizilien«, sagte Luca.
»Dann helfen Sie uns, die Deutschen fortzujagen.«

»Colonel - Professor - was immer Sie sein mögen. Die Nazis haben den Krieg verloren. Sie haben ihn schon 1940 verloren, als Hitler zauderte und die Briten bei Dünkirchen laufenließ. Wir brauchen weiter nichts zu tun, als Geduld zu haben und zu warten.«

»Und zuzusehen, wie Tausende junger Amerikaner bei den Kämpfen um Sizilien sterben müssen.«

»Das ist nicht meine Sache.«

»Warum nicht? Weil Ihr Bruder auf den elektrischen Stuhl geschickt wurde? Müssen dafür alle Amerikaner büßen?«

Luciano sagte zu Savage: »Das bringt nichts. Carter verschwendet seine Zeit. Ich mache jetzt einen Spaziergang.«

Er ging durch den Garten und sah Maria unter den Olivenbäumen auf sich zukommen.

»Was geht droben vor?« fragte sie.

»Carter rennt mit dem Kopf gegen eine Steinmauer namens Antonio Luca.«

»Er will nicht helfen?«

»Er will keinen Finger rühren. Offenbar haben auch Sie nichts erreicht?«

»War denn etwas anderes zu erwarten?« In ihrer Stimme schwang Bitterkeit. »Ich bin aus einem einzigen Grund hierhergekommen, und dieser Grund war gewiß nicht Liebe. Eine Dummheit, wenn man's genau bedenkt. Ich wollte ihn jahrelang nicht sehen, machte kein Hehl aus meinen Gefühlen. Und jetzt tauche ich unter solchen Umständen plötzlich auf, und er sollte beflissen antanzen, wie wenn man einem Hund pfeift.«

Mit gesenktem Kopf ging sie weiter auf das Haus zu, und Luciano schlug den Weg hinunter ins Tal ein.

Kurz nach Mitternacht schleppten sie Detweiler hinaus in den Hof hinter der Polizeikaserne. In der Mitte standen zwei Pfosten. An den einen war ein magerer, hohlwangiger Mann in zerlumpten Kleidern gebunden. Man hatte ihn offenbar brutal geprügelt, wie Detweiler sehen konnte, als er an den zweiten Pfosten geschnallt wurde.

Suslow sagte: »Also, jetzt ist es soweit. Keine letzte Zigarette. Die sind Mangelware.«
Detweiler sah noch das Erschießungskommando auf der anderen Seite des Hofes, dann stülpte ihm der Ukrainer einen schwarzen Sack über den Kopf. Sein Gehirn versagte den Dienst, und sein Mund war so trocken, daß er nicht schreien konnte. Eine Pause trat ein, die ewig zu dauern schien, dann ein gebellter Befehl, eine jähe Gewehrsalve.
Detweiler hatte sich nicht einmal an seinem Todespfahl aufgebäumt, er hing nur apathisch in den Riemen und hörte, daß Schritte auf ihn zukamen.
Der Sack wurde ihm vom Kopf gerissen, und Suslow sagte: »Immer noch in unserer Mitte, wie ich sehe.«
Detweiler drehte den Kopf und sah, daß der Mann neben ihm blutüberströmt am Pfahl hing, der Kopf war kraftlos zur Seite gesunken. »Immer auf Nummer Sicher gehen«, sagte Suslow. Er zog die Walther und gab aus nächster Nähe einen Schuß auf den Mann ab. Knochensplitter und Blut spritzten umher, der Körper sackte zusammen, und Detweiler stieß einen lauten Schrei aus.
Suslow machte den Wachen ein Zeichen. »Bringt ihn rauf.«
Detweiler war nur halb bei Bewußtsein, als sie ihn in die Mitte nahmen und treppauf führten. Sie ließen ihn in einen Sessel fallen, und als er die Augen öffnete, sah er, daß er in Meyers Büro war.
Der Major trat hinter dem Schreibtisch hervor. »Noch immer nichts zu sagen? Nun, das wird bald anders werden.« Er hielt eine Injektionsspritze hoch. »Scopolamin, auch bekannt als Wahrheitsserum.«
Detweiler versuchte, sich zu wehren, aber Suslow und die Wachposten hielten ihn eisern fest, während Meyer zu ihm trat und seinen Ärmel hochrollte.

Es war sehr heiß, sehr still auf dem Olivenhang, in der Ferne grollte Donner, als Luciano ein Päckchen Spielkarten aus der Tasche zog, das er im Haus gefunden hatte. Er nahm sechs Karten

heraus und legte sie in einer großen Felsspalte aus. Dann ging er weg.
Früher einmal konnte er die Waffe ziehen, sich umdrehen und die sechs Spielkarten auf diese Entfernung treffen, alles in einer einzigen Sekunde, aber das war lange her. Seine Hand griff unter das Jackett, fand den Kolben der Smith and Wesson. Er zog, drehte sich um, kauerte nieder und feuerte mit ausgestrecktem Arm sehr schnell hintereinander.
Dann ging er zur Felsspalte, um sich die Karten anzusehen, und lud ihm Gehen seine Waffe nach. Drei von sechs. Nicht übel, nach allem.
Luca sagte: »Die sichere Hand hat also ihre Sicherheit verloren.«
Luciano drehte sich um und sah Luca ein paar Meter entfernt auf einen Stock gestützt dastehen.
»Wollen Sie's probieren?«
Luciano reichte ihm die Waffe. Luca wog sie auf der Handfläche, dann schoß er sie sehr bedächtig leer. Er traf vier der sechs Karten.
»Nicht schlecht«, sagte er. »Hat einen leichten Rechtsdrall. Vielleicht könnten Sie den Abzug lockern.«
Luciano nahm die Waffe wieder an sich und lud sie neu. »Ich freue mich, Sie wiederzusehen.«
»Ganz meinerseits, Don Salvatore, auch wenn Ihre Reise vergeblich ist. Wie sind Sie auf diesen Unfug verfallen? Hat man Ihnen Strafaussetzung versprochen?«
»Nur als Möglichkeit«, sagte Luciano. »Ich habe nichts Schriftliches.«
Luca war überrascht. »Warum sind Sie dann gekommen?«
»Don Antonio, Sie waren selber im Gefängnis. Sie wissen, wie es ist. Können Sie sich vorstellen, was eine Verurteilung zu dreißig bis fünfzig Jahren bedeutet, für etwas, das man gar nicht getan hat?«
Luca nickte. »Ich verstehe, daß alles andere besser scheint.«
Luciano sagte: »Und wie steht's mit Maria?«
»Maria und ich haben einander nichts zu sagen.«

»Also wollen Sie Carters Bitte nicht erfüllen?«
Luca sagte:
»Salvatore, was hat dieser Unsinn mit uns zu tun? Was immer geschicht, die Mafia wird überleben. Mussolini konnte uns nicht zerschlagen. Die Deutschen konnten es auch nicht. Der Weise folgt nur seinem eigenen Rat und lebt hundert Jahre. Ein altes Sprichwort.«
Luciano zögerte, dann verneigte er sich förmlich. »Wenn das Ihre Einstellung ist, dann füge ich mich ihr, das ist selbstverständlich, Don Antonio.«
Luca legte ihm die Hand auf die Schulter. »Dann bleib hier bei uns. Wir können von alten Zeiten sprechen, von alten Freunden ... Bleib, Salvatore.« Er griff nach Lucianos Arm. »Uns beiden ist nichts unmöglich, wenn wir zusammenhalten. Natürlich würdest du eines Tages meinen Platz einnehmen.«
»*Capo dei tutti capi* in ganz Sizilien.« Luciano lächelte, als er sich an Marias Worte erinnerte. »Herr über Leben und Tod.«
»Schau doch, was aus der Mafia in New York geworden ist«, sagte Luca eindringlich. »Manche Familien machen das große Geld mit Huren. Es heißt, manche verschachern sogar Kinder. Ich frage dich. Kannst du das von einem echten Sizilianer glauben? Und dann diese Sache mit dem Rauschgift. *Infamita.* - Nichts für einen Mann wie dich. Bleib hier auf Sizilien, wo du hingehörst. Wo man dir Achtung entgegenbringt.«
Seine Finger hatten sich in Lucianos Arm gegraben, auf seinem Gesicht lag ein seltsam flehender Ausdruck. Luciano machte sich behutsam los.
»Es tut mir leid, Don Antonio«, sagte er. »Aber ich kann nicht der Sohn sein, den Sie niemals hatten. Ich gehe mit Carter zurück nach Amerika und versuche mein Glück beim Revisionsgericht. Wenn es klappt, dann bin ich für den Rest meines Lebens wieder frei - wirklich frei.«
»Und wenn es nicht klappt?«
Luciano zuckte die Achseln. »Darüber mache ich mir Gedanken, wenn es soweit ist. Und man muß auch an Maria denken. Sie wird bestimmt nicht hierbleiben, das müssen Sie einsehen.«

Er fuhr herum und feuerte mit der linken Hand, so schnell, daß es wie ein einziger langanhaltender Schuß klang, und er wußte, was er vorfinden würde, noch ehe er zu den Karten kam. Sechs Treffer, jede Karte säuberlich gelocht.
»Beachtlich«, sagte Luca.
»Ich weiß.« Luciano grinste. »Das macht das Wetter hier.« Er blickte zum Himmel auf, als die ersten schweren Regentropfen auf die Erde klatschten.

General Eisenhower sollte mit Field Marshal Alexander und Admiral Cunningham nach Malta fliegen. Während er auf seinen Dienstwagen wartete, trank er eine letzte Tasse Kaffee und betrachtete die Karte von Sizilien, die an der Wand seines Arbeitszimmers in Dar el Ouad hing. Es klopfte, und Cusak kam herein.
»Funkspruch von Admiral Ramsay, General.«
»Etwas Wichtiges?«
»Alles läuft gut, nur das Wetter ist schauderhaft. Windstärke vier bis fünf über dem Meer.«
Eisenhower stellte die Kaffeetasse ab und griff nach seiner Mütze. »2500 Schiffe sind da draußen. Air Chief Marshal Tedder hat uns volle Deckung aus der Luft durch fünftausend Flugzeuge versprochen, wenn es soweit ist, damit wir an einem Ende der Insel 115 000 Briten und Kanadier absetzen können und am anderen 66 000 von unseren Jungens, um den Feind aus Sizilien zu verjagen.«
Cusak half Eisenhower in den Mantel. »Eine große Verantwortung, General.«
»Eine wahnsinnige Organisationsarbeit«, sagte Eisenhower. »Monatelange Recherchen, Planungen, Auseinandersetzungen, schlaflose Nächte, und der Clou dabei ist, daß die ganze verdammte Geschichte leicht davon abhängen könnte, ob Carter dort drüben in den Bergen Erfolg hat bei diesem - diesem Banditen oder was immer er ist.«
»Colonel Carter kann es immer noch schaffen, General.«
»*Well,* ich kann nur sagen, er läßt es auf die letzte Minute an-

kommen«, sagte Eisenhower, nahm seine Aktenmappe und ging hinaus.

Auf Don Antonios Bauernhaus trommelte der Regen. Caterina saß am Tisch auf der Terrasse. Sie hatte ein Päckchen Spielkarten vor sich und legte sie Stück für Stück auf dem Tisch aus. Maria kam aus dem Wohnzimmer, stellte sich neben sie und sah ihr zu.
Caterina sagte: »Mir scheint, Sie haben Ihre Zeit verschwendet.«
»Vermutlich.« Maria setzte sich ihr gegenüber. »Ich hätte mich nicht überreden lassen dürfen hierherzukommen. Er ist der gleiche Mann, vor dem ich vor so langer Zeit fortgelaufen bin.«
»Stimmt nicht«, sagte Caterina. »Alles ändert sich.«
»Sogar Antonio Luca?«
»Er ist heute nicht der Mann, der er gestern war. Sind Sie die gleiche Frau, die Sie waren, als man Sie dort aus Ihrem Kloster geholt hat? Hat sich nichts geändert?«
Maria lächelte traurig. »Natürlich haben Sie recht. Dort hatte ich Gewißheit, die Tage hatten ihr Muster. Jetzt gibt es nur noch Zweifel.« Sie zögerte, und als sie weitersprach, kamen die Worte aus ihrem tiefsten Inneren. »Ich zweifle jetzt sogar an meiner Berufung. Ich glaubte, Gott zu suchen, jetzt aber scheint es, als wollte ich einzig und allein vor Antonio Luca fliehen.«
»Hassen Sie ihn so sehr?«
Maria legte die Hand aufs Herz. »Es ist wie ein Stein da drinnen, ein ständiger Schmerz, der nicht weichen will!« Sie lehnte sich zurück. »Aber für Sie ist wohl alles anders. Sie lieben ihn.«
»O ja, das ist für mich die einzige Gewißheit.«
Die beiden Frauen saßen schweigend da. Hinter ihnen tauchten Luciano und Savage in der Tür auf. Caterina mischte die Karten und legte sie aufs neue aus.
Maria sagte: »Kartenlegen?«
»Ja.«
»Das habe ich seit meiner Kindheit nicht mehr gesehen. Meine Mutter hat immer versucht, in die Zukunft zu sehen.«

»Wer Augen dafür hat, der sieht sie auch.«
»Unwiderruflich?«
»Das weiß ich nicht mit Sicherheit. Vielleicht nur eine Warnung. Eine Chance, den anderen Weg zu gehen.«
Maria schaute ihr eine Weile zu, dann sagte sie:
»Wir wollen sehen, was die Karten über mich zu sagen haben.«
Caterina zuckte die Achseln. »Wenn Sie möchten. Ihre Zukunft auf einer einzigen Karte, obwohl ich nicht glaube, daß es dem Vatikan recht wäre.«
Sie zählte rasch und deckte die siebente Karte auf. Es war ein reichverziertes farbenfrohes Bild eines jungen Mannes, der an den Knöcheln von einem Baum hing.
»Der Gehenkte«, sagte sie. »Interessant. Das orthodoxe Christentum kennt kein derartiges Symbol. Es ist für Männer und Frauen gleich. Der Mensch ist in zwei Persönlichkeiten gespalten, er selber und doch nicht nur er selber. Symbol eines Sühneopfers aus heidnischen Zeiten. Sie leiden für andere, das ist Ihre Bestimmung.«
Maria stand auf. »Leben Sie wohl, Caterina Scorza. Ich glaube nicht, daß wir einander wiedersehen.«
Sie ging ins Haus, und Luciano und Savage traten an den Tisch. Luciano nahm die Karten an sich und sagte zu Savage: »Ein sehr abergläubisches Volk, wir Sizilianer.«
Er zählte sieben Karten ab und drehte die letzte um. Es war ein hölzernes Rad mit sechs Speichen, darauf ein primitiv gemalter Drache.
»Das Glücksrad«, sagte sie. »Das Symbol innerer Ordnung. Sie haben sich aus den Banden der Gesellschaft befreit.«
»Gesehen durch die Eisenstäbe einer Gefängniszelle.«
Savage fragte: »Und was ist mit mir?«
Als Caterina ihn ansah, war ihr Blick umwölkt, und Luciano spürte ihr Widerstreben, Savage indessen nicht.
»Ich bin müde«, sagte sie. »Es hat alles seine Grenzen.«
»Sagen Sie mir bloß, ob ich Glück in der Liebe habe«, bat er. »Das genügt mir.«

Sie zögerte, dann nahm sie das Päckchen, zählte, drehte die siebente Karte um und warf nur einen raschen Blick darauf. Dann legte sie die Karte wieder auf das Päckchen.
»Viel Freude wegen einer Heirat oder Geburt. Die drei Becher mit der Öffnung nach oben.«
»Lassen Sie mich sehen.«
Er griff nach der Karte und drehte sie um. Zwei reichverzierte Vögel saßen auf dem Rand eines goldenen Bechers, jeder hielt einen kleinen Becher in den Krallen.
Er lachte aufgeregt. »Nun, wer weiß? Darf ich die Karte behalten? Ich kenne jemand, dem ich sie gern zeigen möchte.« Er steckte die Karte in die Brusttasche und sagte zu Luciano: »Was in den Karten steht, das trifft ein, nicht wahr?«
Immer noch strahlend ging er zurück ins Haus. Caterina griff nach dem Kartenpäckchen, aber Luciano packte ihr Handgelenk und drehte so lange, bis sie die Hand öffnete und die zerknitterte Karte zum Vorschein kam, die sie darin verborgen gehalten hatte. Sie fiel zwischen den beiden auf den Tisch.
Der Tod starrte aus dem Bild, primitiv gemalt, ein Skelett, das die Sense schwang, aber nicht über reifen Halmen, sondern über einem Feld von Menschenleibern.

Im Wohnzimmer stand Carter am Kamin, Luca gegenüber.
»Gibt es keine Möglichkeit, daß ich Sie umstimmen könnte, Don Antonio?«
»Ihre Freunde dort in Kairo oder wo immer müssen sehr dumm sein. Glaubten sie wirklich, der bloße Anblick meiner Enkelin, die hier hereinmarschiert, könnte meine Meinung in dieser Sache umkrempeln?« Er goß sich sehr vorsichtig ein Glas Zibibbo ein. »Wissen Sie, das allein würde genügen, daß ich nein sage, selbst wenn ich das ursprünglich nicht vorgehabt hätte.«
»Don Antonio, Menschen werden sterben«, sagte Carter beschwörend.
»Eine weitverbreitete Angewohnheit«, erwiderte Luca.
Carter wandte sich ärgerlich an Luciano, der am Fenster lehnte.
»Eine blödsinnige Zeitverschwendung das Ganze, genau wie Sie

sagten. Am besten gehen wir jetzt. Je eher wir wieder in Bellona sind, desto besser.« Er ging hinaus, und Luciano goß sich ein Glas Wein ein. Er sog kennerisch das Bukett ein. »Haß und Liebe - eine schmale Grenze. Daran sollten Sie denken, Don Antonio.«
»Nicht bei ihr.«
»Eine außergewöhnliche junge Frau. Das dachte ich schon, als ich sie zum erstenmal in diesem Kloster in Liverpool sah. Inzwischen ist sie bei Nacht über feindlichem Gebiet mit dem Fallschirm abgesprungen, hat dem Tod viele Male ins Auge gesehen, hat sich mit uns übers Gebirge durchgeschlagen . . .«
Don Antonio sagte: »Sie ist eben meine Enkelin. Eine halbe Luca, ob es ihr paßt oder nicht. Blut von meinem Blut, und dem kann sie nicht entfliehen, was immer sie von mir hält, aber das, was Carters Auftraggeber wollen, werde ich nicht tun. Dieser Krieg ist nicht mein Krieg. Er wird vorübergehen, wie der Wind vorüberzieht. Sizilien wird wieder frei sein, und alles wird wieder so werden, wie es war.«
Maria sagte von der Tür her: »Wir sind fertig zum Aufbruch, Mister Luciano.«
Luca saß am Feuer, sein Gesicht war ausdruckslos, zeigte keinerlei Bewegung.
Luciano stellte sein Glas ab und ging zur Tür. Maria wollte sich umdrehen, aber er sagte leise: »Er ist ein alter Mann. Ohne Sie bleibt ihm nichts.«
Sie starrte ihn sekundenlang an, dann regte sich etwas in ihren Augen. Sie ging hinüber zu Luca und kniete vor ihm nieder. Als sie endlich Worte fand, sprach sie im reinsten Sizilianisch, ein uraltes Ritual aus fernen Zeiten.
»Ich gehe auf eine lange Reise, Großvater. Ich erbitte deinen Segen.«
Luca war wie vom Blitz getroffen. Die eisenharten Züge wurden weich. Fast in einer Reflexbewegung legte er ihr die Hand auf den Scheitel und erwiderte mit den gleichen rituellen Worten. »Geh mit Gott, geh in Frieden, geh mit meiner Liebe und kehre heil zurück.«

Sie stand auf, beugte sich vor und küßte ihn sanft auf beide Wangen, dann eilte sie an Luciano vorbei hinaus. Luca saß da und starrte blicklos ins Leere, in seinen Augen standen Tränen. Luciano trat zu ihm und küßte ihm zum Zeichen der Hochachtung die rechte Hand. Luca flüsterte: »Kann es sein, daß sie mich doch noch liebt, trotz allem?«
Luciano legte ihm die Hand auf die Schulter. »Don Antonio, sie hat niemals damit aufgehört.«

16

Detweilers ganzer Körper wurde von Zuckungen geschüttelt, während er sich krümmte und wand, sich in dem Stuhl aufbäumte, an dem er angeschnallt war. Drei Ukrainer waren nötig, um den Sergeant festzuhalten.

Meyer sagte: »Jetzt frage ich dich nochmals. Wo hast du die amerikanischen Waffen her?«

Detweilers Augen traten aus den Höhlen, er hatte Schaum vor dem Mund. Er versuchte zu sprechen, alles zu sagen, aber die Worte wollten nicht kommen.

Meyer sagte: »Gebt ihm nochmals zehn Kubik.«

»Ich weiß nicht, ob er überhaupt noch kann«, sagte Suslow. »Ich hab' schon einige in diesem Zustand gesehen. Es ist, als würde die Sperre immer stärker. Das Herz . . .«

»Los, macht schon«, sagte Meyer ungeduldig.

Suslow stieß die Nadel ein. Detweiler verfiel in noch heftigere Zuckungen, verlor das Gleichgewicht und kippte in den Riemen vornüber.

»Herrgott noch mal!« sagte Suslow ärgerlich und versetzte ihm einen Fußtritt in den Bauch.

Und endlich durchbrach ein gewaltiger schmerzender Strom die Sperre, den Damm in Detweiler, und er schrie auf englisch: *»No more! No more!«*

Meyer fuhr wie vom Donner gerührt zusammen. »Er ist Amerikaner!«

Suslow und seine Ukrainer hatten Detweiler wieder aufrecht hingesetzt, und Meyer beugte sich über ihn und rüttelte ihn an den Schultern. »Wer bist du?«

Detweiler saß mit glasigen Augen da, und Meyer ging zum Schreibtisch und füllte rasch die Injektionsspritze aufs neue.

Suslow sagte: »Die nächste Spritze bringt ihn bestimmt um, Herr Major. Ich habe nie gesehen, daß einer eine so massive Dosis überlebt hätte.«
Nach der letzten Injektion schien Detweiler sich zu beruhigen. Er saß auf seinem Stuhl, der Kopf war ihm auf die Brust gesunken, und Meyer wartete. Schließlich beugte er sich vor und riß Detweilers Kinn in die Höhe.
»Also, wer bist du?« fragte er auf englisch.
Detweiler kämpfte verzweifelt, etwas veränderte sich in seinem Blick. Der Mund öffnete sich, und er würgte hervor: »Sergeant Joseph Detweiler, Ranger Division, abgestellt von der 21sten Spezial-Einsatzgruppe.«
Meyer zog sich einen Stuhl heran und setzte sich ihm gegenüber. Als er sprach, war seine Stimme leise und freundlich.
»Aha, Sergeant. Das ist sehr interessant. Erzählen Sie mir mehr.«

Auf dem Weg nach Agrigento mußten Koenig und Guzzoni, die den Dienstwagen des Generals benutzten, zweimal die Straße verlassen und unter den Bäumen Schutz suchen. Militärkonvois, die unterwegs zur Küste waren, wurden von Hawker Typhoons der RAF angegriffen, deren Bordkanonen beträchtlichen Schaden anrichteten.
Ehe sie Agrigento erreichten, suchte General Guzzoni den Kommandoposten des Küstenverteidigungsabschnitts an der Straße von Sizilien auf. Koenig wartete im Wagen. Als Guzzoni zurückkam, war seine Miene düster.
»Nicht gut«, sagte er, als sie weiter nach Agrigento fuhren. »Häfen und Flugplätze werden pausenlos bombardiert, und Messina ist schwer getroffen. Man schätzt, daß mindestens fünftausend Tonnen Bombenlast über der Stadt abgeworfen wurden. Irgend etwas bereitet sich vor, das ist völlig klar.«
Sie fuhren die Küstenstraße entlang, und Koenig blickte aufs Meer hinaus. Die Wellen gingen hoch und hatten weiße Schaumkronen.
»Wenn sie wirklich kommen sollten, dann sind sie nicht zu be-

neiden. Bei diesem Seegang in einem Landefahrzeug, na, ich danke.«
»Andererseits, wie weit, würden Sie sagen, ist im Moment die Sicht übers Meer?« fragte Guzzoni. »Fünf- bis sechshundert Meter? Da draußen könnte ohne weiteres eine sprungbereite Armada warten.«
Koenig sagte diplomatisch: »Gehen wir von der Voraussetzung aus, daß dem Feind die Landung gelingen wird?«
Guzzonie erwiderte: »Das ist unmöglich, völlig unmöglich. Mussolini hat uns Befehl gegeben, den Gegner aufzureiben, ehe er ins Innere der Insel vordringen kann.«
»Ach nein?« sagte Koenig nur.
»Doch, ich glaube, er sagte wörtlich: Ehe er aus der Badehose steigen und sich wieder anziehen kann.«
»Der Feind oder der Duce!« fragte Koenig.
Guzzoni lachte aus vollem Hals. »Wirklich ausgezeichnet. Zigarette?« Und er hielt Koenig das geschnitzte Elfenbeinetui hin.

Das Mittagessen war längst vorbei, und die Offiziersmesse in der Kaserne von Agrigento hatte sich geleert, als General Guzzoni und Koenig eintraten. Der Barmann eilte herbei, um nach ihren Wünschen zu fragen, und sie setzten sich an einen Tisch in der Ecke und warteten, während er eine Flasche Chianti entkorkte.
Rudi Brandt kam herein, sah sich rasch um, trat dann an den Tisch und salutierte zackig.
»Bitte um Entschuldigung, Herr Oberst, aber könnte ich Sie kurz sprechen?«
Guzzoni hob die Hand: »Aber bitte, lassen Sie sich nicht abhalten.«
Koenig ging mit Brandt zum Fenster. »Ich sah Sie ankommen, Herr Oberst, und bin gleich rübergelaufen. Irgend etwas geht mit diesem Gefangenen vor. Dem mutmaßlichen Partisan.«
»Ich habe befohlen, daß er bis zu meiner Rückkehr in Ruhe gelassen wird«, sagte Koenig.
»Ich weiß nicht, was passiert ist, aber er ist tot. Einer der Sanitäter hat es mir gesteckt. Aber das ist noch nicht alles. Major

Meyer hat Anweisung gegeben, daß ich ihn sofort von Ihrer Ankunft benachrichtigen soll.«
Schnelle Schritte näherten sich der Tür, und Meyer erschien. In der Hand trug er einen Aktenhefter.
Koenig sagte: »Ich sagte Ihnen ausdrücklich, daß ich mich nach meiner Rückkehr persönlich um den vorgestern eingebrachten Gefangenen kümmern wolle. Jetzt erfahre ich, daß er im Revier liegt - tot.«
Meyer reichte Guzzoni die Akte. »Lesen Sie, Herr General, dann werden Sie sehen, wer hier verantwortungsbewußt gehandelt hat. Ich oder der Herr Oberst.«
Widerstrebend schlug Guzzoni die Akte auf. Er las die erste Seite und erstarrte. Er blickte zu Meyer auf. »Ist das erwiesen?«
»Mit ziemlicher Sicherheit.« Meyer wandte sich an Koenig. »Dieser zerlumpte Bauer, den Sie so außerordentlich schonend behandelten, Herr Oberst. Wissen Sie, wer er war? Sergeant der amerikanischen Ranger Division.«
Koenig schaute fragend Guzzoni an, und der General nickte. »Laut Protokoll sprangen er und noch ein paar Leute vorgestern nacht mit dem Fallschirm ab. Er wurde von den anderen getrennt und landete im falschen Tal.«
»Lesen Sie doch selbst«, sagte Meyer. »Ihr alter Freund Carter, jetzt offenbar Colonel Carter, den Sie sich letztesmal durch die Finger schlüpfen ließen, war unter ihnen und ein paar interessante Begleiter.«
Guzzoni reichte Koenig die Akte, und der Oberst ging zum Fenster und las. Nach einer Weile drehte er sich um.
»Wie sind Sie zu diesen Informationen gekommen?«
Meyer zuckte die Achseln. »Spielt das eine Rolle?«
»Für mich schon. Ich möchte mir die Leiche ansehen.«
Guzzoni sagte:
»Oberst Koenig, die moralische Seite dessen, was hier geschah, ist eine Sache, aber die Fakten sind eine andere. Offen gesagt, dieser Plan der Amerikaner, sich bei der bevorstehenden Invasion der Hilfe der Mafia zu versichern, hat eine Menge für sich. Nach dem, was Detweiler im Verhör aussagte, ist dieser Luciano

tot, aber Colonel Carter hat noch immer Antonio Lucas Enkelin bei sich. Luca besitzt auf Sizilien immensen Einfluß, glauben Sie mir. Wenn er den Wünschen der Amerikaner nachkommt, dann ist alles möglich.«

»Vielleicht ist er ihnen bereits nachgekommen«, sagte Koenig.

Guzzoni spreizte die Hände. »Andererseits hatten sie für ihr Vorhaben nicht viel Zeit zur Verfügung. Gehen wir einmal von dieser Annahme aus. Dieses Kloster, das sie als Operationsbasis benutzten, das Kloster der Dornenkrone Christi in der Nähe von Bellona. Kennen Sie es?«

»Ja«, erwiderte Koenig.

»Die Franziskaner vom Kloster der Dornenkrone Christi«, sagte Guzzoni. »Ja, jetzt erinnere ich mich. Vor ein paar Jahren gab es einen großen Skandal. Eine Gerichtsverhandlung in Palermo. Die Presse nannte sie die Mafia-Mönche. Von dort könnte Gefahr drohen.«

»Wenn Sie gestatten, Herr General, das glaube ich nicht«, sagte Meyer. »Ich kann in vier Stunden droben sein. Ehe sie wissen, wie ihnen geschieht, sind wir schon durchs Tor. Wenn Carter und seine Leute noch dort sind, machen wir kurzen Prozeß, das garantiere ich Ihnen.«

Koenig lachte bitter. »Im Kloster wüßte man bereits, daß Sie anrücken, noch ehe Sie auf fünfzehn Kilometer herangekommen sind. Jeder Schafhirte in den Bergen, jeder Ziegenhüter ist auf irgendeine Art mit der Widerstandsbewegung verbunden. Sie senden ihre Signale von Gipfel zu Gipfel. Eine offene Annäherung wäre völlig unmöglich.«

Meyer wollte etwas einwenden, doch Guzzoni schnitt ihm ungeduldig das Wort ab. »Oberst Koenig, was Kriegführen in diesem Land bedeutet, wissen Sie besser als irgend jemand sonst, das ist allgemein bekannt. Gibt es Ihrer Meinung nach überhaupt eine Möglichkeit, Colonel Carter und seine Begleiter dingfest zu machen, vor allem diese junge Frau, Lucas Enkelin, Schwester Maria Vaughan. Ihre Ergreifung ist von höchster Wichtigkeit.« Er lächelte verbindlich. »Ich muß wohl auch nicht eigens betonen, daß in diesem Fall mit Samthandschuhen vorgegangen werden muß. Wir wollen den Vatikan nicht verärgern, wenn es sich irgend vermeiden läßt.«

»Aber, Herr General«, protestierte Meyer, »die Frau ist eine Spionin und als solche zu erschießen, das sieht sogar die Genfer Konvention vor.«

»Eine Frage der Einstellung, nehme ich an«, sagte Guzzoni. »Wir Italiener sehen diese Dinge anders, und wir sind schließlich eine sehr alte Rasse.« Er entnahm dem Elfenbeinetui eine Zigarette. »Nun, Oberst Koenig?«

Brandt, der die ganze Zeit schweigend dabeigestanden war, trat flugs näher und gab dem General Feuer. Koenig sagte: »Es gibt eine Möglichkeit, Herr General. Einen Fallschirmabsprung.«

»Wäre das durchführbar?«

»Das kann ich nicht mit Sicherheit sagen. Ich müßte erst Rat einholen. Gestatten Sie?« Guzzoni nickte, und Koenig sagte zu Brandt: »Meldung an Oberst Kubel, Luftwaffenbasis Otranto. General Guzzoni läßt grüßen und bittet Oberst Kubel, so rasch wie möglich hierherzukommen.«

Brandt machte schneidig auf dem Absatz kehrt und verschwand im Laufschritt.

»Ausgezeichnet«, sagte Guzzoni. »Und jetzt, da wir unsere letzte Mahlzeit in Palermo einnahmen, schlage ich ein spätes Mittagessen vor.« Er wandte sich an Meyer. »Und Sie, Major Meyer, werden sich gewiß wieder Ihren Pflichten widmen müssen.«

»Herr General - Herr Oberst.« Meyer machte kehrt und marschierte steif hinaus.

Wolf Kubel war mit seinen fünfundzwanzig Jahren bereits Oberst, Gruppenkommandant in Otranto, und befehligte drei Staffeln. Er hatte bereits in Polen und Norwegen gekämpft und bis Ende 1941 neunundsechzig feindliche Flugzeuge über England und dem Ärmelkanal abgeschossen. In Rußland hatte er diese Leistung mit vierundachtzig Abschüssen sogar noch übertroffen, bis eine mißglückte Notlandung die Amputation seines linken Beines zur Folge gehabt hatte. Was für ihn kein Grund gewesen war aufzugeben; nach sechs Wochen saß er bereits wie-

der in einem Kampfflugzeug, bis er schließlich auf Görings persönlichen Befehl zur Schreibtischarbeit verbannt wurde.
Er war sehr blond, sah gut aus und wirkte ausgesprochen flott in seiner alten schwarzen Lederjacke, wie die Piloten der Luftwaffe sie trugen, und um den Hals hing das Ritterkreuz mit Eichenlaub, Schwertern und Brillanten.
Stirnrunzelnd beugte er sich über die detaillierte Karte in Koenigs Büro. »Lausige Flugbedingungen.«
»Wäre es zu schaffen?« fragte Guzzoni.
»Hinkommen ist kein Problem - nur fünfzehn Minuten Flugzeit von Otranto aus -, aber diesen Irren und seine Leute vor die Büchse zu kriegen, das dürfte nicht einfach sein. Ich meine, ein Pilot müßte in vierhundert Fuß Höhe über dieses Tal fliegen und Ihre Fallschirmspringer innerhalb der Mauern dieses verdammten Klosters absetzen.« Er schüttelte den Kopf. »Eine ziemlich sichere Methode, Selbstmord zu begehen.«
Koenig sagte zu Guzzoni: »Herr General, meine Männer sind Spitzenklasse. Unsere Spezialität sind Absprünge aus einer Höhe von weniger als vierhundert Fuß.«
Guzzoni sagte zu Kubel: »Wollen Sie sagen, es sei nicht möglich?«
»Keineswegs, Herr General. Eine Junkers 52, die nicht schneller als hundertfünfzig Kilometer pro Stunde fliegt, wäre genau das richtige, aber die Springer müßten blitzschnell raus.«
»Am besten im Morgengrauen, damit wir sie überrumpeln«, sagte Koenig. »Nicht die ideale Tageszeit, um in diesen Bergen zu fliegen.«
Kubel rieb sich das Kinn. »Es würde bedeuten, daß Sie meinen besten Piloten kriegen.« Er grinste. »Mich höchstpersönlich.«
»Zwanzig Mann, einschließlich mir selber«, sagte Koenig. »Eine größere Anzahl hätte nicht Zeit, über dem Ziel abzuspringen, aber es sollte genügen.«
»Und mein Auftrag?« Meyer, der bisher geschwiegen hatte, mischte sich jetzt ein.
»In den frühen Morgenstunden brechen Sie von hier aus auf, nähern sich im Schutz der Dunkelheit. Nicht mehr als zwanzig

Mann. Hier am Eingang des Tals warten Sie.« Er wies mit dem Finger auf die Stelle. »Wenn Sie die Junkers das Tal überfliegen sehen, setzen Sie sich in Bewegung. Bis Sie das Kloster erreichen, müßten wir die Lage unter Kontrolle und die Tore geöffnet haben!«

»Ein ausgezeichneter Plan«, sagte Guzzoni. »Sind Sie nicht auch dieser Meinung, Major Meyer?«

»Es scheint so, Herr General«, erwiderte Meyer.

»Gut.« Guzzoni schlug sich auf den Schenkel. »So, jetzt habe ich einiges zu erledigen. Ich will versuchen, Ihnen morgen früh adieu zu sagen, Koenig. Bis dann.«

Guzzoni verließ Koenigs Büro.

Auch Meyer ging zur Tür. Koenig sagte: »Einen Augenblick noch, Major Meyer.«

Meyer drehte sich um. »Ja?«

»Ich führe den Befehl bei diesem Unternehmen. Ich setze Sie und Ihre Leute nur höchst widerwillig ein, aber was immer auch geschieht, Sie werden meinen Anweisungen folgen. Ist das klar?«

»Vollständig, Herr Oberst«, sagte Meyer ruhig. »Kann ich jetzt gehen?«

»Selbstverständlich.«

Meyer ging hinaus, und Rudi Brandt sagte: »Da haben Sie sich was eingebrockt.«

»Das soll uns jetzt nicht bekümmern«, sagte Koenig. »Wir haben Wichtigeres zu bedenken. Wir sind zwei, das bedeutet, daß wir noch achtzehn Mann aussuchen müssen. Eine undankbare Arbeit, deshalb überlasse ich sie Ihnen. Sie werden sich bei den Männern, die zurückbleiben müssen, nicht sehr beliebt machen.«

»Dafür sind Feldwebel da, Herr Oberst.«

Er salutierte und marschierte hinaus.

In Barberas Verschlag hinter der Sargkammer saß Harry Carter am Funkgerät. Er beendete seine Übertragung und wartete auf die Antwort. Nach einer Weile nahm er die Kopfhörer ab. Als er

sich eine Zigarette anzündete, ging die Geheimtür auf, und Vito Barbera trat ein.
»Nun?« fragte er.
»Sie sind unterwegs.«
»Bei diesem Wetter? Da draußen wütet ein regelrechter Orkan.«
»Um so besser, wenn sie an die Küste gelangen.«
»Was haben Sie ihnen mitgeteilt?«
»Wegen Lucas? Mission gescheitert.« Vom Zigarettenrauch mußte er husten, und plötzlich war der jähe, stechende Schmerz in seiner Lunge wieder da.
Vito sagte: »Ein halber Brotlaib ist besser als gar keiner, Harry. Ich werde für heute abend eine Sitzung des Bezirksausschusses einberufen. Hochwürden Collura, Verga, die beiden Roten. Allen sagen, sie sollen ihre Waffen ölen und sich für morgen bereithalten.«
»Und die Mafia?«
»Im Tal von Bellona spreche ich für die Mafia«, sagte Vito schlicht. »Luciano und Savage haben Maria hinauf ins Kloster gebracht. Für Sie wäre es auch besser, Harry, droben zu übernachten. Sie sehen nicht besonders gut aus. Ich komme morgen früh nach.«
»In Ordnung.« Carter stand auf, und Vito Barbera ging ihm durch die Sargkammer voran. Sie durchquerten den Aufbahrungsraum, und Barbera öffnete die Tür zur Straße. Es goß in Strömen, alles war verschleiert, die Häuser, die Berge dahinter. Barbera ging hinaus, band Carters Maulesel los und führte ihn zur Tür.
Carter bekam einen heftigen Hustenanfall. Er lehnte am Türpfosten und hielt sich ein schmutziges Taschentuch vor den Mund. Als er es wieder wegnahm, sah er, daß es mit Blut befleckt war.
Er zeigte es Barbera und versuchte zu lächeln. »Ist das Leben nicht eine feine Sache?«
»Los, Harry«, sagte Barbera weich. »Je eher Sie droben sind, um so besser. Maria wird wissen, was man dagegen tun kann.«

Carter kletterte auf den Esel und setzte sich seitlich in den Sattel. Er ergriff die Zügel und rang sich ein Lächeln ab.
»Ich bin plötzlich müde, Vito, richtig müde. Sie wissen, was ich meine?«
»Ich weiß, alter Freund, ich weiß«, sagte Barbera betrübt.
Carter stieß den Absatz an den Bauch des Maulesels und ritt über den Dorfplatz davon.

Padre Giovanni hatte einen großen schwarzen Schirm gegen den Regen aufgespannt und fütterte die Tauben auf der Brustwehr, als Luciano die Stufen heraufkam.
»Wie geht es Colonel Carter?« fragte der Prior.
Luciano stellte sich unter das überhängende Blätterdach des Taubenstalls, um sich ein wenig vor dem Regen zu schützen, und bot dem Prior eine Zigarette an.
»Nicht gut. Hohes Fieber, nicht weit von einer Lungenentzündung entfernt. Maria sagt, vermutlich sei ein chirurgischer Eingriff nötig, und der kann mit Sicherheit hier nicht vorgenommen werden.«
»Vergessen Sie nicht, die Amerikaner werden bald hier sein. Dann wird er die denkbar beste Behandlung bekommen. Ausgezeichnete Ärzte.«
»Wenn er dann noch lebt.« Luciano blickte hinaus auf die regenverhangenen Berge. »Eigentlich glatter Wahnsinn. Erst ein paar Wochen her, daß er eine Kugel in die Lunge kriegte. Er sollte ausgemustert sein und wieder zu Hause an seiner Universität.«
»Er muß ein außergewöhnlicher Mensch sein«, sagte Padre Giovanni.
In einem kleinen Hof unter ihnen ging die Tür auf, und Maria trat heraus.
Sie hatte einen alten Regenmantel übergezogen und sah müde aus, als sie die Stufen heraufstieg.
»Wie geht es ihm?« fragte Luciano.
»Nicht gut. Was wir an Medikamenten in den Erste-Hilfe-Päckchen haben, ist begrenzt. Ich habe ihm gegen die Schmerzen Morphium gegeben, und aus der Klosterapotheke konnte ich

Chinin bekommen. Davon habe ich ihm eine hohe Dosis verabreicht. Es sollte helfen, das Fieber zu drücken.«
»Wird das genügen?«
»Nein, meiner Meinung nach hat sich in der Lunge ein Geschwür gebildet. Ich vermute, daß die Schußverletzung niemals richtig hat ausheilen können, hauptsächlich, weil er sich keine Schonung gegönnt hat.«
»Ich gehe hinunter und setze mich eine Weile zu ihm«, sagte Padre Giovanni.
»Das wäre sehr freundlich, Padre.«
Der alte Mann ging die Stufen hinunter, und Maria und Luciano blieben unter dem schützenden Dach stehen und blickten hinaus ins Tal, über das der Abend einfiel.
»Jetzt haben wir die Bescherung«, sagte Luciano. »Der ganze Riesenaufwand stellt sich letzten Endes als gigantische Zeitverschwendung heraus.«
»Vielleicht«, sagte sie.
Der Wind peitschte Regen über die Ziegeldächer. Luciano sagte: »Ein langer Weg von Ihrem Kloster in Liverpool bis hierher.«
»O ja«, sagte sie. »Zu lang, um ihn wieder zurückzugehen.« Als sie zu ihm aufblickte, lag ein unendlich trauriger Ausdruck auf ihren Zügen. »Das weiß ich jetzt.«
Luciano fiel nichts ein, was er sagen könnte. Er blieb einfach stehen und sah ihr nach, als sie wieder hinunter in den Hof ging und durch die Tür verschwand.

Um vier Uhr morgens, noch im Schutz der Dunkelheit, hatten Meyer und seine Leute in einem gepanzerten Lastwagen und drei Kübelwagen im Pinienwald am Südende des Tales, ungefähr acht Kilometer vom Kloster entfernt, Posten bezogen.
Suslow trat zu Meyer, der neben dem vordersten Geländewagen stand und auf die Uhr sah. »In einer Stunde müßten sie starten, genau um fünf Uhr.«
Der Himmel über den Bergen war bleich, und Meyer blickte durch ein Zeiss-Nachtglas zum Kloster hinauf.
»Ob das klappen wird, Herr Major?« fragte Suslow.

»Natürlich klappt es«, sagte Meyer. »Ich mag Koenig nicht, daraus mache ich kein Hehl. Ich halte ihn nicht für einen guten Deutschen, und ich habe von ihm Bemerkungen gehört, die auf eine gewisse Mißachtung des Führers schließen lassen. Aber als Soldat ist er einmalig. Wenn überhaupt jemand diese Sache durchziehen kann, dann er.«
»Und danach?«
Meyers Lächeln war eisig. »Ach, das ist natürlich wieder etwas völlig anderes.«

Auf der Luftwaffenbasis von Otranto fegte der Regen in heftigen Güssen über das Flugfeld, aber die Motoren der Ju 52 liefen bereits auf Touren. Kubel beugte sich aus dem Fenster des Cockpits und hob den Daumen.
Die Männer, angeführt von Brandt, waren bereits an Bord, und Koenig stand mit Guzzoni neben dem geöffneten Einstieg. Er trug die Tarnkombination der SS-Fallschirmspringer, und quer über seiner Brust hing eine Maschinenpistole.
Guzzoni sagte:
»Glauben Sie wirklich, daß Sie unter derartigen Bedingungen abspringen können?«
»Meine Männer sprangen bei Maleme ab, sie sprangen über Stalingrad ab, und sie würden in die Hölle springen, wenn ich den Befehl dazu gäbe.« Koenig salutierte. »Aber jetzt, glaube ich, wird Kubel allmählich ungeduldig.«
Guzzoni drückte ihm herzlich die Hand. »Was kann ich Ihnen sagen?«
»Ich glaube, gar nichts ist unter den gegebenen Umständen das Beste.« Koenig klemmte sich das Ende seiner Halteleine zwischen die Zähne und kletterte in die Junkers. Der Einstieg wurde geschlossen, und Guzzoni trat zurück.
Kubel gab Gas, und die Junkers rollte hinaus in Regen und Dunkelheit. Die Pistenbeleuchtung war wegen eines jederzeit möglichen Luftangriffs der Alliierten nicht angeschaltet. Nur jetzt, für die letzte Strecke vor dem Abheben, strahlte sie kurz auf. Das Donnern der Motoren erfüllte die Morgenluft, als Kubel be-

schleunigte und die Junkers die Piste entlangraste, daß zu beiden Seiten der Regen aufspritzte.
Guzzoni sah zu, wie sie sich über die Bäume erhob und in den grauen Morgen verschwand. Er fröstelte, zog die Pelerine enger um sich und wandte sich zum Gehen.

Im Kloster lag Carter in einem unruhigen Schlaf, seine Hände ballten sich um Laken, die von seinem Schweiß getränkt waren. Auf einem Stuhl neben dem Bett schlief Maria den Schlaf völliger Erschöpfung. Die Decke, in die sie sich eingehüllt hatte, war zu Boden geglitten. Luciano, der in der Fensternische saß, ging zu ihr hin, hob die Decke auf und legte sie über Maria. Der Wind heulte gespenstisch um die Mauern. Luciano zündete sich eine Zigarette an, stellte sich ans Fenster und spähte hinaus. Plötzlich schauderte er.

Savage war so müde, daß er, ohne sich erst auszuziehen, auf das schmale Lager in einer der Mönchszellen fiel und augenblicklich einschlief.
Er konnte sich nicht erinnern, wann Rosa zu ihm gekommen war, aber als er kurz vor Tagesanbruch erwachte, lag sie in seiner Armbeuge.
Sie regte sich schlaftrunken. »Savage, bist du das?«
»Wer denn sonst?«
Sie lächelte, immer noch halb im Schlaf, dann hob sie den Kopf. »Was ist das? Ich glaube, ich habe etwas gehört.«
»Der Wind«, sagte er. »Nur der Wind. Schlaf weiter.«
Sie schloß die Augen wieder und vergrub das Gesicht an seiner Schulter.

17

In tausend Fuß Höhe war die Aussicht in der Morgendämmerung trotz des heftigen Regens hinreißend schön. Gebirgsketten, Gipfel und Grate, wohin man blickte, die Täler von dunklen Schatten erfüllt.

Koenig saß neben dem Ausstieg und musterte die Reihe seiner Männer, die mit ihren Helmen, Tarnkombinationen und Fallschirmen im trüben Licht alle gleich aussahen. Diesmal hatten sie keine unhandlichen Ausrüstungsgegenstände, keine Versorgungssäcke. Jeder trug über der Brust eine Schmeisser-Maschinenpistole, Munitionsbeutel, Handgranaten.

»Wie oft haben wir das jetzt schon gemacht, Rudi?« fragte er Brandt, der neben ihm saß.

»Das weiß Gott allein«, sagte Brandt. »Narvik war der erste Absprung, aber danach wird's unübersichtlich. Zu viele gute Kameraden haben dran glauben müssen.«

»Ja«, sagte Koenig. »Manchmal glaube ich, sie sind alles, was wir noch haben: unsere Toten.«

»Nein, Herr Oberst«, erwiderte Brandt fest. »Wir haben einander. Wir haben die Truppe. Wir haben Sie.«

Mein Gott, dachte Koenig. Ist das alles, was uns nach soviel Leiden geblieben ist? War das in Wahrheit der Sinn der Sache? Er schaute aus dem Fenster und sah den zerklüfteten Gipfel des Monte Cammarata, dann den Westhang. Der Pilot hatte zum Sinkflug angesetzt. Ein schartiger Grat tauchte wie eine Schranke vor ihnen auf, Kubel schob die Steuersäule zurück, und die Ju 52 hob die Nase und glitt in höchstens fünfzig Fuß Abstand über den Felsenkamm hinweg.

Und dann lag das Tal von Bellona unter ihnen, der Fluß, der sich zwischen den Pinien hindurchschlängelte, doch Regen und

Nebel machten es unmöglich, den Ort Bellona oder das Kloster am anderen Ende des Tals zu sehen.
Kubel zog die Maschine in den Wind, die Steuerbord-Tragfläche kam mit der Spitze den Felsen atemberaubend nah. Koenig stand auf, ging nach vorn zum Cockpit und beugte sich hinein.
»Was meinen Sie?«
»Ich meine, daß es stinkt. Wenn Sie weitermachen wollen, ich bin dabei, aber Sie haben nur eine einzige Gelegenheit, denken Sie daran, und wenn Sie abspringen, dann alle zusammen und sehr schnell, andernfalls verfehlen Sie unweigerlich das Ziel.«
»Verstanden.«
»Gut - Sie haben ungefähr zwei Minuten Zeit.«
Koenig ging zu seinen Leuten zurück. »Auf, Leute, fertigmachen!«
Alle standen auf und hakten ihre Halteleinen fest, wobei jeder seinen Vordermann überprüfte, dann öffnete Brandt den Ausstieg. Die Junkers ging noch tiefer, und danach passierte alles zugleich.
Als die Lampe über dem Ausstieg aufleuchtete, donnerten sie über das Dorf, und Wolf Kubel ließ die Maschine nach Steuerbord abkippen. Dort lag das Kloster zur Dornenkrone Christi, man sah die Straße, die sich an der Talflanke bis zum großen Tor hinaufwand.
»Jetzt!« rief Koenig, noch ehe sie über der Außenmauer waren, und Brandt sprang. Die anderen folgten ihm so dicht, daß einer dem anderen auf den Kopf zu springen schien.
Koenig war als letzter an der Reihe. Er hechtete durch den Ausstieg, sah direkt unter sich den Klosterhof, die roten Ziegel der Dächer, und dann öffnete sich klatschend der Fallschirm. Als er nach oben blickte, verschwand die Junkers gerade im Regen. Dann sah er sich um und sah zur Linken und unter sich seine Leute, die ersten schwebten schon über die Mauer.
Der Fallschirmtyp, den die Deutschen benutzten, unterschied sich von dem der Engländer und Amerikaner in einem wesentlichen Punkt: Die deutschen Fallschirme hatten keine Fangleinen, so daß der Springer weder den Fall regulieren noch die

Richtung ändern konnte. Das war auch der Grund, warum die Deutschen gern aus niedriger Höhe absprangen. Aber jetzt zeigten sich die Nachteile dieses Systems. Koenig sah zwei seiner Männer außerhalb der Mauer verschwinden, ein dritter landete hart auf der Mauerkrone über dem Tor und stürzte dann kopfüber in den Hof.
Andere waren bereits im Hof gelandet, ihre Fallschirme blähten sich im Wind. Dann schienen die roten Ziegeldächer der höher liegenden Gebäude Koenig entgegenzurasen. Er machte sich auf den Aufprall gefaßt, kreuzte die Arme und schlug durch das Dach.

Aus dem Wald beobachtete Meyer durch seinen Feldstecher, wie die Fallschirme zur Erde schwebten.
»Er hat es tatsächlich getan!«
»Fünfzehn, nach meiner Zählung«, sagte Suslow. »Die übrigen sind irgendwo außerhalb.«
Aber Meyer schien ihn nicht zu hören.
»Alles in die Fahrzeuge!« schrie er. »Und dann nichts wie raus hier.«
Er machte dem Fahrer seines Wagens ein Zeichen, und sie brausten los.

Luciano konnte nicht schlafen. Schon kurz nach Tagesanbruch ging er hinaus zur Wehrmauer, wo Padre Giovanni unter seinem alten schwarzen Regenschirm stand und die erste Zigarette genoß.
»Sie konnten also auch nicht schlafen?« fragte er.
»Nein, nichts zu machen«, erwiderte Luciano.
»Heilige Mutter Gottes!« rief Padre Giovanni plötzlich, und das Lächeln auf seinem Gesicht war wie weggewischt.
Luciano fuhr herum, als die Junkers wie ein graues Phantom aus dem Regen auftauchte und in vierhundert Fuß Höhe auf sie zudonnerte. Und als der erste Fallschirmjäger heraussprang, wurde alles schreckenerregend klar.
Padre Giovanni stieß Luciano zur Tür. »Sie müssen fort, so

schnell wie möglich, Sie und die anderen, und nehmen Sie auch Carter mit. Es hat keinen Sinn, hierzubleiben und sich dem Kampf zu stellen.«

Als Padre Giovanni und Luciano ins Krankenzimmer traten, versuchte Carter, noch halb bewußtlos, sich im Bett aufzurichten. Maria sprang auf.

»Unangenehme Überraschung«, sagte Luciano. »Fallschirmjäger. Wir müssen von hier weg.«

Die Tür ging auf, und Savage erschien. Er hatte bereits den Rucksack geschultert, und Rosa stand mit dem M 1 hinter ihm und reichte ihm die Waffe.

»Wie ist das zugegangen?«

»Detweiler, da möchte ich wetten«, sagte Luciano.

Als sie ans Fenster traten, sahen sie gerade, wie Koenig durch das Ziegeldach krachte und verschwand. Die Männer im Klosterhof, die Brandt befehligte, befreiten sich bereits von ihren Fallschirmen.

Savage hob das Gewehr und wollte schießen, aber Luciano stieß den Lauf nach oben. »Lassen Sie das. Wir räumen hier das Feld. Dann können die Franziskaner ihre Hände in Unschuld waschen.«

»Wie kommen wir raus?«

»Die Katakomben«, sagte Padre Giovanni. »Folgen Sie mir bitte, aber wir müssen uns beeilen. Viel Zeit haben wir nicht.«

Luciano sagte zu Savage: »Sie tragen Carter über der Schulter, und Sie, Maria, bringen seine Kleider mit. Anziehen können wir ihn später.«

Sie eilten durch den Korridor. Padre Giovanni zog aus seiner Kutte einen Schlüssel hervor und öffnete eine Eichentür, die zu einer steinernen Wendeltreppe führte.

»Diese Treppe führt bis zur Kapelle hinunter. Den Eingang zur Krypta habe ich Ihnen schon gezeigt. Ich kann Ihnen jetzt nur noch viel Glück wünschen, meine Freunde. Und jetzt müssen Sie sehen, daß Sie hier wegkommen.«

Luciano ging voran, ihm folgte Savage mit Carter über der Schulter, Rosa und Maria bildeten den Schluß. Padre Giovanni machte die Tür zu und versperrte sie. Als er sich umdrehte, tauchte einer der SS-Fallschirmjäger vom Treppenhaus am Ende des Korridors auf und richtete die Maschinenpistole auf ihn.

Koenigs linker Arm war gebrochen, er saß auf einer der Bänke im Refektorium des Klosters, während ein junger Mönch ihm einen Verband anlegte. Auch Koenigs linke Wange hatte eine tiefe Schramme, und er preßte das Taschentuch darauf, um das Blut zu stillen.

Padre Giovanni sagte: »Das muß wohl genäht werden, Herr Oberst, und der Arm gefällt mir gar nicht. An zwei Stellen gebrochen. Sie brauchen einen guten Chirurgen, wenn kein Dauerschaden zurückbleiben soll.«

Rasche Schritte näherten sich, und Brandt kam herein. »Wir haben alles gründlich durchsucht, Herr Oberst. Keine Spur von irgend jemand, außer den Patres.«

»Wer sollte denn sonst noch dasein?« fragte Padre Giovanni.

»Wir haben Informationen, wonach sich feindliche Agenten hier aufhalten, Padre, angeführt von einem britischen Offizier, einem Colonel Carter.«

»Dann kann ich nur sagen, Sie haben große Strapazen auf sich genommen, für nichts und wieder nichts. Niemand dergleichen hält sich hier auf.« Er hob das Kruzifix, das ihm um den Hals hing, an die Lippen und küßte es. »Ich gebe Ihnen mein Wort.«

Koenig stand müde auf, sein Gesicht war schmerzverzerrt. »Was ist mit unseren Leuten?«

»Drei Tote, Herr Oberst. Zwei draußen in der Schlucht, und Vogel hat sich beim Sturz von der Mauer das Genick gebrochen. Hartmann hat ein gebrochenes Bein.«

»Und das alles für nichts und wieder nichts.« Koenig wandte sich zu Padre Giovanni um. »Sie hatten recht, Padre.«

Plötzlich knatterten draußen Schüsse. Koenig eilte hinaus zur Treppe, Brandt und Padre Giovanni folgten ihm. Auf der Mauerkrone über dem Tor stand ein junger Fallschirmjäger, und Koenig rief zu ihm hinauf:

»Was ist los?«

»Sieht aus, als wären Leute drunten im Wald, Herr Oberst, die sich in Richtung Bellona bewegen. Major Meyer und seine Abteilung sind von der Straße abgeschwenkt und verfolgen sie.«
Wieder hörte man eine Feuersalve. Koenig sagte zu Padre Giovanni: »Jetzt verstehe ich, Padre. Sie sagten die Wahrheit, weil die Leute bereits fort waren.« Er wartete nicht auf eine Antwort, sondern sagte zu Brandt: »Feldwebel Brandt, sammeln Sie die Leute, und dann alles mir nach, dalli.«
Zum erstenmal in ihrer langen gemeinsamen Dienstzeit widersprach Brandt einem Befehl. »Bitte, Herr Oberst, ich glaube nicht, daß Sie in Ihrem augenblicklichen Zustand einsatzfähig sind.«
»Einspruch zur Kenntnis genommen«, sagte Koenig. »Und jetzt vorwärts, marsch«, und er lief die Treppe hinunter und über den Hof.
Padre Giovanni wartete, bis der letzte Fallschirmjäger durch das Tor hinausgelaufen war, dann eilte er in die Kapelle und fing an, die Glocke zu läuten, einen tiefen feierlichen Ton nach dem anderen. Das Geläut hallte durch das ganze Tal bis hinunter nach Bellona, wo Vito Barbera, den bereits das Gewehrfeuer aus dem Wald alarmiert hatte, lauschend vor seinem Haus stand.
Verga und Hochwürden Collura kamen über den Dorfplatz herbeigeeilt. »Was bedeutet das?« fragte Verga.
»Ich weiß es nicht, aber ich habe gerade über Funk erfahren, daß die Amerikaner gelandet sind. Verbreitet die Nachricht. Sagt allen, sie sollen sich und alles, was sie an Waffen haben, bereithalten.«
»Das wird einige Zeit dauern«, sagte Verga.
»Tut, was ihr könnt.«
Sie eilten weg, und Barbera ging wieder ins Haus, stieg hinauf zur Sargkammer und verschwand durch die Geheimtür in dem Verschlag mit dem Funkgerät. Er kniete nieder, löste ein Bodenbrett in der Ecke, nahm eine Maschinenpistole und mehrere Streifen Munition heraus und ging wieder hinunter.

Als sie an der Hügelflanke aus dem Tunnel kamen, machten Luciano und die anderen halt, um Carter anzukleiden. Während die beiden Männer ihm Hose und Jackett überzogen, mühten sich Maria und Rosa, seine Füße in die Stiefel zu kriegen. Carter hatte noch immer hohes Fieber, konnte aber verständlich sprechen.

»Was ist passiert?«

»Sie haben uns aufgespürt«, sagte Luciano. »Wir versuchen jetzt, ins Dorf hinunterzukommen, vielleicht kann Barbera uns helfen. Sprechen Sie nicht. Sparen Sie Ihre Kräfte, wir müssen weiter.«

Savage gab Rosa den Rucksack und das M 1. Dann lud er sich Carter auf den Rücken, und sie begannen den Abstieg. Dort, wo die Olivenbäume endeten und die Pinien begannen, mußten sie ein kleines Stück offenes Gelände überqueren. Sie hatten es schon zur Hälfte geschafft, als der Beschuß einsetzte.

Meyer, der im vordersten Wagen saß, als seine Abteilung den kurvenreichen Weg zum Kloster hinaufraste, hatte sie als erster gesehen und seinem Fahrer »Halt« zugerufen.

Suslow, im letzten Kübelwagen des kleinen Konvois, stand auf, griff nach dem schwenkbaren, schweren Maschinengewehr und begann zu feuern. Die Geschosse warfen Erdfontänen hoch und trieben die Flüchtenden unter die Bäume. Maria stolperte und fiel hin. Luciano zog sie sofort wieder auf die Füße, und gemeinsam hetzten sie auf die schützenden Bäume zu.

»Ihnen nach!« schrie Meyer. Der Fahrer riß das Steuer herum, und der Kübelwagen verließ die Straße und rumpelte über den holprigen Boden zwischen den Olivenbäumen.

Wie durch ein Wunder hatte die Kugel nur Marias Schuhabsatz getroffen, und sie eilten hinter Savage und Rosa weiter durch den Pinienwald.

Die Bäume standen hier sehr dicht, so daß die Wagen nicht mehr zwischen ihnen durchfahren konnten. Nach einer Weile blieb Luciano stehen, um zu lauschen, und hörte Stimmen.

»Sie kommen zu Fuß«, sagte er, und schon brach eine Maschinengewehrsalve durch das Geäst über ihren Köpfen.
Luciano schoß zur Antwort blitzschnell sein M 1 leer und lud es im Weiterlaufen wieder nach. Im Gebüsch rechts vor ihm rasselte es, und einer der Ukrainer kam angerannt, das Gewehr in Hüfthöhe. Er schoß zweimal, und neben Savage spritzte Erde hoch. Luciano hechtete hinunter, sprang und rammte dem Mann beide Füße in den Rücken. Der Ukrainer überschlug sich zweimal. Als er sich wieder aufrappeln wollte, schoß Luciano ihn in den Kopf.
Savage atmete keuchend, unter Carters Gewicht taumelte er im Laufen von einer Seite zur anderen. Er verlor das Gleichgewicht und fiel in ganzer Länge hin, Carter auf ihn.
Es gelang Savage, aufzustehen. Carter sagte schwach: »Laßt mich liegen. Bringt euch in Sicherheit.«
Luciano gab Maria seine Waffe und zog Carter hoch. »Stützen Sie sich auf mich, Professor. Immer einen Fuß vor den anderen setzen. Sie sind doch der Bursche, der mit einer Kugel in der Lunge sechs Kilometer marschiert ist?«
»Lauft weiter«, sagte Savage. »Ich gebe euch Rückendeckung.«
Er nahm aus dem Rucksack, den Rosa trug, zwei Handgranaten und steckte eine in jede Tasche. Dann lud er sein Gewehr nach.
»Okay«, sagte er. »Ab mit dir. Kann sein, daß man dich dringend braucht. Ich komme nach.«
Eigensinnig schüttelte sie den Kopf. »Nein, Savage, ich bleibe bei dir.«
Im Gebüsch hinter ihm bewegte sich etwas, er fuhr herum, feuerte aus der Hüfte, und ein Ukrainer stürzte aufs Gesicht. Savage gab Rosa einen Stoß.
»Weg da!«
Er rammte einen neuen Ladestreifen ein und duckte sich, als von links Schüsse peitschten. Er schoß zurück, und man hörte einen Schmerzensschrei.
Rosa kauerte sich neben ihn. »Bitte, Savage, wir müssen weiter.«

Er schlug sie mit dem Handrücken ins Gesicht. »Schau, daß du weiterkommst, du dummes Ding!«
Bestürzt wich sie zurück, zutiefst verletzt, dann kroch sie von ihm fort. Er streckte den Arm aus und packte ihre linke Hand.
»He, ich liebe dich, vergiß das nicht. Flitterwochen in New York, Ehrenwort.«
Er wandte sich um, hob das Gewehr und bekam im gleichen Augenblick eine Maschinengewehrsalve mitten in die Brust, die ihn von den Füßen riß und hintenüber warf.
Sein Mund füllte sich mit Blut, er würgte, hörte Rosa aufschreien; dann kauerte sie über ihm, und ihr Gesicht war das letzte, was er sah, ehe er starb.
Sie kniete neben ihm, hielt ihn in den Armen, sein Blut durchtränkte ihr Kleid, und da kamen sie aus dem Gebüsch, vier Mann, blieben stehen und beobachteten sie.
Einer von ihnen lachte roh. »Mal sehen, ob du weißt, was sich gehört.«
Jetzt lachten sie alle, als sie die Waffen senkten und sich ihr näherten, und Rosa lachte auch, während sie Savage sanft zu Boden gleiten ließ. Sie faßte in seine Taschen und drehte sich um, noch immer lachend, in jeder Hand eine Granate. Die Ukrainer wichen entsetzt zurück, wollten wegrennen, aber es war schon zu spät.

Luciano und Maria, die Carter zwischen sich führten, traten aus dem Pinienwald und mußten nun ein Stück Brachland überqueren, das bis zum Dorf reichte.
Vito Barbera, der am Fenster im Obergeschoß seines Hauses stand, sah die Ukrainer ein Stück hügelauf zwischen den Bäumen herunterkommen.
Ein paar Schüsse fielen, und mit Schrecken hörte Barbera, daß Luciano aufschrie, und sah ihn zu Boden gehen. Carter taumelte gegen Maria, und Barbera beugte sich aus dem Fenster und gab aus seiner Schmeisser einen langen Feuerstoß über das offene Gelände ab. Wunderbarerweise stand Luciano jetzt auf und half Maria wieder, Carter weiterzuschleppen. Als sie den Dorfrand

erreichten, rannten drei Ukrainer aus dem Wald und über die freie Fläche.
Die Straßen waren menschenleer, alle blieben in den Häusern, als Luciano und Maria mit ihrer Bürde über den Dorfplatz schwankten. Sie konnten hören, daß Fahrzeuge sich sehr schnell auf der Straße näherten. Lucianos rechtes Bein blutete, und er hinkte mühsam, als sie in die Seitengasse zum Leichenhaus einbogen. Barbera öffnete die Tür und zog sie hastig ins Haus.

Meyer stand in einem der Armeelastwagen mitten auf dem Dorfplatz und sah zu, wie die Ukrainer von Haus zu Haus gingen und alle Bewohner heraustrieben. Suslow, der an der Ecke der Straße zu Barberas Anwesen eine Pause einlegte, um sich eine Zigarette anzuzünden, bemerkte das Blut auf den Pflastersteinen, eine sich klar abzeichnende Spur. Er folgte ihr bis zu den Stufen, die zur Tür des Leichenbestatters hinaufführten. Die Tür war nicht versperrt. Er stieß sie auf, zog die Walther aus dem Holster und schlich ins Haus.
Von den Steinfliesen des Korridors führte die Blutspur zu einer Tür. Er öffnete und stand im Aufbahrungsraum. Es war völlig still in dem düsteren Raum, und er wich zurück beim Anblick der verschrumpelten Alten, die im ersten Sarg zu seiner Linken lag.
Auf dem Fußboden sah er einen Blutfleck, dann noch einen. Er ging weiter, vorbei an mehreren offenen Särgen, in denen Tote lagen, die in steifen Fingern ein Ende der Klingelschnur hielten.
Neben einem reichverzierten schwarzen Sarg war eine rote Pfütze.
Er kauerte nieder, um sie genauer anzusehen, und dann sträubte sich sein Nackenhaar, als ein Glöckchen schwach zu bimmeln anfing.
Er stand auf und spähte über den Rand des Sarges. Der Tote lag ganz friedlich da, die Hände um eine elfenbeinerne Madonna gefaltet. Friedlich und schön. Suslow beugte sich dichter über

den Sarg, und der Tote schlug die Augen auf. Es klickte, als die Madonna in der rechten Hand des Mannes nach oben stieß.

Hochwürden Collura stand an der Kirchenmauer vor einem Exekutionskommando aus sechs Ukrainern, während die Bevölkerung von Bellona zusah. Meyer, der in einem Geländefahrzeug stand, nickte, Schüsse bellten, und der alte Priester fiel zu Boden.

»Bloß damit ihr seht, daß ich es ernst meine«, rief Meyer. »Ihr alle wißt, wen ich suche. Ihr habt fünf Minuten Zeit, um den Mund aufzumachen. Wenn ich dann nichts höre, hole ich mir zwei weitere. Danach vier, und so weiter. Es liegt jetzt bei euch.«

Maria, die aus dem oberen Fenster von Barberas Haus blickte, sagte: »Wir müssen etwas tun.«

Barbera sagte: »Wir können nicht viel tun. Die meisten jungen Männer sind in den Bergen. Wir hatten keine Zeit mehr, uns zu sammeln. Es kam alles so plötzlich.«

»Was ist mit den amerikanischen Truppen?« sagte Luciano. »Wie lang wird es noch dauern, bis sie hier sind?«

»Ich weiß nicht, was vorgeht.«

»Dann versuchen wir, ob wir über Funk etwas erfahren.«

Sie gingen hinaus, Luciano zog das verbundene linke Bein mühsam nach. Maria öffnete das Fenster, gerade als Meyer sagte: »Der Engländer, Carter, und die Frau, Maria Vaughan.«

Die Leute standen schweigend im ständig fallenden Regen. Meyer gab einen Befehl, und zwei Ukrainer holten zwei alte Männer aus der Menge.

Ohne weiter zu überlegen, ging Maria die Treppe hinunter, öffnete die Vordertür und gelangte durch die Seitengasse auf den Dorfplatz. Bei ihrem Erscheinen erhob sich ein Gemurmel aus der Menge. Sie blieb vor dem Geländewagen stehen und blickte zu Meyer auf.

»Ich bin Maria Vaughan«, sagte sie schlicht. »Sie können diese Leute freilassen.«

Meyer starrte sie an. »Und Ihre Freunde?«

»Da kann ich Ihnen nichts sagen. Ich spreche nur für mich.«
Er sah sich um. »Wo ist Leutnant Suslow?«
»Ich weiß es nicht, Herr Major«, erwiderte einer der Unteroffiziere. »Macht vermutlich noch Haus-zu-Haus-Durchsuchung.«
»In Ordnung«, sagte Meyer. »Stellt diese Frau an die Wand.« Wieder blickte er auf sie herunter. »Es sei denn, Sie hätten es sich inzwischen überlegt.«
»Ich habe nichts zu sagen«, erwiderte sie ruhig.
Zwei Ukrainer packten sie und zerrten sie zur Kirchenmauer. Dort stellten sie sie neben die Leiche von Hochwürden Collura. In aller Eile wurde neuerlich ein Erschießungskommando gebildet. Maria bekreuzigte sich und schloß die Augen, um zu beten. So sah sie nicht, daß Koenig mit einer Handvoll seiner Fallschirmjäger auf der anderen Seite des Dorfplatzes auftauchte.
»Nein!« rief Koenig.
Sie waren zu Fuß vom Kloster heruntergekommen, und er war todmüde. Die Schmerzen in seinem Arm wurden fast unerträglich, und sein Gesicht war von getrocknetem Blut verkrustet. Er trat zu Meyer, die Fallschirmjäger, angeführt von Brandt, bildeten hinter ihm einen Halbkreis.
»Wer ist diese Dame?«
»Das ist die Vaughan. Sie weigert sich auszusagen, wo ihre Spießgesellen sind.«
Koenig rief: »Miß Vaughan, würden Sie bitte hierherkommen.«
»Nein!« sagte Meyer heftig. »Das dulde ich nicht.«
Koenig schenkte ihm keinen Blick. »Hier befehle ich, Meyer. Was Sie wollen oder nicht wollen, ist belanglos.«
»Verdammt noch mal, Koenig«, schrie Meyer, und der lang angestaute Haß machte sich endlich Luft. Er zog die Walther und schoß Koenig zweimal in den Rücken.
Koenig tat ein paar taumelnde Schritte vorwärts, und Maria versuchte ihn aufzufangen. Das Gewicht seines stürzenden Körpers wirbelte sie halb um die eigene Achse.
Meyer schoß in einer Art wahnsinniger Wut immer weiter, Kugeln durchschlugen Marias Körper, warfen sie zugleich mit Koe-

nig aufs Pflaster, wo sie liegenblieben, eng umschlungen wie ein Liebespaar.

Die Menschen liefen auseinander, stürzten in panischem Schrecken in die Häuser. Brandt kniete neben Koenig nieder und drehte ihn behutsam um. Er blickte zu Meyer auf, und sein Gesicht wurde eisenhart. Meyer packte die Griffe des schweren Maschinengewehrs und schwenkte es herum, um Brandt und die Fallschirmjäger damit in Schach zu halten.

»Er war ein Verräter an Reich und Führer«, sagte er. »Habt ihr verstanden? Zurück jetzt, alle!« Er rief seinen Leuten zu: »In die Fahrzeuge, los. Wir fahren.«

Sie stiegen schleunigst in den anderen Geländewagen, der sofort startete.

18

Luciano und Barbera traten aus dem Haus und liefen über den Platz. Luciano kniete neben Maria nieder. Brandt sagte: »Sie ist tot. Beide sind tot.«
Ihr Gesicht war friedlich und unversehrt, die Kugeln saßen in der Brust und im Herzen. Luciano verharrte lange auf den Knien und blickte auf Maria herab, dann berührte er zart ihre Brust. Seine Finger wurden blutig, und er führte sie an die Lippen.
Er stand auf. Jetzt war er wieder ganz Sizilianer und flüsterte die uralte Formel: »So will ich das Blut dessen trinken, der dich getötet hat.«
Auf dem Platz waren Männer aufgetaucht, alte und junge, bewaffnet mit allem möglichen, von Jagdflinten bis zu automatischen Gewehren, und Brandt und die übrigen Fallschirmjäger rückten zusammen. Ihre Gesichter spiegelten Erbitterung, sie waren zu allem bereit. Ein halbwüchsiger Junge kam über den Platz gerannt und meldete Barbera: »Sie haben die Straße nach Norden eingeschlagen.«
»Dann wollen sie zum Kloster. Die Straße führt nur dorthin.«
Zwei alte Frauen knieten neben Maria nieder und legten sie zurecht, und die eine nahm ihren Schal ab und bedeckte das bleiche Gesicht. In Luciano löschte die Verzweiflung jeden anderen Gedanken aus.
Er drehte sich zu den Männern um. »Gut, dann wollen wir ihn uns holen.« Er wies mit dem Kopf auf den Transportlaster. »Kann irgend jemand dieses Ding fahren?«
»Ich«, sagte Rudi Brandt.
Einen Augenblick hielten alle den Atem an. Luciano sagte: »Ich dachte, wir sind im Krieg.«
»Das hier ist persönlich.«

Luciano sah Barbera an. Vito nickte. »Ich hole meinen Lieferwagen.«
»In Ordnung.« Er wandte sich wieder an Brandt. »Ich fahre mit euch, Jungens. Los jetzt.«

Sie hielten kurz vor dem Hügelkamm unterhalb des Haupttors. Barbera, der in seinem alten Lieferwagen mehr als zwanzig Männer beförderte, stieg aus und eilte zu dem Mannschaftswagen.
»Wie wollen wir vorgehen?«
»Der Transporter fährt zuerst«, wies Luciano ihn an. »Die einzige Möglichkeit, durch diese Tore zu kommen. Wenn es klappt, folgt ihr nach, und denkt daran, daß Padre Giovanni und die Franziskaner auf unserer Seite sind.«
»Okay.« Barbera grinste. »Soll ich Ihnen Glück wünschen?«
»Wann hätte ich das je nötig gehabt?« erwiderte Lucky Luciano, gab Brandt einen Schlag auf die Schulter, und sie fuhren wieder los.

Als Meyer im Haupthof des Klosters aus seinem Geländewagen stieg, war niemand zu sehen, der ganze Bau lag unnatürlich still unter dem heftigen Regen. Das einzig sichtbare Zeichen dessen, was sich hier vor kurzem ereignet hatte, waren die Fallschirme, die halb geöffnet auf den Mauern und im Hof herumlagen und sich in der leichten Brise sanft hoben und senkten.

Zur gleichen Zeit wartete Padre Giovanni drunten in der Krypta, bis die beiden letzten Franziskaner, die den jungen Fallschirmjäger mit dem gebrochenen Bein trugen, im Tunnel verschwunden waren. Er sah sich ein letztes Mal um, dann folgte er ihnen. Der hölzerne Thron schwang mitsamt seiner makabren Last auf den alten Platz zurück.

Meyer war außerstande, einen klaren Gedanken zu fassen. Alles war so schnell gegangen, sein wahnwitziger Wutausbruch, eine Tat, die sich nicht mehr ungeschehen machen ließ. Jetzt würde er die schlimmen Folgen zu tragen haben.

Ein Unteroffizier kam aus dem Gebäude, lief die Stufen hinab und eilte auf ihn zu. »Keine lebende Seele weit und breit. Still wie das Grab, Herr Major.«
»Unmöglich«, sagte Meyer.
Einer der Männer am Tor rief laut: »Es kommt jemand, Herr Major.«
Meyer lief hinaus und stellte sich auf die Brücke, die über den Graben führte. Von diesem Standort aus konnte man die Zufahrtsstraße ganz überblicken. Der Truppentransporter kam mit hohem Tempo herauf, dahinter folgte ein alter Lieferwagen. In großer Entfernung folgte eine beträchtliche Menschenmenge zu Fuß.
Die Ukrainer scharten sich um Meyer; einer hatte einen Feldstecher vor die Augen gehoben. Er ließ das Glas sinken und drehte sich fassungslos zu Meyer um. »Jetzt verstehe ich nichts mehr. Koenigs Fallschirmjäger im Truppentransporter, und der Lieferwagen ist voller Bauern.«
Meyer nahm ihm das Glas aus der Hand, hob es an die Augen und hatte den Truppentransporter im Blickfeld. Brandt, den er sofort erkannte, mit dem Rest der Fallschirmjäger, und dazu Luciano. Am Steuer des nachfolgenden Lieferwagens saß Barbera, und die Männer waren bewaffnet.
»Sie haben sich zusammengetan«, sagte Meyer. »Sie kommen gemeinsam herauf. Schnell hinein und die Tore geschlossen.« Er machte kehrt und lief in den Hof.
Meyer war kein Soldat, war nie einer gewesen, und die Ukrainer behandelten ihn jetzt wie Luft. Einer schloß die Torflügel und schob die Riegelstange durch die Laschen, und die übrigen holten die zwei schweren Maschinengewehre aus dem Kübelwagen und trugen sie hinauf zur Mauerkrone über dem Tor.
Jetzt waren sie alle droben, und Meyer stand ganz allein mitten im Hof zwischen den schaukelnden Fallschirmen. In einem der Kübelwagen lag noch eine Schmeisser. Er holte sie, machte kehrt und ging vom Tor weg über die Steinstufen hinauf zur Ostmauer.

Brandt, der aus dem offenen Führerhaus des Transportlasters spähte, sagte zu Luciano: »Runter auf den Boden. Jetzt geht es hart auf hart.«

Luciano gehorchte. Über ihnen kauerten zwei Fallschirmjäger über dem schweren Maschinengewehr. Sie klammerten sich krampfhaft fest, als Brandt nach dem Einschwenken in das letzte Straßenstück den Gashebel durchtrat, daß die Hinterradketten Erde und Schlamm von der Straße hochwirbelten.

Die Maschinengewehre über dem Tor begannen zu knattern, als sie noch achtzig Meter entfernt waren. Die meisten Geschosse wurden von der Panzerung des Lastwagens abgefangen, und das Maschinengewehr auf dem Wagendach erwiderte jetzt das Feuer und bestrich die Mauerkrone über dem Tor.

Einer der Ukrainer wurde getroffen, stürzte über die Mauerbrüstung, riß im Fallen ein Maschinengewehr mit und landete auf der Brücke, doch Brandt raste mit seinem Wagen über den Toten und das Maschinengewehr hinweg und mit einer Stundengeschwindigkeit von fast hundert Kilometer gegen die Torflügel, die er aus den Angeln riß.

Ehe er zum Stehen kam, krachte er in einen der Kübelwagen und schlitterte quer an einem zweiten vorbei. Einer der Fallschirmjäger warf ein Handgranate, und es gab einen gewaltigen Knall, als der Benzintank des Kübelwagens explodierte.

Die Ukrainer droben auf der Mauer schossen in den Hof hinunter, was ihre Schmeisser hergaben, und zwei von ihnen versuchten, das schwere Maschinengewehr herumzuschwenken. Rudi Brandt stürmte vor und warf eine zweite Handgranate. Sie beschrieb einen gemächlichen Bogen und explodierte über dem Tor. Zwei Ukrainer fielen in den Hof, das Maschinengewehr hinterher.

Der zweite Kübelwagen explodierte, brennendes Benzin ergoß sich über eine weite Fläche. Eine dicke schwarze Rauchwolke trieb über den Hof.

Luciano, der neben dem Truppentransporter kauerte, schnappte sich die Schmeisser eines gefallenen Deutschen. Geschosse prallten von der Panzerung des Wagens ab, und Luciano fuhr

herum und feuerte instinktiv in Richtung auf die Gebäude jenseits des Hofes, auf die Gestalt, die dort oben neben der Mauer kauerte.
Meyer. Luciano schoß die Gurte der Schmeisser in einem einzigen langen Feuerstoß leer, zog seine Smith and Wesson und rannte zu den Stufen, die auf den östlichen Wall führten. Am Fuß der Stufen blieb er stehen, visierte durch den Rauchschleier nach oben, schoß dreimal sehr schnell nacheinander auf etwas, das auch nur ein Schatten hätte sein können, und rannte die Stufen hinauf.

Drunten im Hof waren Barbera und seine Kameraden in voller Stärke eingetroffen, und im Rauch und Regen entspannten sich wirre Kämpfe Mann gegen Mann.
Droben auf den Wällen war es still. Rauchschwaden trieben wie Spukgestalten in der Luft, und das Kampfgetümmel drunten im Hof schien weit entfernt, als fände es in einer anderen Zeit, an einem anderen Ort statt.
Luciano zog die Schuhe aus und schlich lautlos weiter, die Smith and Wesson im Anschlag. Er befand sich an der höchsten Stelle des Klosters, das wußte er, obwohl der Rauch ihn einhüllte. Er hörte die Tauben im Koben erschreckt umherflattern und blieb stehen. Dann fegte ein jäher Windstoß über die Wälle und zerriß den Rauchschleier.
Meyer stand nur ein paar Schritt von ihm entfernt und hatte die Schmeisser auf ihn gerichtet. »Fallen lassen!« sagte er. »Sofort!«
»Wie Sie wünschen«, sagte Luciano und legte die Smith and Wesson behutsam auf die Mauerkrone.
Meyer war erstaunlich ruhig. »Wer sind Sie?«
»Salvatore Lucania, aber die meisten Leute nennen mich Luciano.«
Meyer erschrak zutiefst, er riß die Augen auf, und der Finger am Abzug erlahmte. Die Elfenbeinmadonna lag in Lucianos linker Hand bereit. Als er ausholte, sprang die Klinge hervor und fuhr unter Meyers Kinn, schlitzte den Gaumen und traf das Gehirn.
Luciano brauchte seine ganze Kraft, um das Messer wieder her-

auszuziehen. Meyer taumelte zurück; noch lebte er, und sein Gesicht spiegelte grenzenloses Erstaunen, dann stürzte er rücklings über die niedrige Mauer.
Die Tauben gebärdeten sich wie rasend in ihrem Stall. Luciano hakte den Verschluß aus und öffnete die Gittertür, und die Tauben schwärmten hinaus, schwangen sich in die Luft hoch über den Rauch in den reinen Regen.
Er sah ihnen nach, dann bemerkte er, daß er noch immer die Elfenbeinmadonna in der Hand hielt. Einen Augenblick lang war er versucht, sie weit von sich zu schleudern, aber das hätte nicht zu Salvatore Lucania gepaßt und zu Lucky Luciano auch nicht.
Er küßte die Klinge, die noch naß war von Meyers Blut - die rituelle Erfüllung des Schwurs, den er auf dem Dorfplatz getan hatte, dann wischte er sie ab, klappte sie ein und steckte die Madonna wieder in die Tasche.
Leben um Leben, Blut um Blut, und nichts war damit gewonnen. Maria hätte es ihm am besten sagen können.
Er wandte sich ab und ging die Treppe hinunter in den Hof.

Maria Vaughan lag in einem Sarg vor dem Altar der kleinen Kirche von Bellona, die Gesichtszüge im Tode friedlich und gelöst, die Wunden von einem Schleier verhüllt.
Kerzen, von den Dorfbewohnern aufgesteckt, flackerten rings um den Sarg, aber jetzt war die Kirche leer bis auf Caterina in der vordersten Kirchenbank und Antonio Luca, der neben der Toten stand.
Luciano und Mario Sciara sahen aus dem dunklen Kirchenschiff zu, wie Luca sich über den Sarg beugte, um das bleiche Gesicht zu küssen. Caterina stand auf und legte den Arm um ihn. Dann gingen sie beiden dem Ausgang zu. Sciara öffnete die Tür, und er und Luciano warteten. Als Luca bei ihnen angekommen war, blieb er stehen.
»Du weißt, was du zu tun hast, Mario«, sagte er zu Sciara.
»Ja, *capo.*«
»Gut.«
Er wandte sich von Sciara ab, und sein dunkler Blick hob sich zu

Luciano. Luciano wartete, aber Luca sagte nichts, es gab nichts mehr zu sagen. Caterinas Arm schloß sich fester um ihn, und sie gingen hinaus. Sciara folgte ihnen.
Es war sehr still in der Kirche, und Lucianos Schritte hallten von den Wänden wider, als er den Mittelgang entlang zum Sarg ging. Er blickte auf die Tote herab und fühlte sich plötzlich sehr müde. Zart berührte er ihr Haar. Es war kalt und leblos.
Vielleicht wenden sich die Menschen Gott zu, wenn der Teufel keine Verwendung mehr für sie hat.
Diese Worte, die er einmal zu ihr gesagt hatte, kamen ihm wieder in den Sinn. Und auch Marias Antwort: *Nein, Signor Luciano, mit einem solchen Gedanken könnte ich mich niemals abfinden. Niemals.*
Er wandte sich ab und verließ mit raschen Schritten die Kirche.

Harry Carter lag in Vito Barberas Bett, auf Kissen gestützt, und nippte an dem Branntwein, den Barbera ihm an die Lippen hielt. Er war noch immer sehr schwach.
»Schließlich haben wir doch genau das erreicht, was wir wollten.«
Luciano, der am Fenster stand und auf den Dorfplatz hinuntersah, nickte. »Im ganzen Gebiet von Cammarata, in jedem Dorf, jeder Stadt Westsiziliens, bis hinauf nach Palermo wird die Meldung schon verbreitet. Antonio Luca ist auf seiten der Amerikaner.«
»Weil ein Deutscher seine Enkelin getötet hat?«
»Genau«, sagte Luciano. »Blut um Blut, ein alter sizilianischer Brauch. Das haben Sie inzwischen wohl begriffen.«
Carter nickte. »Und die Fallschirmjäger?«
»Wir haben sie in dem Truppentransporter abrücken lassen, so viele noch von ihnen übrig waren, damit sie versuchen können, sich durchzuschlagen. Sie haben Koenig mitgenommen.«
Carter fragte verdutzt: »Ich verstehe nicht.«
»Es stellte sich heraus, daß er noch lebte. Schwer verletzt, aber er hat eine Chance, wenn sie ihn noch rechtzeitig zu einem guten Chirurgen bringen können. Ich kann mir vorstellen, daß sein

Feldwebel sogar den Teufel selber zu Klumpen fahren würde, um ihn nach Palermo zu schaffen.«
Barbera sagte zu Carter: »Jetzt müssen Sie etwas essen. Ich hole einen Teller Suppe.«
Er ging hinaus. Luciano und Carter schwiegen eine Weile. Dann sagte Carter: »Sie könnten sich in die Berge davonmachen. Wir könnten sagen, Sie seien bei den Kämpfen getötet worden.«
Luciano grinste. »He, Sie wollen doch hoffentlich nicht sagen, ich hätte Sie um den letzten Rest von Anstand gebracht?« Er schüttelte den Kopf. »Nein, ich gehe zurück.«
»Warum? Weil der Präsident gesagt hat, daß Sie das tun sollen? Er hat Ihnen nichts versprochen, das wissen Sie. Sie könnten auf Jahre hinaus wieder hinter Mauern verschwinden.«
»Nun, jeder neue Tag bringt ein neues Risiko.«
Luciano trat ans Fenster, öffnete es, beugte sich in den Regen hinaus und sog gierig die Frische ein.
Über das Tal hinweg begannen hoch droben im Kloster zur Dornenkrone Christi die Glocken zu läuten.

19

Und so wurde die Mafia-Karte ausgespielt, und sie stach. In einer einzigen Nacht desertierten zwei Drittel der italienischen Truppen, die zur Verteidigung der lebenswichtigen Stellungen über der Hauptstraße von Cammarata nach Palermo eingesetzt waren. Sogar ihr Kommandant wurde durch einen Handstreich der Mafia gefangengenommen und an die Alliierten ausgeliefert.

Die deutschen Einheiten, die sich jetzt in einer aussichtslosen Lage befanden, hatten keine andere Wahl, als sich schleunigst abzusetzen. Amerikanische Streitkräfte stießen im Eiltempo nach Norden vor und erreichten Palermo in nur sieben Tagen nach der ersten Landung, ein Unternehmen, das General George Patton später als den schnellsten Blitzkrieg der Geschichte bezeichnen sollte.

Mussolini wurde am 24. Juli von einer kriegsmüden Nation gestürzt, und am 17. August war trotz tapferen Widerstands deutscher Einheiten ganz Sizilien in der Hand der Alliierten.

Charles Lucky Luciano kehrte ins Zuchthaus Great Meadows zurück und stand 1946 vor einem staatlichen Berufungsgericht. Über die näheren Umstände des Verfahrens herrschen noch heute widersprüchliche Meinungen. Fest steht jedenfalls, daß Gouverneur Dewey im Februar 1946 das Urteil revidierte und Luciano nach Ellis Island geschickt und dann nach Italien abgeschoben wurde.

Fast sechzehn Jahre später, am 25. Januar 1962, erlag er auf dem Flughafen Capodichino bei Neapel einem Herzanfall. Die Leiche wurde in der Kapelle des Englischen Friedhofs verwahrt, bis die Überführung nach Amerika stattfinden konnte.

Scharen von Neugierigen strömten herbei, doch nach drei Tagen war das Interesse abgeflaut, und der junge Reporter und der Fotograf von Associated Press wollten schon ihre Koffer packen, als ein kleiner Touristenbus am Friedhof vorfuhr. Vierzehn oder fünfzehn Leute stiegen aus und begaben sich zur Kapelle, in der Mehrzahl schnatternde Amerikanerinnen.

»Bloß Touristen«, sagte der junge Reporter säuerlich. »Fünfhundert Lire für einen Blick auf eine Leiche. Jetzt wird's wohl Schluß sein. Leg den Gang ein, wir fahren.«

Er trat zur Tür der Kapelle und spähte hinein. Die Frauen beugten sich übers Altargeländer und gafften den Sarg an. Hinter ihnen sah der Reporter einen grauhaarigen, etwa sechzigjährigen Mann im schwarzen Mantel stehen.

Die Gruppe machte kehrt und strebte zur Tür. Der grauhaarige Mann blieb stehen, um wegen des kalten Winds den Mantelkragen hochzuschlagen. Plötzlich wurde er von einem heftigen Hustenanfall geschüttelt.

»Geht's Ihnen nicht gut?« fragte der Reporter besorgt.

»Raucherhusten, hat nichts zu bedeuten. Versuche seit Jahren, es mir abzugewöhnen.«

»Sie haben ihn also nicht gekannt?«

»Wen? Luciano?« Professor Carter lächelte. »Hat ihn überhaupt jemand gekannt?« Und er wandte sich ab und ging durch den Friedhof hinaus zur Straße, wo die übrigen Touristen gerade wieder ihren Bus bestiegen.

Jack Higgins

Packende Agententhriller
vom Autor des Weltbestsellers
Der Adler ist gelandet.

Eine atemberaubende
Mischung aus Abenteuer
und Spannung.

01/13222

Die Tochter des Präsidenten
01/13002

Der Adler ist gelandet
02/25

Goldspur des Todes
01/13073

An höchster Stelle
01/13151

Hölle auf Zeit
02/121

Tag der Rache
01/13222

Der Flug der Adler
01/13318

HEYNE-TASCHENBÜCHER